„Dieses Buch verspricht eine fesselnde Mischung aus komplexen, düsteren Gefühlen, Selbstfindung, Selbstakzeptanz und dem Wiederaufbau von gebrochenem Vertrauen. Callaway besitzt ein echtes Talent für schlagfertige Dialoge, glaubwürdige Handlungen und die realitätsnahe Darstellung verzwickter, widersprüchlicher Gefühle."
–Amazon Reviewer

„Eine geniale Geschichte über ein glückliches Ehepaar, das eine heftige Krise durchleben muss, nachdem Geheimnisse der Vergangenheit gelüftet wurden. Sexy, gefühlvoll und nachdenklich stimmend." –Karinannah, *Bookbub*

„Mir hat die erotische Mischung aus Liebesgeschichte und Krimielementen wirklich sehr gut gefallen." −Gidget, *Bookbub*

„Penny ist eine unglaublich starke Romanheldin. Es hat mir gefallen, dass sie sich von ihrer Vergangenheit nicht einfach bezwingen lässt, sondern die Sache selbst in die Hand nimmt und sich ihren schlimmsten Ängsten stellt. Während Marcus die Wahrheit über die Frau erfährt, die er liebt und geheiratet hat, findet Penny ihr wahres Ich." − Sheila, *Goodreads*

„Dieses Buch hat mir echt gut gefallen. Es geht nicht darum, die wahre Liebe zu finden, sondern sie wiederzugewinnen. Die dunkle Vergangenheit unserer Heldin hat sie eingeholt und droht, ihre Ehe zu zerstören. Man konnte die Angst und die Ungewissheit beider Partner richtig spüren, die Sehnsucht nacheinander ebenso wie die Enttäuschung und die Sorge, erneut verletzt zu werden. Ein ganz und gar wundervolles Lesevergnügen." −Kag, *Bookbub*

„Was für eine perfekte Weihnachtsromanze! Starke, grübelnde Helden, furchtlose, willensstarke Heldinnen, tiefe Freundschaften, Drama und heiße, knisternde Liebesszenen. Am tollsten fand ich, dass die Hauptcharaktere diesmal um die dreißig/vierzig und bereits seit zwölf Jahren verheiratet waren. Eine erfrischende Abwechslung zu anderen Regency-Romanen." −Eliza, *Goodreads*

**Bucheinbanddesign:** EDH Graphics

**Fotonachweis:** Period Images

DETEKTIVE aus LEIDENSCHAFT

# GRACE CALLAWAY

*USA Today* Bestselling Author

Aus dem Englischen von
Annika Mirwald

❧ I ❧



Bei dem Geräusch ihres zerreißenden Mieders biss Pandora die Zähne zusammen und schlug die aufdringliche Hand des Soldaten weg, der sie begrapschte. *Verdammt, dieser lästige Schwachkopf wird mir noch die ganze Mission versauen.*

Eigentlich war sie ja selbst schuld. Sie hätte vorsichtiger sein müssen. Ihre Verkleidung als Lagerdirne war von vorneherein riskant gewesen. Einerseits gewährte sie ihr Zutritt zu dem Feldlager, andererseits war sie in diesem Aufzug praktisch Freiwild für angetrunkene, wollüstige Fußsoldaten wie diesen. Sie hatte bewusst den unbeleuchteten Pfad entlang des Zeltplatzgeländes gewählt, um derartigen Situationen aus dem Weg zu gehen, aber der Wüstling war wie aus dem Nichts aufgetaucht.

„Wie wär's, wenn wir uns ein bisschen vergnügen, mein Täubchen?", lallte er anzüglich, wobei sein Atem sich als weiße Rauchwolke in der kalten Winternacht abzeichnete. „Damit hier mal 'n bisschen Weihnachtsstimmung aufkommt."

Im silbernen Mondlicht konnte sie seine glasigen Augen und

das unrasierte Gesicht ausmachen. Er stank so penetrant nach Alkohol und Schweiß, dass sich ihr beinahe der Magen umdrehte. Erinnerungen an noch viel dunklere Zeiten kamen in ihr hoch, aber sie unterdrückte sie. Mit ihren neunzehn Jahren war sie nicht länger ein hilfloses Kind. Sie hatte weitaus stärkere und intelligentere Männer als diesen Kerl getötet.

Den letzten tatsächlich erst vor etwa fünfzehn Minuten.

Was sie nun leider in eine missliche Lage brachte: Sie konnte nicht *noch* eine Leiche in dem Lager zurücklassen. Ein Todesfall wäre problemlos auf natürliche Ursachen zurückzuführen (immerhin war das Gift, das sie verwendet hatte, darauf ausgelegt, die Anzeichen von Herzversagen vorzutäuschen). Zwei Tote würden jedoch garantiert Verdacht erwecken.

*Ein guter Spion hinterlässt keine Spuren*, pflegte Octavian stets zu sagen. *Rein und gleich wieder raus.*

Er war ihr Mentor, der Mann, der sie aus der Gosse gezogen und ihrem Leben einen neuen Sinn gegeben hatte ... ebenso wie die Werkzeuge, die sie für ihre neue Aufgabe benötigte. Außerdem hatte er eine neue Identität für sie geschaffen: *Pompeia*. Sie war die einzig weibliche Agentin, die er für seinen erlesenen Spionagering eingestellt hatte. Diese Ehre und Verantwortung nahm sie nicht auf die leichte Schulter.

Nein, sie würde Octavian nicht enttäuschen ... was bedeutete, dass heute Nacht niemand mehr sterben durfte. Sie müsste sich einen anderen Ausweg überlegen. Glücklicherweise wusste sie mit den Herren der Schöpfung umzugehen.

Abwehrend drückte sie die Hände gegen die Brust des aufdringlichen Soldaten und säuselte in einem Cockney-Akzent, den sie sonst kaum noch durchklingen ließ: „Besser wann anders, Schätzchen. Hab hier 'n Zelt voller Quälgeister, die aufs Essen warten."

Es gab nichts Wirksameres als die Erwähnung von Kindern, um die Libido eines Mannes zu drosseln.

„Die können warten. Erst bin ich an der Reihe!" Mit einem gierigen Grinsen packte er sie an der Kehrseite.

*Widerlich.* Sie schlug seine Hand weg und trat einen Schritt zurück.

„Leider gibt's noch ein anderes Problem, Sir", entgegnete sie mit bedauerndem Blick. „Mein Busch brennt. Wir wollen ja nicht, dass Ihr Mast am Ende Feuer fängt, was?" Vielsagend wackelte sie mit den Brauen.

Wenn die Aussicht auf eine lästige Geschlechtskrankheit ihn nicht abschreckte, wüsste sie nicht, was sie sonst noch versuchen könnte.

„Mein Mast ist bereit zum Eintauchen, Feuer hin oder her", lallte er.

Dann stürzte er sich auf sie, während sie hastig einen weiteren Schritt zurücktrat, nur um über einen verflixten Stein zu stolpern. Als sie mit dem Rücken auf dem gefrorenen Boden landete, verschlug es ihr den Atem. In der nächsten Sekunde war er auf ihr und versuchte ungeschickt, ihre Röcke hochzuschieben.

„Nein", presste sie hervor. „Hör auf. Runter von mir, du Bastard!"

Er beachtete sie gar nicht.

*Verdammt.* Ihr blieb keine andere Wahl. Sie würde ihn mit einem Würgegriff bewusstlos machen müssen. Hoffentlich würde er sich an nichts mehr erinnern, wenn er aufwachte, und annehmen, er wäre im Dunkeln einfach eingeschlafen. So hatte sie ihren Rückzug nicht geplant, aber es war immerhin besser, als in der nächtlichen Kälte vergewaltigt zu werden. Sie stemmte die Absätze ihrer Stiefel in den harten Boden, bereit, sich auf ihn zu rollen, ihm einen Arm um den Hals zu schlingen und die Luft abzudrücken.

Gerade, als sie ihn aus dem Gleichgewicht bringen wollte, wurde er plötzlich von ihr heruntergezerrt und durch die Luft geschleudert. Hastig rappelte sie sich auf und bemerkte, dass eine weitere Gestalt sich zu ihnen gesellt hatte: groß, breitschultrig und allem Anschein nach äußerst stark, wenn man bedachte, mit welcher Leichtigkeit er ihren Angreifer überwältigt hatte. Nach einem kurzen Gerangel drehte der Mann dem betrunkenen Soldaten den Arm auf den Rücken und zwang ihn auf die Knie. Der Trunkenbold fluchte und stöhnte, konnte sich aber nicht befreien.

„Ich könnte Sie wegen Ihres Benehmens vor das Militärgericht stellen lassen", zischte der Fremde.

Augenblicklich erstarrte sein Gefangener. „Oberstleutnant Harrington, *Sir*", murmelte der Soldat undeutlich, aber zweifellos verängstigt. „I-ich habe Sie gar nicht erkannt. B-bitte verzeihen Sie ..."

„Bradley, nicht wahr?"

Selbst in dem schwachen Dämmerlicht erkannte Pandora, wie zögerlich der Angesprochene nickte. „J-ja, Sir."

„Sie sollten nicht mich um Verzeihung bitten." Mit einem Stoß ließ Harrington in frei und wandte sich stattdessen ihr zu. „Geht es Ihnen gut, Miss?"

„Alles in Ordnung", brachte sie heraus.

Eigentlich hatte sie zu viel erlebt, als dass irgendwer sie noch zu überraschen vermochte, aber Oberstleutnant Harrington war kein Mann wie jeder andere. Natürlich kannte sie seinen Namen. Jeder, der den Krieg zwischen England und Napoleon verfolgte, tat das. In den letzten paar Jahren war er durch seinen Mut auf dem Schlachtfeld zum Helden der Nation avanciert. Erst vor zwölf Tagen hatte er unter Generalleutnant Hill einen französischen Angriff auf St. Pierre abgewehrt. Es ging das Gerücht um, dass Wellington ihm einen Titel verleihen wolle.

Was Pandora jedoch verwunderte, war nicht etwa sein Alter (er musste Mitte zwanzig sein ... sehr jung für einen Offizier seines Rangs), sondern die Tatsache, dass dieser vielgepriesene Held sie wie eine vornehme Debütantin behandelte und nicht wie die Dirne, als die sie sich ausgab. Sein eindringlicher Blick – im Dämmerlicht konnte sie die Farbe seiner Augen nicht erkennen –

ruhte auf ihrem Gesicht, anstatt zu ihrem zerrissenen Mieder hinunterzuwandern.

„Sehen Sie, Sir? Es ist nichts passiert." Taumelnd richtete Bradley sich auf und rieb sich den schmerzenden Arm. Seine Stimme klang beinahe weinerlich. „Wir haben uns nur 'n bisschen vergnügt ..."

„So hat es aber nicht geklungen." In Harringtons Stimme lag ein gefährlicher Unterton, der ihr eine Gänsehaut verursachte ... aber nicht auf eine unangenehme Art. „Die Dame hat Sie ganz offensichtlich abgewiesen und Ihnen befohlen, aufzuhören."

Bradley erblasste, konnte aber seinen einfältigen Mund nicht halten. „Sie ist doch nur 'ne Nutte ..."

„Und das gibt Ihnen das Recht, sich an ihr zu vergreifen?", erwiderte Harrington scharf.

„N-nein, Sir, d-das hab ich damit nicht gemeint ..."

„Wir kämpfen in diesem Krieg für diejenigen, die sich nicht selbst schützen können. Das ist unsere Pflicht als Soldaten. Was sagt es wohl über Sie aus, dass Sie jemanden angreifen, der schwächer und hilfloser ist als Sie?"

*Schwächer und hilfloser?* Pandora musste ein verächtliches Prusten unterdrücken. Hätte sie ihre Garrotte eingesetzt, wäre Bradley erstickt, ohne einen Laut von sich zu geben. Dennoch beeindruckte Harringtons eiserner Moralkodex sie. Sein tugendhaftes Benehmen erinnerte sie an einen Ritter, wie er im Buche stand. Aber so sehr sie es auch genoss zu beobachten, wie der armselige Wurm Bradley sich unter seinem Tadel wand, durfte sie die Situation nicht noch weiter entgleisen lassen. Sie musste sich schleunigst aus dem Staub machen. *Rein und raus.*

„Ist ja nix passiert, Sir", adressierte sie den Oberstleutnant mit dem unbekümmerten Pragmatismus einer erfahrenen Dirne. „War nur ein Missverständnis. Ich wär Ihnen sehr dankbar, wenn Sie den Bengel einfach laufen ließen ... wenn sich das im Lager rumspricht, wäre das echt schlecht fürs Geschäft, wenn Sie verstehen, was ich meine."

Harrington musterte sie so eindringlich, dass sie für einen Moment glaubte, er könne durch die blondgelockte Perücke sehen, die von ihren Zügen ablenken sollte, ebenso wie durch die Schichten an Schminke, die sie sorgsam aufgetragen hatte, bis hindurch zu ihrem wahren *Ich* ...

Ihr Herz begann zu rasen, und ihr stockte der Atem.

Doch dann wandte er sich an Bradley und bellte knapp: „Melden Sie sich morgen Punkt acht Uhr vor meinem Zelt. Wegtreten."

Der Soldat jagte buchstäblich mit eingezogenem Schwanz davon.

Harrington knöpfte seine dunkelrote Jacke auf, während er einen Schritt auf sie zutrat. Sie wich zurück, aber er war schneller, streckte die Hand nach ihr aus ... und plötzlich fand sie sich in Wärme und seinen frischen, männlichen Duft eingehüllt.

*Der Kerl hat mir sein Jackett gegeben?* Verwirrt blinzelte sie ihn an.

„Ich begleite Sie zu Ihrem Zelt zurück", sagte er.

„Das ist wirklich nicht nötig, Sir." Sie versuchte, sich zusammenzureißen. „Ich finde schon allein zurück ..."

Doch er griff sanft, aber bestimmt nach ihrem Ellbogen. „Es ist bereits finster. Sie sollten sich nachts nicht allein unter einem Bataillon trunkener Soldaten herumtreiben."

Sah er denn wirklich nicht, in welchem Aufzug sie unterwegs war? Wo sonst sollte sie sich herumtreiben, um ihre Dienste anzubieten? Aber noch bevor sie ihm antworten konnte, führte er sie bereits durch die Dunkelheit hinüber zu der kleinen Ansammlung erleuchteter Zelte der Marketender in der Ferne.

„Darf ich fragen, wie Sie heißen, Miss?", erkundigte er sich.

*Teufel noch eins.*

„Kitty, Sir. Kitty ..." Sie ließ den Blick umherschweifen, bis er auf dem vertrockneten Gestrüpp neben dem Weg landete. „Brown."

„Marcus Harrington, zu Ihren Diensten. Ich muss mich für

das Verhalten meines Untergebenen entschuldigen, Miss Brown. Seien Sie versichert, dass er für diesen Fehltritt bestraft wird."

Sie warf ihm einen flüchtigen Blick zu. Er trug das dunkle Haar kurz und ordentlich frisiert, seine Züge waren ein wenig zu ernst und markant, um als gut aussehend bezeichnet zu werden ... Aber gut aussehend war auch kaum der richtige Begriff, um einen Mann mit seinem autoritären Auftreten zu beschreiben. Viel treffender wäre ... anziehend. Beunruhigend männlich. Regelrecht berauschend für die Sinne.

*Das hier ist kein romantischer Spaziergang durch den Hyde Park, du Dummchen. Konzentrier dich. Du musst hier so schnell wie möglich raus.*

„Ich wär Ihnen wirklich verbunden, wenn Sie die Sache auf sich beruhen ließen, Sir. Wie ich schon sagte, 'n Mädel muss schauen, wo sie bleibt. Wenn die Angelegenheit sich rumspräche, wär ich garantiert arbeitslos", erwiderte sie und blinzelte ihn durch ihre stark geschwärzten Wimpern an.

„Wäre das denn so schlimm?"

Er klang nicht abwertend, sondern viel mehr neugierig.

Sie zuckte mit den Achseln. „Wir alle müssen eben tun, was nötig ist, um zu überleben."

In ihrem Fall bedeutete das, ihr Land um jeden Preis zu beschützen. Aber das würde er natürlich niemals erfahren. Octavians warnende Worte kamen ihr in den Sinn. *Militär und Spionage sind wie Öl auf Wasser: unvereinbar. Diese uniformierten Idioten sind zu beschränkt, um uns zu trauen, und wir sind zu schlau, um ihnen zu vertrauen.*

„Natürlich ist es wichtig, sich über Wasser zu halten", antwortete er und presste die Lippen zusammen. Er hatte durchaus einen attraktiven Mund, wenn auch etwas zu verkniffen. „Allerdings hat jeder Beruf seine Schattenseiten."

Sie wandte ihm den Kopf zu. „Selbst Ihrer?" Als hochdekorierter Offizier konnte es wohl kaum etwas geben, worüber er sich beschweren musste.

„Ganz besonders meiner."

„Und was für Schattenseiten wären das bitte?", wollte sie wissen.

Eine Weile setzten sie ihren Weg schweigend fort.

„Wenn ich versage, müssen Menschen sterben", sagte er schließlich. „Und wenn ich Erfolg habe ... stirbt ebenfalls jemand."

Ihr wurde schwer ums Herz. Das konnte sie nur zu gut nachvollziehen.

„Wir tun, was getan werden muss", erwiderte sie.

„So ist es."

Der Blick, den er ihr zuwarf, war so durchdringend, dass sie sich völlig entblößt fühlte. Etwas in ihr veränderte sich, ein unbeschreibliches, verheerendes Gefühl, das sie noch nie zuvor verspürt hatte. Bald hätten sie ihr Ziel erreicht, dann würde ihre Unterhaltung enden. Dann würde sie diesen Mann nie wiedersehen.

„Wenn Sie kein Offizier wären, was würden Sie dann gern machen, Sir?", fragte sie impulsiv.

Er hielt an und drehte sich zu ihr um. „Wissen Sie was", sagte er in einem seltsamen Tonfall, „das hat mich tatsächlich noch nie jemand gefragt."

Sofort bereute sie ihren Fehltritt. „Tut mir leid, geht mich auch nichts an ..."

„Ehemann und Vater sein", unterbrach er sie.

Seine Worte, durchdrungen von unterschwelliger Sehnsucht, hingen wie dunkle Wolken zwischen ihnen, während der tiefblaue Himmel über ihnen aufklärte und Millionen funkelnder Sterne zum Vorschein brachte. Doch das Strahlen in seinen Augen war viel betörender. Nie zuvor hatte sie einen Mann wie ihn kennengelernt und würde es garantiert auch nie wieder tun.

Er war ein waschechter Gentleman, der nicht von dem Streben nach Ehrgeiz, Ruhm oder Reichtum angetrieben wurde, sondern von etwas gänzlich anderem. Wonach Harrington,

Britanniens meist gefeierter Kriegsheld, sich mehr als alles andere sehnte, war ... eine Familie.

Sein größter Wunsch war es, Frau und Kinder zu haben, die er versorgen und beschützen konnte und vor allem – dessen war sie sich ganz sicher – *lieben*. Das war sein tiefster Herzenswunsch.

Ihr Puls raste bei dem Gedanken. Sein männlicher Duft stieg ihr in die Nase, sein Jackett wärmte sie bis tief in ihr Innerstes. Unbewusst näherte sie sich ihm, angezogen von seinem ernsten Gesicht, den traurigen Augen ...

„Oberstleutnant Harrington, Sir!", ertönte plötzlich eine atemlose Stimme, gefolgt von hastigen Schritten.

Der Zauber des Moments verblasste.

„Was ist los?", fragte Harrington den herannahenden Soldaten.

„Es geht um Major Starky, Sir. Man hat ihn bewusstlos in seinem Zelt aufgefunden. Der Arzt vermutet Herzversagen ...“

„Gehen wir.“ Er schickte sich an, davonzumarschieren, drehte sich dann aber noch einmal zu ihr um. „Miss Brown?“

Diesmal hämmerte ihr Herz aus einem völlig anderen Grund. Sie hoffte, er konnte das Zittern in ihrer Stimme nicht hören. „Ja, Sir?“

„Frohe Weihnachten.“

Der Anflug eines Lächelns huschte über seine Lippen, aber es war bereits zu viel. Völlig überwältigt blieb sie stehen und sah ihm nach, wie er in der Dunkelheit verschwand.

„Frohe Weihnachten, Marcus Harrington", flüsterte sie.

Dann trat sie ebenfalls zurück in die Schatten.

Marcus schlug die Augen auf und war sofort hellwach, eine alte Angewohnheit aus Militärzeiten. Auch ein anderer Körperteil stand bereits stramm, aber das lag weniger an seiner militärischen Ausbildung als vielmehr an der hinreißenden Frau, die neben ihm schlummerte. Seine Penny, die sein Schicksal von dem Moment an zum Besseren gewendet hatte, als er sie damals zum ersten Mal auf dem Ball sah. Nach zwölf Jahren Ehe und drei wunderbaren Söhnen, hatte sich sein Verlangen nach ihr nur noch gesteigert. Wie ein guter Wein, war die Leidenschaft zwischen ihnen über die Jahre gereift und genussvoll wie nie zuvor.

Er stützte sich auf einen Ellbogen, um ihr schlafendes Profil bewundern zu können. Ihre dichten, schwarzen Wimpern bildeten einen verführerischen Kontrast gegen ihre Alabasterhaut, ihre sinnlichen Züge waren zart und entspannt. Ein leiser Laut entwich ihren rosigen Lippen: halb Seufzer, halb Stöhnen. Es war ebenso hinreißend wie verlockend. Als sie sich im Schlaf leicht drehte und ihren prallen Hintern gegen seinen Schaft presste, schmolz seine Selbstbeherrschung dahin.

Behutsam strich er ihre schwarzen Tressen zur Seite und vergrub sein Gesicht in ihrem Nacken, sog den Duft ihrer warmen Haut ein: Jasmin und Neroliöl, ihr unverkennbares Aroma, das seinen Körper und seine Sinne erregte. Während seine Lippen an ihrer samtigen, blassen Schulter entlangwanderten, ließ er eine Hand unter die Bettdecke gleiten. Als er eine ihrer festen, seidigen Brüste fand, pulsierte ihm das Blut wie wild in den Adern.

Sanft rollte er eine ihrer Brustwarzen zwischen Daumen und Zeigefinger. Obwohl sie noch schlief, veränderte sich ihre Atmung, wurde schneller, flacher. In sich hineinlächelnd, spielte er weiter daran herum und zog die Decke ein wenig hinunter, um seinen Fingern zusehen zu können. Der Anblick ihrer prallen Brüste mit den steifen, dunkelrosa Spitzen entfachte ein Feuer der Lust in seiner Lendengegend.

Seine Hand fuhr über ihre schmale Taille bis hin zu ihrer perfekt geschwungenen Hüfte. Gott, die Kurven seiner Frau brachten ihn jedes Mal aufs Neue um den Verstand. Und wie herrlich, dass er sie über die Jahre davon hatte überzeugen können, nackt zu schlafen ... obwohl er vermutete, dass sie gerade nur noch so tat. Während er sanft ihr Ohr küsste, erreichten seine Finger seine liebste Stelle ihres Körpers.

Ein Gefühl der Genugtuung überkam ihn. Genau, wie er vermutet hatte.

Sie war feucht, heiß und bereit für ihn.

„Dir auch einen guten Morgen.“

Die Worte, die sie mit geschlossenen Augen murmelte, brachten ihn zum Grinsen.

„Oh, er wird gleich noch viel besser“, flüsterte er.

„Wir sind aber ganz schön von uns überzeugt, nicht wahr, Lord Blackwood?“

„Sagen wir einfach, die Beweise sprechen für sich, Lady Blackwood.“

„Wie aufgeblasen du doch bist.“

„In der Tat.“ Er rieb seine Erektion gegen die Spalte ihres Gesäßes, wobei seine geschwollene Eichel über die zarte Haut ihres Rückens strich. „Sehr aufgeblasen sogar.“

*„Marcus!“*

Da sie unwillkürlich kichern musste und ihre Pussy mittlerweile noch heißer und feuchter geworden war, nahm er sich ihren tadelnden Tonfall nicht allzu sehr zu Herzen. Wie er seine Penny kannte, stand sie auf diese Art von Spielchen ... genauso wie er.

Besitzergreifend strich er mit der Hand über ihren seidigen Schenkel und zog ihr Bein zurück über seines. In ihrer beider seitlichen Lage versprach diese Position verlockende Aussichten. Und da er kein Mann war, der sich eine günstige Gelegenheit entgehen ließ, schob er seine Hüften nach vorne und ließ seinen harten Schaft in sie gleiten.

*Ah, verdammt. So gut. Es fühlte sich immer so unglaublich gut an.*

„Penny“, stöhnte er auf.

Als Antwort gab sie einen undeutlichen Laut von sich, der sein Name hätte sein können. Mehr Ansporn brauchte er nicht. Er packte ihre Hüften und stieß immer härter und tiefer in ihre enge, perfekte Scheide. Dabei ließ er den Daumen über ihre Perle kreisen, rieb und drückte die empfindliche Knospe nach unten gegen seinen steifen Schwanz, um seine Herzensdame zur Ekstase zu bringen. Stöhnend wand sie sich gegen ihn, und er hielt sie fest an sich gepresst, nicht gewillt, der überwältigenden Lust jetzt schon nachzugeben.

Mit zusammengebissenen Zähnen versuchte er, einen gleichmäßigen Rhythmus vorzugeben, wartete darauf, dass sie zuerst den Höhepunkt erreichte. Ihr stockender Atem und die Röte, die sich auf der blassen Haut ihrer bebenden Brüste ausbreitete, verrieten ihm, dass sie nahe dran war. *Gott sei Dank.* Sie keuchte laut auf und warf den Kopf zurück, um ihn anzusehen. In ihren atemberaubenden, veilchenblauen Augen spiegelten sich bedingungslose Liebe und Leidenschaft wider, und in diesem Moment wurde er sich wieder einmal einer unumstößlichen Wahrheit bewusst.

*Ich besitze alles. Alles, was ich mir je gewünscht habe.*

Als sich jedoch ihre Lippen vereinigten, verflüchtigten sich sämtliche Gedanken, und er verlor sich in der heißen Sinnlichkeit ihres glühenden Kusses und ihrer umschlungenen Körper. Erst, als er sie vor Ekstase erbeben spürte, ließ er sich ebenfalls fallen. Er presste sich in sie, so tief er konnte, und vergrub laut stöhnend das Gesicht in ihren seidigen Locken, während ihre heiße, enge Scheide seinen Höhepunkt aus ihm herausmelkte und die Hitze der Leidenschaft sie eins werden ließ.

＊ 3 ＊

LADY PANDORA BLACKWOOD – ODER PENNY, WIE IHR GEMAHL
sie nannte – saß am Frühstückstisch und nippte an ihrer heißen
Schokolade, während sie einen Stapel Einladungen durchlas. So
gewöhnlich diese Routine auch war, hatte sie doch eine gewisse
Wertschätzung dafür entwickelt. Der Moment in seiner Einfachheit unterstrich das Ende einer allzu gegenwärtigen Gefahr: Vor
vier Monaten war ein tot geglaubter Feind aus ihrer Vergangenheit wieder auferstanden. Der einst berüchtigte Meisterspion, der
sich selbst *Le Spectre* nannte, war zurückgekommen, um sie und
ihre ehemaligen Kollegen zu erpressen. Nach monatelanger
Bedrohung hatte der Schuft schließlich einen ihrer Mitagenten,
Gabriel Ridgley, den Marquis von Tremont, angegriffen.

Tremont hatte dem gemeinsamen Feind schlussendlich den
Garaus gemacht.

Nach dem Tod des Gespensts war die Welt wieder sicher ...
und Pennys Geheimnisse würden dort bleiben, wohin sie gehörten: in der Vergangenheit, wo sie ihren Liebsten keinen Schaden
zufügen konnten.

Mit einem leisen, dankbaren Seufzer warf sie einen verstoh-
lenen Blick auf ihren Ehemann.

Marcus saß zu ihrer Rechten und trank seinen Kaffee, während er seine Geschäftskorrespondenz durchging. Eines der vielen Dinge, die sie an ihm bewunderte – und davon gab es wirklich unzählige –, war sein überkorrektes Erscheinungsbild. Er sah aus wie ein perfekter Gentleman, dessen Stil von Zurückhaltung geprägt war. Manchmal übertrieb er es allerdings ein wenig zu sehr, und Penny musste des Öfteren heimlich mit seinem Kammerdiener, Gibson, Rücksprache halten, um sicherzustellen, dass ihr Göttergatte nicht wie ein Trauerkloß herumlief.

Unter Gibsons Anleitung hatte sie gelernt, dass die Kunst der männlichen Bekleidung im Detail lag. Seitdem sorgte sie dafür, dass hochwertige Manschettenknöpfe, Krawattennadeln sowie andere stilvolle Accessoires ihren festen Platz in der Garderobe ihres Mannes einnahmen. Gibson wiederum stellte sicher, dass Marcus diese auch tatsächlich trug.

Im Stillen erfreute Penny sich an dem Gedanken, dass unter dem schlichten Hemd und der trostlosen Weste ein heißblütiger Mann steckte, ein hingebungsvoller Gemahl, der seine Frau selbst nach zwölf Jahren Ehe noch wie ein lüsterner Jungvermählter weckte ...

Marcus stellte seine Kaffeetasse ab und runzelte die Stirn, als er sich auf einen Brief konzentrierte. Sie beobachtete ihn mit Schmetterlingen im Bauch. Von dem Moment ihrer ersten Begegnung an hatte ihre Seele ihn als den ihren erkannt, und seitdem fühlte sie sich mit jedem weiteren Jahr, das verstrich, nur noch stärker zu ihm hingezogen.

Mit einundvierzig wirkte er noch unwiderstehlicher auf sie als mit fünfundzwanzig. Er war schlanker, kräftiger geworden, und die grauen Strähnen, die sein dichtes, bronzefarbenes Haar durchzogen, unterstrichen seine würdevolle Erscheinung. Seine scharfen, falkenhaften Züge mochten vielleicht nicht als klassisch schön gelten, zeugten aber von Integrität und Autorität, einer moralischen Stärke, die ihn zu dem dekorierten Kriegshelden gemacht hatte, der er war. Man könnte sein Gesicht sogar als übermäßig streng bezeichnen, wären da nicht die subtilen Lachfältchen um Augen und Mund ... zu denen sie und ihre drei Söhne nicht unwesentlich beigetragen hatten, wie sie hoffte.

Als er den Blick plötzlich auf sie richtete, ließ das versteckte Lächeln in seinen stahlblauen Augen ihr Geschlecht pulsieren. Er lehnte sich vor und drückte sanft ihre Hand. Dann widmete er sich wieder seiner Korrespondenz, während ihr Herz weiterhin raste wie das einer einfältigen Debütantin.

Als Lady Pandora Blackwood hatte sie unermüdlich daran gearbeitet, sich einen makellosen Ruf aufzubauen. Einladungen zu ihren Soireen und Bällen waren in der gesamten *ton* heiß begehrt. Die Damen der feinen Gesellschaft hatten sie zu einer der mondänsten und glamourösesten Gastgeberinnen unter den reichsten Zehntausend gekürt. Jeder wusste, dass Marcus und sie eine Liebesehe führten, aber was würden sie wohl sagen, wenn sie herausfänden, mit welch ungezügelter Leidenschaft sie ihn liebte? Wie eine flüchtige Berührung von ihm ausreichte, um ihr Blut in Wallung zu bringen und in ihr das Verlangen erweckte, sich ihm am Frühstückstisch an den Hals zu werfen und ihn anzuflehen, sie auf der Stelle zu nehmen, ungeachtet der anwesenden Dienerschaft?

*Er hat dich doch vor noch nicht einmal einer Stunde erst geliebt, du unersättliches Luder.*

Bei der Erinnerung daran schoss ihr die Hitze nicht nur ins Gesicht.

Mit den unzüchtigen Bildern im Kopf versuchte sie, sich wieder auf ihre Einladungen zu konzentrieren. Marcus und sie mochten ein Ehebett voller Leidenschaft teilen – wie ihr morgendliches Stelldichein bewiesen hatte –, aber deshalb sollten gewisse Grenzen dennoch nicht überschritten werden. Die letzten zwölf Jahre hatte sie darauf verwendet, die perfekte Ehefrau für Marcus zu werden, die vollkommene Erfüllung all seiner Wünsche. Ungezügelte Lust war zwar schön und gut, aber bei Weitem nicht das Wichtigste. Der Marquis von Blackwood brauchte eine Lady an seiner Seite.

Immerhin hatte er sich in Miss Pandora Hudson verliebt, die einzige Tochter von Mr und Mrs Hudson aus Devonshire. Sie hatte er umworben und geheiratet, nicht Pandora Smith, ehemalige Geheimagentin und uneheliches Kind einer Dirne.

Als Lady Pandora hatte sie ihren Gemahl glücklich gemacht und würde auch in Zukunft alles dafür tun. Aber dazu musste sie sich wie die feine Dame verhalten, zu der sie geworden war ... Oder die fleischlichen Gelüste zumindest für das Schlafgemach aufsparen.

„Was zum Teufel?"

Sie schrak zusammen, als Marcus laut auffluchte und den Brieföffner mit einem Klirren auf seinen Teller fallen ließ. Noch nie zuvor hatte sie einen derartigen Ausdruck auf seinem Gesicht gesehen. Normalerweise war er ein äußerst gefasster Mann, aber nun sprühten seine Augen vor Zorn. In der Hand hielt er einen zusammengeknüllten Brief, den er auf den Tisch warf und sich ruckartig erhob. Erzürnt stand er da und starrte auf das Papierknäuel.

„Was ist denn los?", fragte sie überrascht.

„Ich werde dem Schurken, der diese Worte verfasst hat, das Fell über die Ohren ziehen", schwor Marcus grimmig. „Ich werde ihn aufspüren, und bei Gott, er wird für diese üblen Verleumdungen Rechenschaft ablegen müssen. Wenn ich erst mit ihm fertig bin, wird er sich wünschen, nie geboren ..."

„Wovon sprichst du überhaupt, Liebster?" Sie griff nach dem zerknitterten Brief, strich ihn glatt und überflog die Zeilen. Der Inhalt schnürte ihr die Kehle zu.

Diese Handschrift würde sie nie vergessen. Die Worte zogen ihr den Boden unter den Füßen weg.

*Das Gespenst*, dachte sie wie betäubt. *So holt er sich seine Rache noch aus dem Grab.*

„Penny?"

Benommen starrte sie ihren Gatten an.

„Weißt du, wer für diese Diffamierung verantwortlich ist?", wollte er wissen.

„Ich ... ich ..." Ein hässliches Schamgefühl stieg in ihr hoch. Ihr Gehirn weigerte sich zu kooperieren. Es war, als wären ihre Gedanken völlig eingefroren.

„Keine Sorge, Liebste, wir werden es schon herausbekommen." Er kniff die Augen zusammen, sein Kiefer war angespannt. „Wer auch immer dahintersteckt, wird für diese abscheuliche Kränkung bezahlen."

Sie kannte den Ausdruck in seinem Gesicht nur zu gut: ein Kreuzritter, bereit für den Kampf um Gerechtigkeit. Panik überkam sie. Sobald Marcus sich einmal etwas in den Kopf gesetzt hatte, ließ er sich durch nichts aufhalten. Diese Entschlossenheit, stets das Richtige zu tun, war ihm schon die die Wiege gelegt worden. Er würde nicht eher ruhen, bis er das Rätsel gelöst hatte. Auch wenn das Gespenst mittlerweile tot war, würde Marcus wer weiß wie viele Leichen aus ihrer Vergangenheit zutage fördern. Welchen Gefahren würde er sich dadurch nur aussetzen?

„Nein", platzte sie heraus. „Das kannst du nicht tun."

„Ich kann und ich werde", gab er unwirsch zurück. „Niemand verleumdet meine Frau und kommt ungeschoren davon."

*Na los, denk dir etwas aus.* Unter ihren Spionagekollegen war sie berüchtigt dafür gewesen, aus dem Stegreif lügen und betrügen zu können, aber unter dem eindringlichen Blick ihres Ehemannes war ihr Kopf wie leergefegt. Ihr wollten partout keine Lügen einfallen, mit denen sie sich aus dieser misslichen Lage hätte befreien können. Zum ersten Mal in ihrem Leben hatte ihr Überlebensinstinkt sie im Stich gelassen.

Kalter Schweiß bildete sich auf ihrer Haut. Nervös fuhr sie sich mit der Zunge über die Lippen und spürte, wie ihre Wangen erglühten.

„Was ist los, Liebste? Weißt du etwa, wer diese haarsträubenden Verleumdungen verfasst haben könnte ..." Während

Marcus sie beobachtete, veränderte sich seine Miene plötzlich. Ungläubig fügte er hinzu: „Es *ist* doch nichts weiter als eine Verleumdung, oder?"

Noch immer konnte sie nichts darauf erwidern, konnte nicht einmal diese eine, letzte Lüge über ihre Lippen bringen, um sich vor dem sicheren Untergang zu retten. Sie stand dem furchtbarsten aller Feinde gegenüber – der Wahrheit – und hatte keine Munition mehr übrig. Betreten senkte sie den Blick, unfähig, ihm länger in die intensiven, durchdringenden Augen zu sehen.

Seine vertrauten, rauen Finger hoben ihr Kinn wieder an. „Sieh mich an."

Als sie den Blick ihres Liebsten erwiderte, traten ihr zu ihrem Entsetzen die Tränen in die Augen. Sie konnte an beiden Händen abzählen, wie oft sie bisher in seiner Gegenwart geweint hatte. Dank ihres heißblütigen Temperaments neigte sie sonst eher dazu, sich mit ihm zu streiten, als den Tränen nachzugeben. Er zog sie stets damit auf, dass sie in seinem Bataillon zweifellos zu den hitzköpfigen Störenfrieden gezählt hätte. Natürlich wusste er nicht, wie nahe er der Wahrheit damit kam. Vielleicht hätte sie ihren aufbrausenden Charakter ein wenig besser verbergen sollen, aber nicht einmal für ihn konnte sie sich dazu überwinden, ein nahe am Wasser gebautes Sensibelchen zu mimen.

In diesem Moment jedoch war es um ihre Selbstbeherrschung geschehen.

„Was zum Teufel?" Marcus' scharfer Tonfall durchbrach ihre Schockstarre.

„Du darfst der Sache nicht weiter nachgehen. Der Verfasser dieses Briefs ... ist tot", beeilte sie sich zu versichern. „Er war ein Doppelagent, der für die Franzosen gearbeitet hat, stellt aber nun keine Bedrohung mehr dar. Die Angelegenheit hat sich erledigt. Bitte, lass mich erklären ..."

„In dem Schreiben wird behauptet, du seist eine Spionin gewesen, Pandora." Marcus starrte sie an. „Entspricht das der Wahrheit?"

*Zur Hölle noch eins.* Verzweifelt suchte sie nach einer Antwort. „Dafür gibt es eine logische Erklärung ...“

„Die Erklärung ist ganz einfach: ja oder nein“, erwiderte er fassungslos.

*Sag nein. Sag einfach nein.*

Aber ihr schien jegliche Kontrolle entglitten zu sein. Es war, als hätte man ihr die Zügel entrissen, und nun raste sie ungebremst auf den Abgrund zu. Die Tränen rannen ihr unaufhörlich über die Wangen. Kaum merklich nickte sie einmal kurz.

Die eisige Stille wurde nur durch die alltäglichen Geräusche im Hintergrund durchbrochen. Bedienstete, die ihren Pflichten nachgingen, Besteck, das auf einem Tablett klapperte. All das schien meilenweit entfernt zu sein.

„Und was ist mit dem Rest des Briefs?“ Der Schmerz in seiner Stimme zerriss sie innerlich. „Da steht, dass du ... dass du diese drei Männer verführt haben sollst. Pierre Chenet. Jean-Philippe Martin. Vincent Barone.“

Die Namen, insbesondere der letzte, bohrten sich wie Kugeln durch sie hindurch und hinterließen klaffende Wunden, aus denen ihre schlimmsten Albträume quollen. Eine Gasse voller zertrampelter Veilchen ... Der Gestank von Unrat ... Das blecherne, säuerliche Aroma der Angst füllte ihren Mund.

Sie konnte nicht atmen, konnte Marcus' flammendem Blick nicht länger standhalten. „Ich ... ich ...“

„Verdammt, sieh mich gefälligst an und sag mir die Wahrheit.“

Sie zwang sich aufzusehen. Sein Gesicht war zu einer undurchdringlichen, kontrollierten Maske geworden. Das war nicht länger ihr Marcus, sondern Oberstleutnant Harrington, ein Mann, der von seinen Untergebenen strengste Sittsamkeit forderte und der seine Frau nun musterte wie einen Soldaten vor dem Kriegsgericht.

Sie hatte zu viele Kämpfe ausgetragen, um eine Niederlage nicht zu erkennen, wenn sie ihr direkt ins Gesicht starrte. Es gab keine Waffen mehr und keine Rückzugsmöglichkeit. *Zur Hölle mit dem Gespenst, dafür, dass er ihr das angetan hatte!*

„Ich hatte keine Wahl", presste sie hervor. „Es gehörte zu meiner Mission. Bitte, lass mich doch erklären ..."

„*Erklären?* Was gibt es groß zu erklären an der Tatsache, dass du eine Spionin warst? Eine verdammte *Hure?*"

Seine Worte trafen sie wie Messerstiche. Ein unerträgliches Schamgefühl übermannte sie.

„Ich ... ich tat, was getan werden musste", flüsterte sie.

„Du *musstest* mich anlügen? In den letzten zwölf Jahren hast du mit keinem Wort erwähnt, in was für schmutzige Geschäfte du verwickelt warst. *Verdammt noch mal.*" Er fuhr sich mit der Hand durchs Haar, und sein Ausdruck wandelte sich von Wut zu Verzweiflung. „In unserer Hochzeitsnacht hast du vorgegeben, noch Jungfrau zu sein. War das ... war das etwa nur gespielt?"

„Es tut mir leid", sagte sie, und ihre Stimme brach. „Ich wollte nicht ..."

„Das Laken war blutbefleckt! Wie hast du das angestellt?", brüllte er.

Sie zuckte zusammen. In all den Jahren hatte Marcus ihr gegenüber nie die Stimme erhoben. Aber nun war sie wehrlos, entblößt ... Ihr blieb nichts weiter außer der Wahrheit.

„Es war Hühnerblut", flüsterte sie.

Seine blauen Augen glühten vor Zorn, und er sah sie an, als wäre sie das Widerwärtigste, das ihm je untergekommen war. Als sähe er sie zum ersten Mal ... und ihr Anblick wäre unerträglich. Sie konnte es ihm nicht verübeln. Obwohl sie sich selbst verabscheute, stolperte sie auf die Füße und streckte flehend die Hand nach ihm aus.

„Es war falsch von mir, dich zu belügen, Marcus. Meine Taten sind unverzeihlich. Aber ich habe es nur getan, weil ich dich so sehr liebe ..."

„*Liebe?*" Nie zuvor hatte dieses Wort so abfällig und hässlich aus seinem Mund geklungen. „Pandora – wenn das überhaupt dein richtiger Name ist –, du hast doch nicht die geringste Ahnung von Liebe. Ansonsten hättest du mich nicht vom ersten Augenblick an hintergangen."

Sie hatte dem Tod mehr als einmal ins Auge geblickt, aber nichts war mit der markerschütternden Angst zu vergleichen, die nun in ihr hochstieg. Es fühlte sich an, als würden Wellen des Schreckens sie überrollen und sie kämpfte verzweifelt darum, sich über Wasser zu halten.

„Wir waren doch glücklich. Alles, was ich je wollte, war, dich glücklich zu machen." Tränen rannen ihr ungehemmt über das Gesicht, als sie nach seinem Ärmel griff. „Bitte, Marcus. Ich kann das wieder in Ordnung bringen ..."

Er schüttelte sie ab, als ekelte er sich vor ihrer Berührung.

„Lass das", zischte er knapp. „Es ist zu spät."

„Z-zu spät?", wiederholte sie mit zittriger Stimme.

„Unsere Ehe ist eine einzige Lüge. Nichts davon war je real."

Seine kalten, harten Worte trafen sie heftiger als jeder physische Schlag. Verzweifelt schüttelte sie den Kopf. „Nein, das stimmt nicht. Ich liebe dich! Und die Kinder ..."

„Ich werde entscheiden, was sie darüber erfahren ... sobald ich beschlossen habe, was ich mit dir zu tun gedenke."

Die Furcht schnürte ihr die Kehle zu.

Er drehte sich um und marschierte zur Tür.

„Warte", presste sie hervor. „Wo willst du hin?"

„Das geht dich nichts an", erwiderte er, mit dem Rücken zu ihr gewandt. „Von jetzt an wirst du dich nicht mehr in meine Angelegenheiten einmischen."

Mit diesen Worten schlug er die Tür hinter sich zu.

Allein zurückgelassen, verließen sie ihre Kräfte. Sie sank zu Boden und alle Emotionen, die sie zu verbergen versucht hatte, brachen über sie herein. Während sie in den Wogen der Verzweiflung unterzugehen drohte, fühlte sie sich zum ersten Mal in ihrem Leben wirklich verloren.

$$\text{❧} \quad 4 \quad \text{❧}$$

*1817*

Marcus Harrington stützte sich auf dem Balkongeländer ab und atmete zum ersten Mal an diesem Abend tief durch. Die Nachtluft war kühl und trug den Duft des nahenden Frühlings mit sich. Obwohl sich die hohen Dächer Mayfairs um ihn herum drängten, konnte er hier zumindest den Himmel sehen, was seine innere Unruhe ein wenig dämpfte. Mit einem Finger lockerte er den erdrückenden Knoten seiner perfekt gebundenen, modischen Krawatte. Durch die geschlossenen Doppelglastüren drangen die ausgelassenen Geräusche der Ballgesellschaft zu ihm heraus. Er hatte sich kurz zurückgezogen, um einen Moment der Ruhe vor dem unermüdlichen Getöse zu genießen.

Schon komisch, mehr als ein Jahrzehnt seines Lebens hatte er in Heereslagern und Baracken verbracht, und während der letzten Jahre hatte er sich nichts sehnlicher gewünscht als die Rückkehr in die zivilisierte Gesellschaft, den Schrecken des Schlachtfelds den Rücken kehren zu dürfen. Und nun, zwei Jahre nach Waterloo, war es endlich so weit. Er war zurück. Er hatte sein Offizierspatent verkauft, nachdem sein älterer Bruder James gestorben war und ihm den Titel hinterlassen hatte.

Ein plötzliches Gefühl von Trauer übermannte ihn. Während seiner Zeit beim Militär hatte er mehr als genug Leid und Tod miterlebt, aber mitansehen zu müssen, wie James aufgrund einer schweren Krankheit dahinsiechte, bis nur noch Haut und Knochen von ihm übrig waren, und dann nicht einmal mehr das, hatte ihn schwer erschüttert. Wäre das Leben gerecht, würde James kerngesund an seiner Stelle hier stehen und hätte noch immer den Titel des Marquis von Blackwood inne.

Aber das Leben war nicht gerecht.

Sein Bruder lag seit über einem Jahr unter der Erde, während Marcus den Titel wie ein schlecht sitzendes, ausrangiertes Kleidungsstück übernommen hatte. Er hatte nie James' natürliches Charisma besessen, wurde nicht von klein auf zu einem Lord erzogen, und die vielen Jahre bei der Armee hatten ebenfalls wenig dazu beigetragen, ihn auf die Aufgaben eines Marquis vorzubereiten. Seine ersehnte Rückkehr in die Heimat hatte sich nur als ein weiterer Vorstoß in unbekanntes Gebiet entpuppt.

Marcus war durch und durch Soldat, er hatte keine Ahnung, wie man sich als Adliger verhielt. Die Routine des eleganten Lebens der Oberschicht war ihm fremd. In seinen Augen diente Kleidung dem praktischen Zweck, einen warm zu halten, ohne zu stören. Glücksspiel und übermäßigen Alkoholkonsum erachtete er als reine Zeit- sowie Geldverschwendung. Gesellschaftliche Anlässe und belangloses Geplauder reizten ihn noch weniger, und zudem hatte er nicht die geringste Ahnung, was er mit dem luxuriösen Stadthaus und der Schar an Bediensteten, die er mit dem Titel geerbt hatte, anstellen sollte.

*Genau deshalb brauchst du eine Frau, mein Junge ... um dich mit dieser Routine vertraut zu machen*, hatte seine Mutter gesagt. Trotz der Trauer um ihren ältesten Sohn hatte sie jede Gelegenheit genutzt, ihn zu belehren. *Miss Pilkington wäre die perfekte Wahl für dich. Aus gutem Hause, hübsches Gesicht und obendrein eine Erbin. Besser geht es nicht. Worauf wartest du noch?*

Vermutlich hatte sie damit recht. Cora Pilkington, die Tochter der Gastgeber des heutigen Abends, *war* eine ideale Kandidatin. Sie war blond, tugendhaft und besaß ausgezeichnete Manieren sowie einen tadellosen Ruf. In der *ton* galt sie als Juwel höchster Güte. Während ihrer beaufsichtigten Besuche war sie stets äußerst charmant gewesen ... wenn auch ein wenig übereifrig in ihrer Bewunderung seiner Kriegsverdienste. In den letzten drei Monaten hatte er sie vorsichtig und zurückhaltend umworben, obwohl ihr Vater, Charles Pilkington der Dritte, ihm mehr als deutlich zu verstehen gab, dass ein Antrag von ihm durchaus erwünscht war.

Marcus musste also nur noch diesen letzten Schritt wagen. Der Rest der feinen Gesellschaft erachtete die Heirat bereits als *Fait accompli*, daher wusste er nicht, warum er noch immer zögerte. Er war kein Schürzenjäger, der das Junggesellendasein auskostete. Nein, er wollte baldmöglichst heiraten und eine Familie gründen. Cora schien die vernünftigste Wahl zu sein. Und wenn die Idee, sie zur Frau zu nehmen, ihn nicht mit Begeisterung erfüllte ... dann lag das wohl an ihm, nicht an ihr.

Sein Bruder hätte sich niemals von seinen Gefühlen leiten lassen. James war ein waschechter Lord gewesen und hatte stets gewusst, was von ihm erwartet wurde. Wenn er zu dem Schluss gekommen wäre, dass Cora die perfekte Marquise von Blackwood abgeben würde, hätte er das Richtige getan und sie vom Fleck weg geheiratet.

*Wankelmut bringt doch nichts*, pflegte seine Mutter immer zu sagen.

Also entschloss er sich, so bald wie möglich mit Miss Pilkingtons Vater zu sprechen.

Plötzlich wurden die Stimmen und die Musik des Orchesters lauter. Er drehte sich um und sah, wie sich die Doppeltüren öffneten ... und eine Vision vor ihm erschien, eine Frau von solcher Schönheit, dass eine nie gekannte Sehnsucht ihm bis ins Mark fuhr. Die Narbe an seiner linken Schulter, verursacht durch die Kugel eines Scharfschützen, zog sich zusammen, und er konnte den Blick nicht von ihr abwenden.

„Oh ... Guten Abend", sagte sie.

Bei Gott, selbst ihre Stimme war bezaubernd. So sinnlich wie ihre schwarzen Locken und gleichzeitig so lieblich wie ihre zartrosa Lippen. Geheimnisvolle Unschuld in einer Person. Als sie ihn anlächelte, blieb ihm glatt die Luft weg.

„Ich wollte nicht stören", sagte sie. „Offensichtlich waren Sie zuerst hier. Eigentlich wollte ich nur einen ruhigen Rückzugsort finden, aber wie es scheint, habe ich Ihnen gerade Ihren weggenommen." Obwohl ihr Ton entschuldigend klang, funkelten ihre Augen amüsiert.

*Starr sie nicht so dumm an, sondern antworte ihr, du Idiot.*

„Auf diesem Balkon ist gewiss Platz genug für uns beide", brachte er schließlich hervor.

Sie bedachte ihn mit einem weiteren Lächeln, bevor sie an die Balustrade trat und ihre behandschuhten Arme darauf abstützte. Ihre Haltung war entspannt und kameradschaftlich, als wären sie zwei Soldaten, die gemeinsam im Wehrgang eine Pause einlegten. Sie sah hinaus in die Dunkelheit und tat dann etwas Faszinierendes: Mit geschlossenen Augen beugte sie sich vor und sog tief die kühle Nachtluft ein. Die natürliche Sinnlichkeit ihrer Bewegungen brachte sein Blut in Wallung. Mondlicht fiel auf ihre makellose Haut, betonte ihr üppiges Dekolleté und ließ die glitzernden Fäden in ihrem weißen Kleid funkeln, dessen eleganter Schnitt ihre anziehende Figur noch zusätzlich unterstrich.

„Geißblatt."

Ihre kehlige Stimme riss seinen Blick, der gerade auf ihrem prallen Hintern geruht hatte, wieder nach oben. „Äh, wie bitte?"

Sie sah ihn unter ihren langen, getuschten Wimpern hervor an. Obwohl er in der Dunkelheit ihre Augenfarbe nicht genau erkennen konnte, vermutete er, dass es sich um ein strahlendes

Blau handeln musste ... vielleicht. Das amüsierte Funkeln in ihrem Blick war jedoch unverkennbar.

„Geißblatt", wiederholte sie. „Riechen Sie es denn nicht?"

Er blinzelte. Zuvor hatte er seiner Umgebung nicht allzu viel Beachtung geschenkt, aber als er nun tief einatmete, bemerkte er den süßen, subtilen Duft. „Doch", erwiderte er überrascht. „Ich kann es riechen."

„Außerdem ist da Moschusrose, und ein Hauch von ..." Erneut sog sie die Luft ein, wobei sich ihr Busen aufreizend hob.

„Hagebutte", beendete er den Satz für sie.

„Ja, genau." Ihr Lächeln entfachte ein Feuer in ihm. „Was für eine einzigartig englische Kombination. Ich bin gerade erst aus dem Ausland zurückgekehrt, wissen Sie, daher fallen mir solche Dinge besonders auf."

Also war sie neu in London eingetroffen, was erklärte, warum er ihr noch nie zuvor begegnet war. Eine Frau wie sie wäre ihm garantiert aufgefallen. Unzählige Fragen schwirrten ihm durch den Kopf ... und plötzlich realisierte er, dass er noch nicht einmal ihren Namen kannte. Sein Anstandsgefühl hatte ihn gleichzeitig mit seiner Fähigkeit verlassen, einen klaren Gedanken zu fassen.

„Bitte verzeihen Sie", sagte er mit einer Verbeugung. „Marcus Harrington, Marquis von Blackwood, zu Ihren Diensten."

Ihr Knicks, den sie mit sinnlicher Eleganz ausführte, brachte ihn zum Schwitzen. Was war nur los mit ihm? Er hatte zwar durchaus Erfahrung mit Frauen, aber noch nie zuvor derart heftig auf eine Vertreterin des schönen Geschlechts reagiert. Obwohl er kein Mann von wankelmütigem Charakter war, blieb von der Begeisterung, die er eben noch für Miss Pilkington aufzubringen versucht hatte, nur ein lauwarmes Gefühl übrig, wie abgestandener Tee.

Im Gegensatz dazu war die Anziehungskraft, die diese Fremde auf ihn ausübte, wie ein starker, verlockender Whiskey. Sie war wie einer dieser flüchtigen Träume, an die man sich nur vage erinnern konnte, die einen aber jedes Mal steif und schweißgebadet erwachen ließen.

„Ich weiß, wer Sie sind, Lord Blackwood", erwiderte sie mit dem Anflug eines Lächelns. „Mein Name ist Pandora Hudson."

Ihr Vorname passte zu ihr, so fremdartig, exotisch und abenteuerlich. Der Nachname sagte ihm etwas, obwohl er ihn nicht so recht zuordnen konnte.

„Sehr erfreut, Miss Hudson." Er beugte sich über ihre Hand. Die Berührung ihrer behandschuhten Finger jagte ihm einen Schauer der Begierde über den Rücken. *Verflucht nochmal, reiß dich gefälligst zusammen, Mann.* „Äh, soll ich Sie zu Ihrer Begleitung zurückbringen, um mich offiziell vorzustellen?"

„Warten wir noch ein paar Minuten, immerhin bin ich ihr gerade erst entwischt", sagte Miss Hudson. „Da habe ich mir eine kurze Auszeit doch verdient, nicht wahr?"

Dem hatte er nichts entgegenzusetzen. Außerdem reizte ihn die Aussicht, diesen gestohlenen, magischen Moment noch ein wenig in die Länge zu ziehen. Als sie sich erneut mit den Ellbogen auf dem Geländer abstützte und den Blick über die dunklen Gärten schweifen ließ, tat er es ihr gleich.

„Gefällt Ihnen der Ball nicht?", fragte er.

„Es ist eine Gala wie jede andere." Ihre blassen, samtigen Schultern zuckten gleichgültig. „Ehrlich gesagt, fühle ich mich auf solchen Veranstaltungen immer ziemlich einsam."

Er konnte sich nicht vorstellen, dass Miss Pandora Hudson auf einem Ball – oder sonst wo – nicht die Aufmerksamkeit aller Männer auf sich zog, es sei denn, besagte Gentlemen wären taub, blind und unterbelichtet.

„Ich glaube kaum, dass auf Ihrer Tanzkarte noch ein freier Platz ist", sagte er ernst.

„Stimmt." Sie warf ihm einen abschätzenden Blick zu. „Ich meinte ja auch nicht allein, sondern einsam. Das eine hat mit dem anderen nicht viel zu tun, finden Sie nicht auch?"

Ihre scharfsinnige Beobachtung erweckte ein seltsames

Gefühl der Vertrautheit in ihm ... was natürlich überhaupt keinen Sinn ergab. Mit jeder weiteren Minute wurde er sich sicherer, dass er eine Frau wie sie niemals würde vergessen können.

„Wo, sagten Sie, haben Sie im Ausland gelebt?", fragte er aus einem Impuls heraus.

„Ich habe nichts dergleichen erwähnt." Ihre Augen funkelten amüsiert. „Kurz gesagt: überall und nirgendwo. Meine Eltern sind viel in Europa herumgereist und ich besuchte dabei verschiedene Mädcheninternate in Frankreich, Italien und der Schweiz ... Wenn Sie wahllos mit dem Finger auf die Karte zeigten, würden Sie mit ziemlicher Sicherheit einen meiner Wohnorte treffen."

Ihre Worte riefen bei ihm Erinnerungen an ihre Eltern wach. Zwar hatte er die Hudsons nicht persönlich gekannt, jedoch viel von ihnen gehört. Sie gehörten zu den einflussreichsten Familien der *ton*, ein angesehenes Paar, das viel herumreiste, weil Mr Hudson sich gerne die Zeit mit dem Ausgraben von Relikten und alten Knochen vertrieb.

„Eine höchst ungewöhnliche Kindheit", merkte er an. „Was führt Sie nach London zurück?"

„Der Tod meiner Eltern. Jetzt habe ich niemanden mehr, und wollte einfach gerne wissen, woher sie stammten. Woher *ich* stamme." Ein Schatten legte sich über ihre zarten Züge. „Eigentlich will ich nur einen Ort finden, an dem ich mich zu Hause fühlen darf."

Dass dieses liebreizende Geschöpf sich nirgendwo dazugehörig fühlen könnte, überraschte und faszinierte ihn. Trotz ihres jungen Alters besaß sie das Selbstbewusstsein einer Frau, die schon viel erlebt hatte ... Und doch lag da ein Hauch von Verletzlichkeit in ihrer Stimme. Die Sehnsucht in ihrem Blick spiegelte seine eigene wider und versetzte ihm einen Stich ins Herz. Alles an ihr erweckte seinen Beschützerinstinkt.

„Sie würden gewiss überall ein zu Hause finden", sagte er voll Überzeugung.

Sie musterte ihn einen Moment lang. „Und was ist mit Ihnen, Lord Blackwood?"

„Mit mir?"

„Ja. Immerhin ist dort drinnen eine Menschenmenge versammelt, die Ihre Verdienste für das Vaterland mit Ihnen feiern möchte", sagte sie und deutete mit dem Kopf in Richtung der Balkontüren. „Sie jedoch verstecken sich hier draußen bei mir."

„Ist mein Wunsch, dem Trubel zu entkommen, so offensichtlich?", fragte er betreten.

„Nur für eine gleichgesinnte Geflüchtete."

Er musste lachen. „Sie sind mir vielleicht eine erfrischende Gesellschaft, Miss Hudson. Wäre ich Ihnen doch nur bereits dort drinnen begegnet, dann hätte ich mich erst gar nicht auf den Balkon zurückziehen müssen."

„Die gehobenen Kreise können ziemlich erdrückend sein, vor allem für einen Mann wie Sie."

„Inwiefern?", fragte er und hob eine Braue.

„Weil Sie Soldat sind. Ein Mann der Tat", erklärte sie sachlich. „Verglichen mit den tödlichen Gefahren des Schlachtfelds, muss Ihnen die *ton* geradezu frivol vorkommen."

Überrascht sah er sie an. Irgendwie hatte sie ihn geradewegs durchschaut.

„Sagen Sie, Miss Hudson, gehört das Gedankenlesen zu den Fähigkeiten, die man Ihnen auf Ihren europäischen Mädcheninternaten beigebracht hat?"

„Schön wäre es. Dann hätte ich wenigstens eine damenhafte Fertigkeit vorzuweisen."

„Ach kommen Sie, ich glaube Ihnen nicht, dass Sie keinerlei sonstige Fertigkeiten besitzen."

„Sagen wir einfach, meine Talente sind nicht unbedingt salonfähig." Sie warf ihm einen spitzbübischen Blick zu. „Ich kann nicht einmal eine gerade Linie sticken. Und Sie würden schleunigst die Flucht ergreifen, wenn Sie meine Klavierkünste hörten."

„So schlimm kann es doch gar nicht sein", erwiderte er grinsend.

„O doch, glauben Sie mir." Ihre Nase kräuselte sich auf charmante Weise. „Ich würde garantiert keine gewöhnliche Ehefrau abgeben."

Ihre Worte trafen ihn mit der Wucht einer Kanonenkugel.

„Sind Sie vergeben?", fragte er, bevor er sich zurückhalten konnte.

Sie musterte ihn ernst. Gott, ihre Augen waren so verführerisch. „Noch nicht."

„Gut." Er atmete erleichtert aus. „Miss Hudson, das mag jetzt etwas voreilig klingen, und ich versichere Ihnen, dass ich von Natur aus kein ungestümer Mensch bin, aber ich würde Sie gerne besuchen und offiziell mein Interesse bekunden. Mit Ihrer Zustimmung, natürlich."

„Die haben Sie", erwiderte sie lächelnd. Dann richtete sie sich auf und wandte sich ab.

„Warten Sie ... Wohin gehen Sie?"

„Ich sollte besser wieder hineingehen. Meinen Ruf wahren, Sie wissen schon."

„Aber wann darf ich Sie aufsuchen? Und wo?", rief er ihr hinterher.

An der Balkontür hielt sie nochmals inne, ein wissendes Lächeln auf den Lippen. „Ich bin mir sicher, das werden Sie schon herausfinden. Es war mir ein Vergnügen, Mylord. Auf Wiedersehen."

„Gute Nacht", erwiderte er.

Marcus sah zu, wie ihre göttliche Gestalt hinter den Türen verschwand und drehte sich dann wieder zurück zum Garten. Glücklicherweise war er allein ... denn er grinste wie ein albernes Honigkuchenpferd. Es ließ sich nicht vermeiden. Endlich *wusste* er, was er wollte, was ihm in seinem bisherigen Leben gefehlt hatte.

Er legte die Hände auf die kühle Steinbalustrade und ließ den

Blick über den endlosen Horizont wandern. Verdammt, Miss Pandora Hudson hatte mit einer einzigen Begegnung seine Welt verändert. Seine Zukunft lag nicht länger grau und trist vor ihm. Unter den Sternen des Nachthimmels und umhüllt vom Duft der Frühlingsblumen tat sich ein farbenfrohes Abenteuer vor ihm auf.

Er konnte es kaum erwarten, sich hineinzustürzen.

❦ *5* ❦



Nach zwei Tagen und Nächten im Herrenklub, während der er erfolglos versucht hatte, seine Wut in Alkohol zu ertränken, beschloss Marcus, London zu verlassen. Die anderen Mitglieder wurden langsam neugierig ... und es war kein Geheimnis, dass White's eine der größten Gerüchteküchen der Stadt war. Außerdem wäre es wohl am besten, ein wenig Abstand zwischen sich und das hinterhältige Miststück zu bringen, das seinen Namen angenommen hatte. Auch wenn er kein jähzorniger Mann war, wusste er nicht, was er tun würde, wenn er sie erneut zu Gesicht bekam. So viele Jahre ... so viele *Lügen.*

Nichts zwischen ihnen war real gewesen.

*Pierre Chenet. Jean-Philippe Martin. Vincent Barone.*

Die Namen bohrten sich in seine Brust, entfachten seine Wut, und er spornte sein Pferd an, ritt wie vom Teufel besessen weiter ... oder besser gesagt, von einer Teufelin, deren Liebesschwüre nichts weiter gewesen waren als hinterlistige Täuschung ...

Nach Einbruch der Dunkelheit erreichte er die Jagdhütte

eines alten Freundes in der Nähe von Winchester. Richard Murray, der Vicomte von Carlisle, war einer der wenigen Menschen, deren Gesellschaft er im Moment ertragen könnte. Obwohl sie sich seit fast einem Jahr nicht mehr gesehen hatten – der Vicomte zog das Landleben dem Aufenthalt in der Stadt vor –, konnte Marcus immer auf Carlisle zählen, wenn er Ablenkung in Form von Alkohol und Billard brauchte und minimalen Gesprächsbedarf hatte (und wenn sie sich doch unterhielten, dann über pragmatische Themen wie Pferde oder das Geschäft). Sollte das nichts bringen, konnten sie immer noch die Wälder unsicher machen. Als leidenschaftlicher Jäger sorgte Carlisle stets dafür, dass sich genug Wild auf seinen Ländereien herumtrieb.

Doch seine Hoffnungen schwanden schnell, als er von einem mürrischen Butler empfangen wurde. Trotz seines eigenen, inneren Aufruhrs bemerkte er schockiert, wie viel sich seit seinem letzten Besuch verändert hatte. Er ging an nackten Wänden vorbei, von denen die Tapete abblätterte, und passierte ein Zimmer, das völlig unmöbliert war. Als er schließlich das Arbeitszimmer erreichte, bestätigten sich seine schlimmsten Befürchtungen.

Die Schränke waren leer, Carlisles umfangreiche Waffensammlung verschwunden. Auch der Billardtisch war nirgends mehr zu sehen. Die Gemälde mit den klassischen Jagdszenen hingen ebenfalls nicht mehr an den Wänden. Das Einzige, was sich noch in dem düsteren, kargen Raum befand, waren zwei abgenutzte Sessel und dazugehörige Beistelltische neben dem Kamin.

Aus einem von ihnen erhob sich Carlisle. Sein Freund war ein großer, dunkelhaariger Schotte mit finsterer Miene. „Blackwood, willkommen", sagte er und hob eine Braue. „Ich hatte dich gar nicht erwartet."

„Ja, tut mir leid. Ich hätte mich vorab ankündigen sollen. Wenn es gerade ungünstig ist ..."

„Ach, Unsinn. Setz dich doch und lass uns etwas trinken", wiegelte der Vicomte ab.

Sobald sie beide mit einem Whiskey in der Hand Platz genommen hatten, kam Marcus auf die augenscheinliche Situation zu sprechen. „Wie schlimm ist es?", fragte er leise.

„Aktuell nicht so rosig." Carlisle nahm einen tiefen Schluck.

Der Schotte war ein Meister der Untertreibung. Sein Sarkasmus, gepaart mit einem extrem zurückhaltenden Charakter, hatte ihm den Ruf eines unnahbaren Snobs eingebracht. Marcus jedoch kannte ihn seit nunmehr zehn Jahren und wusste, dass es keinen ehrbareren Gentleman als ihn gab. Es war eine kaum bekannte Tatsache, dass Carlisle ein finanzielles Desaster geerbt hatte und sich seitdem der Sisyphus-Aufgabe widmete, das Vermögen der Familie wiederherzustellen. Er sprach kaum darüber und beschwerte sich nie, sondern stellte sich jeder Herausforderung mit verbissener Entschlossenheit.

Er war die Art von Mann, den man sich im Kampf als Rückendeckung wünschte ... ein Kompliment, das Marcus nicht leicht vergab. Trotzdem konnte der Vicomte auch stur und übermäßig stolz sein und hielt von Hilfe ebenso wenig wie von einem Kopfschuss.

Aber Marcus wollte nichts unversucht lassen. Er neigte sich nach vorne. „Wenn ich irgendetwas tun kann, um zu helfen ..."

„Ich habe alles unter Kontrolle."

Typisch Carlisle.

„Leider haben wir keine besonders große Auswahl, was die Abendunterhaltung anbelangt", fuhr der Schotte fort. „Wir müssen uns wohl oder übel hiermit begnügen." Er deutete auf die Whiskeyflasche.

Markus kippte den Inhalt seines Glases hinunter. Der Alkohol schaffte es jedoch nicht, seine Dämonen zu verjagen. Verdammt, nichts in der Welt konnte das bewerkstelligen. Mit einem Mal brodelte die Wut wieder in ihm hoch.

Schlimm genug, dass Pandora eine Spionin gewesen war. Wie die meisten anständigen Engländer stand auch er dem Spionagegeschäft mit Argwohn und einem gewissen Maß an Verachtung gegenüber. Es war eine ehrlose Tätigkeit ... ein notwendiges Übel vielleicht, aber dennoch ein Übel. Er konnte und wollte kaum glauben, dass seine Gemahlin in derart schändliche Machenschaften verwickelt gewesen war.

Noch schrecklicher war jedoch die Tatsache, dass seine Frau – *seine Penny* – sich vor ihrer Ehe freizügig anderen Männern hingegeben hatte. Sie hatte ihren Körper benutzt, um verruchte Spielchen zu treiben und dann in ihrer Hochzeitsnacht *vorgetäuscht*, noch Jungfrau zu sein. Voll Bitterkeit dachte er an die gemeinsamen Flitterwochen in seiner Hütte in den Cotswolds zurück.

Am Vormittag nach ihrer ersten Nacht als Ehepaar kam er nach der Morgentoilette ins Schlafzimmer zurück, wo Penny sich hinter der spanischen Wand ankleidete. Wartend setzte er sich auf das Bett und ließ in Gedanken die Leidenschaft der nächtlichen Stunden Revue passieren. Insgeheim hoffte er, dass seine frisch gebackene Frau vielleicht einer weiteren Runde vor dem Frühstück zugetan wäre, als sein Blick plötzlich auf die großen, rotbrauen Flecken zwischen den zerwühlten Laken fiel. Sofort plagten ihn heftige Gewissensbisse.

„Marcus, bist du das? Ich habe mir gerade überlegt, dass wir nach dem Frühstück einen kleinen Spaziergang machen könnten ...“ Penny kam hinter der Trennwand hervor und hielt inne, als sie den Ausdruck in seinen Augen bemerkte. „Was ist los? Du siehst aus, als wäre dir ein Gespenst begegnet.“

Er ging zu ihr hinüber, nahm ihre Hand und führte sie an seine Lippen.

„Vergib mir, Liebste“, flüsterte er.

„Wofür denn?“

*Dafür, dass ich ein selbstsüchtiger Mistkerl war. Weil ich nicht erkannte, dass mein Vergnügen dir Schmerz bereitete.*

„Ich habe dir wehgetan.“ In seiner Stimme schwang rauer Selbsthass mit. „Es tut mir so leid, Penny. Das wollte ich nicht.“

„Mir wehgetan? Oh ...“ Sie senkte den Blick und biss sich auf die Lippe. „So schlimm war es nicht. Wirklich.“

„Es sollte überhaupt nicht schlimm sein. Das glaubst du mir doch, nicht wahr?" Mit einem Finger hob er ihr Kinn an und war erleichtert über die Liebe und das Vertrauen in ihrem Blick. Gott sei Dank hatte seine Achtlosigkeit nicht ihre Gefühle für ihn zerstört. „Ich schwöre, dass ich es von jetzt an besser machen werde für dich", versprach er feierlich.

Sie lächelte ihn an, obwohl er doch ein solcher Rohling gewesen war ... so beherrscht von seinem eigenen Lustgefühl, dass er überhaupt nicht realisiert hatte, wie schmerzhaft es für sie gewesen sein musste. Tatsächlich hatte er angenommen, dass sie das Liebesspiel ebenso sehr genoss wie er, wenn man bedachte, wie sie gestöhnt und ihre Nägel in seinem Rücken vergraben hatte ...

„Dann lass uns gleich den nächsten Versuch wagen, Liebling." Zu seiner Überraschung stellte sie sich auf die Zehenspitzen und legte ihm die Arme um den Hals. „Vor dem Frühstück ist noch Zeit genug."

Die Erinnerung verblasste, hinterließ jedoch diesmal anstelle der tiefen Dankbarkeit einen bitteren Nachgeschmack, der sich nicht verflüchtigen wollte. Grimmig krallten sich seine Finger um die Armlehnen seines Sessels.

*Ich habe dich angebetet, dachte, wir wären Seelenverwandte. Zum Teufel mit dir, weil du mich so hintergangen, den größten Idioten aller Zeiten aus mir gemacht hast.*

„Was ist los mit dir, Blackwood?"

Carlisles Stimme durchbrach seine düsteren Gedanken.

Er holte tief Luft. „Gar nichts."

„Du siehst aus, als hättest du Glasscherben verschluckt."

„Ich bin einfach nur müde. Es war ein langer Ritt", erwiderte er kurz angebunden.

„Noch dazu bist du ohne Diener oder Gepäck erschienen ... und ohne Schutz. Dabei ist der Weg ein beliebtes Ziel für Wegelagerer."

Vielleicht hätte er einen angenehmeren Pfad wählen sollen ... Beispielsweise den, der geradewegs ins Verderben führte.

„Du warst doch früher nie so aufdringlich."

„Und du bist früher nie unangemeldet wie ein Häufchen Elend auf meiner Türschwelle aufgetaucht."

„Vielen Dank für deine Gastfreundschaft", zischte Marcus und erhob sich. „Ich mache mich dann besser wieder auf den Weg ..."

„Sei kein Narr und setz dich gefälligst wieder. Wenn du nicht reden willst, dann lass es eben."

„Na schön." Er ließ sich zurück auf den Sessel fallen und starrte mürrisch in die Flammen des Kaminfeuers.

Nach einem kurzen Moment der Stille fragte sein Gastgeber: „Wie geht es der reizenden Lady Blackwood?"

„Der Teufel soll dich holen, Carlisle."

„Was er bestimmt tun wird." Der Vicomte hob fragend eine Braue.

Marcus stützte sich mit den Ellbogen auf den Knien ab und fuhr sich mit den Händen durchs Haar. In seinem angetrunkenen, übermüdeten Zustand war ihm plötzlich einfach alles zu viel.

„Ich habe sie verlassen", platzte er heraus.

„Ah." Sein Freund klang nicht allzu überrascht. „Aus einem bestimmten Grund?"

*Sie war eine verdammte Spionin, die mit drei Männern geschlafen hat, soweit ich weiß. Sie hat mich die ganze Zeit über belogen ... Gott, war unsere Ehe nichts weiter als Tarnung? Ein Mittel zum Zweck, um die Vergangenheit hinter sich zu lassen?*

Die Gedanken überschlugen sich in seinem Kopf, und sein Magen verkrampfte sich schmerzhaft. „Unsere Beziehung basiert auf einer Lüge", knurrte er.

„So ist die Ehe nun mal. Treue, Bis-dass-der-Tod-uns-scheidet, Gehorsamsschwüre. Das sind doch alles nur Versprechen, die darauf warten, gebrochen zu werden." Der Zynismus in Carlisles Tonfall war nicht zu überhören.

Mit seinen Anfang dreißig war er immer noch überzeugter Junggeselle.

„Es ist sogar noch schlimmer als das." Trotz seines trunkenen, aufgebrachten Zustands brachte er es nicht fertig, die Wahrheit über Pandoras Vergangenheit preiszugeben. *Er* konnte *sie* nicht verraten ... was für eine Ironie des Schicksals! Die Tatsache, dass er sie immer noch beschützen wollte, machte ihn nur noch wütender. „Ich möchte nicht ins Detail gehen, aber sagen wir einfach, sie hat mich unter falschen Vorwänden geheiratet. Und alles, was darauf basiert, unser gemeinsames Leben, unser Heim ... unsere *Kinder*." Bei dem Gedanken an seine Söhne brach seine Stimme. Bei Gott, wie würden sie all das nur verkraften? „Einfach alles war eine Lüge."

„Früchte des vergifteten Baumes?"

Er nickte knapp, griff nach der Flasche, die Carlisle ihm reichte, schenkte sich nach und leerte sein Getränk in einem Zug. Nach einem weiteren Blick auf sein inneres Chaos, die tosende Verzweiflung unter der Wut, wusste er ... diesen Weg durfte er nicht weiterverfolgen. Auf keinen Fall sollte er noch länger darüber nachgrübeln, dass seine Ehe – sein ganzes bisheriges *Leben* – nichts weiter als eine Täuschung war. Ein Trugbild von solcher Schönheit, dass der Gedanke, es zu verlieren, ihm Höllen-qualen bereitete.

Aber eigentlich konnte er nichts verlieren, was er nie wirklich besessen hatte, nicht wahr?

Er kippte noch ein weiteres Glas hinunter. Der Alkohol brannte nicht einmal ansatzweise so heftig wie das Feuer der Hoffnungslosigkeit in ihm.

„Was wirst du jetzt tun?", fragte Carlisle.

Statt einer Antwort goss Marcus sich erneut Whiskey nach.

„Wirst du gerichtliche Schritte einleiten?", wollte sein Freund wissen.

Er presste die Zähne zusammen. Auf dem Weg hierher waren ihm allerlei verrückte Ideen durch den Kopf geschwirrt, einschließlich verschiedener Rechtsbehelfe, die er einfordern konnte. Da Pandora ihn unter Vortäuschung falscher Tatsachen geheiratet hatte, stand es ihm zu, die Ehe als ungültig erklären zu lassen ... aber Kinder, die aus einer solchen Verbindung hervorgingen, wurden daraufhin ebenfalls als unehelich deklariert. Seine Söhne würden ihre gesellschaftliche Stellung sowie ihr Erbe verlieren. Unter keinen Umständen wollte er ihnen das antun.

Blieb nur noch die Scheidung, was nicht wirklich besser war. Der daraus resultierende Skandal würde seine ganze Familie – einschließlich der Jungs – in Misskredit bringen.

Im besten Fall würden sie zum Tratschthema und Gespött der *ton* werden, im schlimmsten Fall zu gesellschaftlichen Außenseitern. Und wofür? Nur, damit er Vergeltung üben konnte? Schmerzlich wurde ihm bewusst, dass es für Pandoras Verrat überhaupt keine Wiedergutmachung gab.

Sie hatte ihm das Herz aus der Brust gerissen und seine Seele gevierteilt.

„Ich weiß nicht, was ich tun werde." Auch sein nächstes Glas leerte er in einem Zug.

„So wie ich das sehe, bleiben dir nur zwei Möglichkeiten. Entweder, du beendest deine Ehe ... oder du lernst, damit zu leben." Carlisle hielt inne und legte den Kopf schief. „Hat sie dir erklärt, warum sie es getan hat?"

„Was getan hat?"

„Dich angelogen."

„Danach habe ich sie nicht gefragt", knurrte er. „Allein, dass sie es getan hat, ist schlimm genug. *Zwölf verdammte Jahre lang.*"

Sein Freund hob die Brauen. „Stimmt auch wieder. Meiner Erfahrung nach ist es allerdings der Entscheidung dienlich, alle Fakten zu kennen. Aber das ist deine Sache. Bleib gerne hier, solange du willst, und lass dir alles in Ruhe durch den Kopf gehen."

Mürrisch nickte Marcus, um seinen Dank auszudrücken.

„Mir ist gerade wieder eingefallen, dass hier irgendwo noch

ein Deck Karten herumliegen muss. Wie wäre es mit einem Spiel?"

„Ausgezeichnete Idee." Alles wäre besser, als diese Unterhaltung fortzusetzen.

Während Carlisle nach den verschollenen Karten suchte, rieb Marcus sich die pochenden Schläfen. Irgendwie musste er seine Gefühle – insbesondere seine Wut – unter Kontrolle bringen, um einen klaren Kopf zu bekommen. Noch nie zuvor war es ihm so schwergefallen, vernünftige Zukunftsentscheidungen zu treffen. Zu Kriegszeiten war er berüchtigt dafür gewesen, einen kühlen Kopf zu bewahren und sich auch unter katastrophalen Bedingungen nicht aus der Ruhe bringen zu lassen.

Verdammt, zweimal war er dem Tod sogar nur um Haaresbreite entkommen. In Toulouse, bei der Eroberung und Sicherung feindlicher Gebiete, hatte sich die Kugel eines Scharfschützen durch seine linke Schulter gebohrt. Nur ein paar Zentimeter weiter, und er wäre mausetot gewesen. Ähnlich erging es ihm bei Quatre-Bras, wo der Schuss an seinem rechten Ohr vorbeigezischt war.

Beide Male hätte er beinahe sein Leben gelassen ... aber nachdem der erste Schock verflogen und er noch lebendig war, hatte er sich zusammengerissen und seine Soldatenpflicht wieder aufgenommen. So war er nun einmal.

Bisher hatte er nie den Wunsch verspürt, einfach aufzugeben. Er hatte sich stets der Realität gestellt und getan, was getan werden musste. *Verflucht, Penny. Das ist alles deine Schuld.*

Carlisle rückte mit seinem Sessel näher heran und legte einen verschlissenen Kartenstapel auf dem Beistelltisch ab.

„Willst du geben oder soll ich?", fragte er.

„Mir egal", erwiderte Marcus tonlos.

Dank der Heimtücke seiner Frau war ihm wirklich alles egal.

„Papa ist zurück!"

Bei dem freudigen Ausruf ihres jüngsten Sohnes, Owen, zog sich Pandoras Magen vor Aufregung zusammen. Sie zwang sich zu einem Lächeln. „So ist es, mein Schatz. Also komm her und lass mich dein Haar richten. Du willst doch nicht, dass Papa dich in diesem zerzausten Zustand sieht, oder?"

Ungeduldig rutschte der Fünfjährige auf seinem Platz hin und her, während sie versuchte, seine wilden, dunklen Locken zu zähmen. Vom Aussehen und Benehmen her kam er ganz nach ihr.

„Ethan hat mit mir gekämpft und sieht genauso schlimm aus", merkte Owen an.

„Ja, aber immerhin habe ich gewonnen", erwiderte dieser großspurig. Ihr mittlerer Sohn hatte ihre Augen, dafür aber Marcus' goldbraunes Haar geerbt. „Und meine Frisur ist kein bisschen durcheinander."

„Du hast gar nicht gewonnen! Ich habe nur aufgehört, weil ich Papas Kutsche hörte ..."

„Seid still, ihr beiden!", mischte sich ihr ältester Sprössling, James, gebieterisch ein. Mit seinen elf Jahren besaß er bereits die ernste Miene und den großen, schlaksigen Körperbau seines

Vaters und würde gewiss einmal ebenso muskulös und stattlich werden wie dieser. „Papa war die letzten beiden Wochen auf einer wichtigen Geschäftsreise. Er will bestimmt nicht von solch einem Heidenlärm begrüßt werden", wies er seine Brüder zurecht.

Voller Scham und Dankbarkeit dachte Pandora an den Brief, den Marcus den Jungs geschickt hatte. Ganz der fürsorgliche Vater, schrieb er ihnen, um sie wissen zu lassen, dass er in einer dringenden Angelegenheit unterwegs sei, um sie nicht zu beunruhigen. Um den wahren Grund seiner Abreise zu verheimlichen: die Kluft zwischen ihm und seiner Frau, verursacht durch Pennys Lügen.

Nun, da er wieder zu Hause war, wusste sie nicht, was sie als Nächstes erwarten würde, ob er sich nach den zwei Wochen, die sie getrennt gewesen waren – nie zuvor während ihrer Ehe hatten sie so viel Zeit ohne den anderen verbracht – als ihr Feind oder ihr Verbündeter erwies. Die Tage ohne ihn waren jedenfalls die reinste Hölle gewesen.

Sie hatte weder essen noch schlafen können. Zum ersten Mal seit vielen Jahren waren die Albträume zurückgekehrt. Die nächtlichen Schrecken waren sonst von Glücksgefühlen und der Sicherheit, in Marcus' starken Armen einzuschlummern, ferngehalten worden, aber während der letzten zwei Wochen war sie dreimal panisch aus dem Schlaf aufgeschreckt, spürte erneut den ledernen Handschuh gegen ihren Mund gepresst, die kalte Mauer der Gasse in ihrem Rücken, atmete den Geruch zerdrückter Veilchen ein, vermengt mit Blut ...

Tagsüber gelang es ihr, die Erinnerungen zurück in die Tiefen ihrer selbst zu verbannen, wohin sie gehörten. Während sie vor den Kindern eine unbekümmerte Fassade aufrecht zu erhalten versuchte, fühlte sie sich innerlich völlig leer, ausgetrocknet aufgrund all der Tränen, die sie vergossen hatte, wann immer sie daran dachte, was sie alles zerstört hatte. Sie konnte immer noch nicht verstehen, warum die Wahrheit so unaufhaltsam aus ihr herausgesprudelt war ... Gott sei Dank hatte sie das Schlimmste jedoch für sich behalten.

Ein Gefühl unerträglicher Scham übermannte sie. Nur drei andere kannten ihr dunkelstes, abscheulichstes Geheimnis. Eine dieser Personen war ihre engste Vertraute, Flora. Die zweite war Octavian, der ihr die Werkzeuge an die Hand gegeben hatte, um gegen ihre Hilflosigkeit anzukämpfen. Die dritte Person war nun tot und schmorte hoffentlich bis in alle Ewigkeit in der Hölle.

*Dieser Teil deiner Vergangenheit liegt hinter dir. Konzentriere dich lieber auf die Zukunft, darauf, die Dinge mit Marcus wieder in Ordnung zu bringen.*

Wie jede gute Spionin wusste sie, wann das Spiel vorbei war und sie sich nicht länger verstecken konnte. Sie musste ihrem Ehemann reinen Wein einschenken ... dabei allerdings das eine Detail für sich behalten, wegen dem er sie sonst nur noch mehr verabscheuen würde. Sie würde ihn anflehen, ihr zu vergeben. Wenn er bereit wäre, ihr noch eine Chance zu geben, wollte sie es auf jede nur erdenkliche Art wiedergutmachen. Für ihre Täuschungen gab es keine Entschuldigung. Ihr blieb nichts anderes übrig, als ihm zu gestehen, dass sie das alles nur getan hatte, weil sie sich in ihn verliebte – weil sie wusste, dass ein Gentleman wie er die Gefühle einer Frau wie ihr niemals erwidert hätte.

Ja, sie würde ihm den Großteil der Wahrheit offenbaren. Im besten Fall wäre er dazu bereit, ihr die niedere Herkunft zu vergeben, ebenso wie die Tatsache, dass sie eine Spionin gewesen war und ihn hinsichtlich ihrer sexuellen Erfahrungen angelogen hatte. Wenn er aber herausfände, wie verdorben sie tatsächlich war ...

Angst und Selbstekel übermannten sie. Nein, das durfte er *niemals* erfahren, ansonsten würde jeglicher Funken Liebe, den er vielleicht noch für sie empfand, erlöschen. Das würde sie nicht überleben.

Als sie seine vertrauten, zielstrebigen Schritte im Gang hörte, krampfte sich ihr Magen zusammen. In einem Anflug von Panik wünschte sie sich, sie hätte sich an diesem Morgen etwas sorgfältiger zurechtgemacht. Ihr war klar, wie abgespannt sie nach einer weiteren, schlaflosen Nacht aussehen musste. Hätte sie gewusst, dass er heute zurückkam, hätte sie ein wenig dezentes Make-up aufgelegt, um die dunklen Augenringe und ihre eingefallenen Wangen zu kaschieren. Außerdem wünschte sie, sie hätte ihren besten Morgenmantel angezogen, den aus lavendelfarbener Seide mit der Spitzenborte und den aufgestickten Perlen auf dem Mieder ...

*Als könnten ein wenig Farbe und ein schicker Fummel dich aus dieser misslichen Lage befreien. Sei nicht so albern und konzentrier dich gefälligst.*

Die Tür zum Salon öffnete sich und Marcus trat ein. Sein Anblick schnürte ihr die Brust zu. Im Gegensatz zu ihr schien ihm die zweiwöchige Trennung in keinster Weise zugesetzt zu haben. Wie immer sah er verboten gut und unnahbar aus. Sein dunkelblaues Jackett und die graue Hose schmiegten sich an ihn wie eine zweite Haut. Sein bronzefarbenes Haar lag in ordentlichen Wellen an seinem Kopf.

„Papa!" Ihre drei Söhne begrüßten ihn stürmisch, und scharten sich wie aufgeregte Welpen um ihn.

Marcus fuhr jedem von ihnen der Reihe nach mit väterlicher Zuneigung durchs Haar. „Hallo, Jungs. Was habt ihr während meiner Abwesenheit so getrieben?"

„Ich habe mich der Mathematik gewidmet", berichtete Jamie ernst. „Mr Johnson sagt, ich mache sehr gute Fortschritte bei der Bruchrechnung."

„Ausgezeichnet", lobte sein Vater ihn.

Jamie strahlte voll Stolz.

Ethan, der sich nicht überbieten lassen wollte, rief dazwischen: „Und ich habe die Namen aller Könige und Königinnen von England auswendig gelernt."

„Du musst das Gedächtnis eines Elefanten besitzen, mein Sohn", erwiderte Marcus anerkennend.

Ethan grinste zufrieden.

Dann beugte er sich zu ihrem jüngsten Sohn hinunter und fragte: „Was ist mit dir, Owen? Was hast du geleistet?"

Der Kleine nagte auf seiner Unterlippe herum und runzelte die Stirn. „Ich ... bin mindestens einen Zentimeter gewachsen!"

Ethan schnaubte verächtlich. „Das ist doch keine große Leistung."

„Ist es wohl!"

„Ist es nicht. Wachsen tut man von allein, dafür muss man nichts tun."

Owens Pausbäckchen erröteten. „Warte nur, bis ich größer bin als du. Dann schlage ich dich beim Ringen und ..."

„Jungs." Pandora nahm all ihren Mut zusammen und gesellte sich zu ihnen. „Belagert euren Vater nicht so, kaum, dass er zur Tür hereingekommen ist."

Marcus erhob sich und richtete den Blick auf sie. Eine eiserne Hand umklammerte ihr Herz. Die Wärme, mit der er die Kinder begrüßt hatte, war verschwunden. Seine Augen waren kalt und verschlossen.

„Marcus", flüsterte sie.

„Mylady."

Seine kühle, formelle Begrüßung jagte ihr einen Schauer über den Rücken. Zu Hause nannte er sie sonst immer „Pandora" oder bei ihrem Kosenamen „Penny". Früher hatte er sie stets mit einem Kuss, einer Berührung, einer kleinen Geste begrüßt, die ihr zeigte, dass er sie vermisst hatte. Aber diesmal ... nichts.

*Was hast du denn erwartet? Eine liebevolle Umarmung? Bring es endlich in Ordnung.*

Da sie sich der Anwesenheit der Kinder bewusst war, setzte sie ein Lächeln auf. „Jungs, es ist Zeit für euren Unterricht. Ihr könnt später gemeinsam mit Papa zu Mittag essen."

„Aber *Mama*", protestierten die drei im Chor.

Wenigstens waren sie sich zur Abwechslung mal einig.

„Raus mit euch", sagte Marcus. „Ich muss sowieso mit eurer Mutter sprechen. Wir sehen uns später."

Widerwillig verließen die Kinder das Zimmer.

„Wir müssen reden", begann sie.

„Im Arbeitszimmer", erwiderte er knapp.

Dann kehrte er ihr den Rücken zu und ging voraus. Mit pochendem Herzen folgte sie ihm und schickte dabei ein Stoßgebet gen Himmel.

*Lieber Gott, wenn du mich hören kannst, dann mach, dass Marcus mir vergibt. Ich weiß, ich habe ihn nicht verdient, aber ich schwöre, mich zu bessern und alles zu tun – egal, was es kostet –, um ihn zurückzugewinnen.*

---

Nachdem sie beide den mit dunklem Holz verkleideten Raum betreten hatten, schloss Marcus die Tür hinter ihnen. Er hatte bewusst das Arbeitszimmer gewählt, weil es ihnen die nötige Privatsphäre bot und außerdem ein neutraler Ort für geschäftliche Angelegenheiten war. Während der letzten zwei Wochen, nachdem seine Wut sich endlich ein wenig gelegt hatte, war ihm klar geworden, dass er, was seine Ehe betraf, viel zu gutgläubig und vertrauensselig gewesen war. Pandora hatte ihn so sehr bezirzt, dass er sich einfach alles von ihr gefallen ließ. Aber von nun an würde er ihre Beziehung wie jeden anderen Bereich seines Lebens handhaben: mit kühlem Kopf und unerschütterlicher Autorität.

Keinesfalls würde er sich länger von der Liebe blenden lassen.

Seine unangenehme Aufgabe bestand nun darin, die Wahrheit herauszufinden, um zu entscheiden, wie es zukünftig weitergehen sollte.

Er lehnte sich gegen die Vorderkante seines Schreibtischs und blickte auf sie hinab. Pandora saß auf einem Stuhl dem Tisch gegenüber und sah so schön und sinnlich aus wie immer, wirkte aber auch ... müde. Tiefe Ringe lagen unter ihren Augen, und ihre

Wangen waren leicht eingefallen, als hätte sie an Gewicht verloren. Verbissen versuchte er, sich gegen die aufkommende Besorgnis sowie ihren flehentlichen Blick zu stählen.

„Marcus, es steht dir natürlich zu, wütend auf mich zu sein ...", begann sie.

„Allerdings." Es kostete ihn seine ganze Willenskraft, ruhig und gefasst zu klingen. „Aber das tut jetzt nichts zur Sache. Wir müssen uns mit der Zukunft befassen, unserer sowie der unserer Kinder."

„Wenn du mir vergeben kannst, schwöre ich, dass ich alles tun werde ..."

„Du wirst jetzt still sein und mir zuhören."

Bei seinem Tonfall weiteten sich ihre veilchenblauen Augen. Gut so. Sie sollte sich bloß nicht einbilden, ihn manipulieren zu können ... wie sie es ja scheinbar die ganze Zeit über getan hatte. Erneut kochte die Wut in ihm hoch. Nein, er würde nicht länger eine naive, willenlose Marionette in ihren Händen sein.

„Ich habe Fragen, die du mir beantworten wirst", sagte er. „Anhand deiner Antworten werde ich entscheiden, wie es zukünftig weitergehen soll. Wenn ich allerdings auch nur den Anflug einer Lüge bemerken sollte, werde ich unverzüglich die Scheidung einreichen, Skandal hin oder her. Hast du mich verstanden?"

Sie erblasste und schluckte schwer. „Klar und deutlich."

„Gut. Dann verrate mir zunächst deinen Namen. Deinen richtigen Namen."

„Pandora", erwiderte sie.

Wenigstens das war nicht gelogen gewesen.

„Aber Hudson war nicht mein eigentlicher Geburtsname", fügte sie leise hinzu.

Er versuchte, den auflodernden Zorn zu unterdrücken. „Wie heißt du dann?", fragte er kalt.

Sie senkte den Blick, ihre Wimpern flatterten gegen die blassen Wangen. „Ich weiß es nicht."

„Hör auf mit den Spielchen", warnte er sie. „Was soll das verdammt noch mal heißen, du weißt es nicht?"

„Es bedeutet, ich weiß nicht, wer meine Eltern waren." Sie atmete schwer, als sie seinen Blick erwiderte. „Ich wurde unehelich geboren. In dem Waisenhaus, wo ich aufwuchs, sagte man mir, meine Mutter sei eine Prostituierte gewesen und ich eine unselige Begleiterscheinung ihres Gewerbes. Sie gab mich dort ab, als ich gerade mal einen Monat alt war, ich kann mich nicht an sie erinnern. Angeblich hat sie mich Pandora genannt, weil ich ihr nichts als Ärger einbrachte." Sie hielt kurz inne. „Da niemand wusste, wer mein Vater war, gab man mir den Nachnamen Smith."

Marcus war zutiefst schockiert. Von allen möglichen Erklärungen hätte er diese am wenigsten erwartet. Er betrachtete seine Frau – das Idealbild einer Dame von Welt – und konnte den Anblick nicht mit der Vergangenheit vereinbaren, die sie ihm soeben offenbart hatte. Sie war ein uneheliches Kind, das in einem Waisenhaus ausgesetzt wurde? Noch bevor er sich davon erholen konnte, fuhr sie jedoch fort.

„Als ich zehn war, arbeitete ich bereits als Blumenmädchen in Covent Garden. Nein, das stimmt so nicht ganz." Sie presste die Lippen aufeinander, bevor sie ihm gestand: „Ich verkaufte zwar Blumen, aber hauptsächlich verdiente ich mir mein Geld mit Taschendiebstählen."

Nach seiner langen, abhärtenden Karriere als Offizier hätte Marcus nie erwartet, dass ihm noch irgendetwas die Sprache verschlagen könnte. Aber nun wurde er eines Besseren belehrt. Ihm fehlten buchstäblich die Worte.

„Ich war ziemlich geschickt darin. Kleine Hände, schnelle Reaktionsgabe." Ihre Mundwinkel hoben sich, doch sie lächelte nicht. „Die Gaunerei sorgte dafür, dass ich einen vollen Bauch und nachts ein Kopf über dem Dach hatte. Das Leben war nicht einfach, aber auch nicht unerträglich. Dann begegnete ich Octavian."

Er umklammerte mit beiden Händen die Tischkante und war

sich nicht sicher, ob er ihre nächsten Worte überhaupt hören wollte. Es gefiel ihm nicht, wie ihre Stimme zitterte und sich ein Schatten über ihren Blick legte.

„Er war ein Meisterspion der Krone. Zufällig hatte er mich beim Stehlen beobachtet und war beeindruckt von meiner Fertigkeit und meinem Überlebenswillen." Ihre Stimme brach ein wenig. „Er bot mir einen Ausweg aus der Gosse an: die Mitarbeit in seinem Team."

„Du warst doch erst *zehn*", presste Marcus hervor.

„Fast elf. Und definitiv sehr reif für mein Alter", erwiderte sie tonlos.

„Was wollte ein Schuft wie dieser Octavian denn mit einem so jungen Mädchen anfangen?"

„Zuerst sollte ich nur Beobachtungen anstellen und Besorgungen erledigen. Aber gleichzeitig bereitete er mich auf Größeres vor. Da er jedoch ein Meisterspion und zudem alleinstehend war, konnte er mich schlecht selbst bei sich aufnehmen, daher gab er mich in die Obhut eines Ehepaares namens Harry und Flora Hudson."

Ihre Eltern, die Marcus nie getroffen hatte, weil sie angeblich gestorben waren und Pandora in einem Internat im Ausland aufwuchs.

Grimmig fragte er: „Und die Hudsons waren ebenfalls Spione?"

Sie nickte. „Harry war Geheimagent, und weil Flora ihm treu ergeben war und ihm nicht von der Seite weichen wollte, wurde sie ebenfalls Agentin. Ihre gesellschaftliche Stellung und Harrys Faible für Archäologie verschafften ihnen die perfekte Deckung. Ich reiste mit ihnen herum, während sie mich ausbildeten und wie ihr eigenes Kind großzogen. Tatsächlich habe ich ihnen so viel zu verdanken." Erneut schluckte sie schwer und fuhr flüsternd fort: „Harry starb kurz nach der Schlacht bei Waterloo. Es war ein Kutschenunfall. Er kämpfte so unermüdlich für den Frieden und konnte dann nicht einmal mehr die Früchte seiner harten Arbeit genießen. Nach seinem Tod verlor Flora jeglichen Lebensmut."

Die Tränen, die in ihren Augen schimmerten, schnürten ihm die Brust zu. Sie hatte so viel Schreckliches durchmachen müssen, Dinge, die er sich nicht mal im Traum hätte vorstellen können. Dennoch war er noch immer wütend auf sie, auf ihre Heimlichtuerei und ihre Lügen. Und darauf, dass sie sein ihr vorbehaltlos entgegengebrachtes Vertrauen so missbraucht hatte.

Was sie anbetraf, war er ein Schwächling. Selbst jetzt, während sie ihm ihre schändlichen Taten, die unzähligen Lügen gestand, überkam ihn das unbändige Verlangen, sie in seine Arme zu ziehen und ihr zu sagen, dass alles gut werden würde. Ihr verletzliches Wesen, das er von Anfang an gespürt hatte, zu beschützen.

Doch er unterdrückte dieses Bedürfnis und ging stattdessen zum Fenster hinüber, um ein wenig Abstand zwischen sie zu bringen, starrte hinaus in den herbstlichen Garten und versuchte, sich von dem Anblick beschwichtigen zu lassen. Das goldene Laub strahlte eine Ruhe aus, die in krassem Gegensatz zu seinem inneren Aufruhr stand.

„Wie lange hast du als Spionin gearbeitet?", fragte er.

„Als ich dreizehn wurde, erachtete Octavian mich als einsatzbereit. Er gab mir den Decknamen Pompeia. Ich arbeitete bis kurz vor dem Ball der Pilkingtons, auf dem ich dich kennenlernte, für ihn." Sie zögerte einen Augenblick. „Erinnerst du dich noch daran?"

Selbstverständlich tat er das.

„Hast du unser Treffen etwa bewusst eingefädelt?", fragte er barsch. „War unsere Hochzeit nur Teil deiner neuen Identität? Ein Weg, um aus dem Spionagegeschäft auszusteigen?"

„*Nein*. Marcus, zumindest das musst du mir glauben", erwiderte sie mit zitternder Stimme. „Ich habe mich vom ersten Augenblick an in dich verliebt. *Du* warst der Grund, warum ich meine Tätigkeit als Agentin überhaupt aufgab. Alles, was ich tat, geschah nur deshalb, weil ich dich so sehr liebte und wusste, dass du mich als Pandora Smith niemals akzeptieren würdest. Also musste ich für dich zu einer besseren Frau werden ...“

„Du hast mich *aus Liebe* angelogen?“ Sein Blick bohrte sich in ihren. „Hast vorgegeben, eine Debütantin – eine unbefleckte *Dame* – zu sein, um mein Herz zu gewinnen?“

Tränen schimmerten in ihren Augen. Sie presste die bebenden Lippen zusammen, stritt es jedoch nicht ab.

Das war die schrecklichste Wahrheit von allen. Ebenso gut hätte sie ihn erschießen oder niederstechen können, denn der Gedanke, dass ein anderer Mann sie vor ihm berührt hatte ...

„Wie viele?“, presste er hervor.

Sie schluckte schwer. „Marcus ...“

*„Wie viele?“*

„Drei“, flüsterte sie. „Diejenigen, die im Brief erwähnt wurden.“

*Pierre Chenet. Jean-Philippe Martin. Vincent Barone.*

Die Namen, die sich unwiderruflich in sein Gedächtnis eingebrannt hatten, erschienen rotglühend vor seinen Augen. Diese Dreckskerle hatten mit seiner Frau geschlafen, obwohl er stets glaubte, dass sie allein ihm gehörte. Sie hatten Pennys süße Küsse genossen, hatten erleben dürfen, wie es sich anfühlte, in ihr zu sein ...

„Es hatte nichts mit Liebe zu tun.“ Ihr flehentlicher Tonfall durchbrach sein Gedankenchaos. „Mit jedem von ihnen geschah ... es nur einmal. Ich verspürte keine Lust dabei, ganz im Gegenteil. Damals betrachtete ich es einfach als Teil der Mission. Ein anderes Leben kannte ich nun mal nicht. Ich war überzeugt, ich hätte ...“ – ihre Stimme brach – „... ich hätte nichts anderes verdient.“

Verdammt, er wollte kein Mitleid für sie empfinden, wollte sich nicht in den Strudel aus Emotionen ziehen lassen, der sein ganzes bisheriges Leben zerstörte. Er konnte kaum noch seine viel gepriesene Selbstbeherrschung wahren.

„Das reicht", knurrte er. „Ich will kein weiteres Wort mehr über deine verruchte Vergangenheit hören."

Sie biss sich kurz auf die Lippe, fuhr dann aber fort. „Der Brief, den du erhalten hast, war wie gesagt von einem alten Erzfeind, der mittlerweile tot ist. Und meine Geschichte, meine Taten ... all das kann mit ihm sterben." Sie erhob sich und näherte sich ihm, und wie betäubt beobachtete er, wie seine kultivierte, glamouröse Frau vor ihm auf die Knie fiel. Mit beiden Händen ergriff sie die seine und sah ihn aus ihren vor Tränen glänzenden Augen an. „Ich weiß, dass es unverzeihlich war, dich hinsichtlich meiner wahren Identität anzulügen, aber seit unserer Heirat war ich dir stets eine gute und aufrichtige Ehefrau. Ich habe immer nur versucht, dich glücklich zu machen. Und das waren wir beide doch, oder nicht? Wenn du nur dazu bereit wärst, mir noch eine Chance zu geben, würde ich alles dafür tun, um dir noch mehr Glück zu bescheren. Ich werde Wiedergutmachung leisten, alles tun, was du von mir verlangst ..."

„Kannst du die Vergangenheit ändern?", fragte er heiser.

Stille Tränen rannen über ihre Wangen.

*Nicht nachdenken. Keine Gefühle zulassen.* Er entzog sich ihrem Griff und fuhr sich mit der Hand übers Gesicht. „Ich brauche Zeit."

„Marcus, bitte ..."

„Hör auf, mich zu bedrängen, Pandora", warnte er sie. „Ich muss über unsere Zukunft nachdenken und entscheiden, was zu tun ist. Einstweilen werden wir vor den Kindern den Schein wahren. In der Öffentlichkeit wirst du weiterhin die Rolle der Ehefrau und Mutter spielen, als sei nichts geschehen. Solltest du dir auch nur den kleinsten Fehltritt erlauben, reiche ich umgehend die Scheidung ein, ungeachtet der Konsequenzen. Ist das klar?"

„Ja", erwiderte sie mit erstickter Stimme. „Marcus, ich liebe dich ..."

„Sag diese Worte ja nie wieder zu mir", knurrte er. „Hast du mich verstanden?"

Sie zuckte zusammen, als hätte er sie geschlagen.

„Antworte gefälligst." Verdammt, wie sehr er sich für sein abscheuliches Benehmen hasste! Wie sehr er sie dafür hasste, ihn so weit getrieben zu haben!

„Ja", flüsterte sie. „Klar und deutlich."

Wütend auf sie – und sich selbst – marschierte er aus dem Zimmer.

❧ 7 ❧



Penny war schon immer ein Hitzkopf gewesen. Octavian hatte sie deswegen gewarnt, Harry und Flora hatten ihr beigebracht, ihr Temperament zu zügeln. Ihre Pflegeeltern lehrten sie, wie sie ihr aufbrausendes Naturell bändigen und als Spionin zu ihrem Vorteil einsetzen konnte. Daher waren Kühnheit und Wagemut selbst in den verzwicktesten Situationen zu Pandoras Markenzeichen geworden.

Als Ehefrau musste sie jedoch lernen, dass es etwas völlig anderes war, seine Launen zu kontrollieren. Vor allem, wenn man mit einem Sturkopf wie Marcus verheiratet war. Nach einem herrlich romantischen Ausflug zu seiner Hütte in den Cotswolds kehrten sie schließlich nach London zurück, wo sie schnell realisierte, dass die Flitterwochen vorbei waren ... buchstäblich und im übertragenen Sinne.

Marcus kehrte zu seiner gewohnten Routine zurück. Obwohl er jede Nacht ihr Schlafgemach aufsuchte und morgens mit ihr frühstückte, war er den restlichen Tag über geschäftlich unterwegs und hielt sich abends in seinem Klub auf. Hin und wieder begleitete er sie zu einem gesellschaftlichen Anlass, ansonsten war sie die meiste Zeit über allein. Ihr war klar, dass sie sich eine eigene Routine zulegen musste, fand aber nichts, bei dem sie nicht vor Langeweile oder Verdruss umkam. Nach zwei Wochen stand sie kurz davor, den Verstand zu verlieren.

Eigentlich sollte man meinen, dass nach einem Leben in Angst und Armut zu viel freie Zeit und Geld eine willkommene Abwechslung wären, aber dem war nicht so. Lieber würde sie sich von feindlichen Agenten durch die verwinkelten Straßen des Marais jagen lassen, als einen weiteren Nachmittag mit doppelzüngigen Schlangen zu verbringen, die ihr höflich ins Gesicht lächelten, nur um dann hinter ihrem Rücken über sie herzuziehen. Aber leider schienen gesellschaftliche Tortur und endlose Besuche bei angesagten Schneidereien zur Tagesordnung einer vornehmen Dame zu gehören. Da Penny ihrem Gemahl eine vorbildliche Marquise sein wollte, musste sie sich diesem Leben wohl oder übel fügen.

Natürlich versetzte sie das nicht gerade in Hochstimmung.

Gerade saß sie vor ihrem Frisiertisch und drehte sich zu Marcus um, der im Türrahmen ihres Ankleidezimmers stand. In seinem schwarzen Morgenmantel aus Seide und mit dem vom Baden noch feuchten, gelockten Haar war er der Inbegriff würdevoller Perfektion. Selbst in legerer Kleidung strahlte er eine attraktive Autorität aus, was seine Bitte – oder vielmehr seine Anordnung – jedoch nicht rechtfertigte.

„Ich habe es dir doch bereits gesagt", wiederholte sie. „Ich will nicht schon wieder mit deiner Mutter zu Abend essen."

„Aber das wirst du müssen. Wir können ihr nicht ewig aus dem Weg gehen, Liebling", sagte er.

„*Du* musst ihr ja nicht aus dem Weg gehen. Triff dich ruhig mit ihr." Trotzig verschränkte sie die Arme vor der Brust. „Dann kannst du mich entschuldigen ... Sag ihr, ich hätte eine Migräne oder besser noch: die Pest."

Marcus schmunzelte amüsiert, ließ jedoch nicht locker. „Ich werde nicht für dich lügen."

„Na schön, dann sag ihr eben die Wahrheit." Penny erhob sich so energisch, dass ihr zartgelber Morgenmantel sich dramatisch um sie bauschte. „Sag ihr, dass ich nicht an ihrer Dinnerparty teilnehmen will, weil sie herablassend und unhöflich ist. Sie macht keinen Hehl daraus, wie wenig sie mich leiden kann, Marcus, und wie sehr sie sich wünscht, du hättest jemand anderen geheiratet. Wenn ich auch nur noch ein einziges Wort über die ach so perfekte Miss Pilkington hören muss, bekomme ich einen Schreikrampf, das schwöre ich dir."

„Du reagierst über", erwiderte er ... was in ihren Augen die *ganz* falsche Antwort war. „Mama war einfach nur überrascht von unserer Vermählung, was ja auch ihr gutes Recht ist. Immerhin war sie ziemlich überstürzt."

„Heirate in Eile, bereue mit Muße?", gab sie bitter zurück. „Deine Mutter wünscht sich gewiss, dass du deine Entscheidung inzwischen bereust. Wie ich höre, ist Cora Pilkington noch zu haben."

„Kein Grund, schnippisch zu werden. Mama wird unsere Ehe schon noch akzeptieren. Und Miss Pilkington hat mit der ganzen Sache überhaupt nichts zu tun."

„Doch, das hat sie", erwiderte Penny hitzig. „Sie führt eine verfluchte Hetzkampagne gegen mich."

„Was meinst du damit?"

Sein verwirrter Blick erzürnte sie nur noch mehr. „Ich meine, dass sie ihren gesellschaftlichen Einfluss gegen mich verwendet. Sie erschwert mir den Zugang zu gewissen Kreisen."

„War sie dir gegenüber etwa unhöflich?", fragte er stirnrunzelnd.

„Nicht direkt." Frustriert gestikulierte sie in der Luft herum. „Frauen von ihrer Sorte haben da andere Mittel und Wege."

Wie sie schmerzlich herausfinden musste, gab es in der feinen Gesellschaft eine ganz eigene Form von Spionage. Debütantinnen setzten Worte wie Stiletten ein, Geschwätz und Anspielungen wie Gift und tarnten sich hinter glänzenden Schildern höflicher Tugendhaftigkeit. In Pennys Augen war die Welt der *ton* ebenso heimtückisch wie die der Geheimagenten, und Cora Pilkington, das kokette, blonde Miststück, war die Schlimmste von allen.

„Wie geht eine Frau ihrer *Sorte* denn vor?", wollte ihr Mann wissen.

Es frustrierte sie ungemein, Seiner Lordschaft derart offensichtliche Verhältnisse erklären zu müssen. „Cora Pilkington tuschelt hinter vorgehaltenem Fächer mit ihren Freundinnen über mich, wenn ich anwesend bin. Ihre Komplimente sind ebenso unecht wie ihre Wimpern. Außerdem sieht sie immer so ... *selbstgefällig* aus."

„Wenn es ein Verbrechen wäre, selbstgefällig auszusehen, säße die gesamte *ton* hinter Gittern. Hast du denn handfeste Beweise für Miss Pilkingtons Verschwörung gegen dich?"

Sein vernünftiger Tonfall brachte sie auf die Palme. „Du willst Beispiele hören? Na schön. Letzte Woche, bei Lady Ipplebys Mittagessen, stand ich mit Miss Pilkington und ihren Freundinnen zusammen, als plötzlich eine Spinne vorbeikrabbelte und Cora laut aufschrie. Sie sah aus, als würde sie gleich in Ohnmacht fallen, also habe ich das dämliche Tier zertreten."

„Und?"

„Sie hat sich bei mir bedankt", berichtete Penny mit finsterer Miene.

„Ah. Ganz offensichtlich hat sie es tatsächlich auf dich abgesehen."

„Mach dich nicht über mich lustig! Es war die Art, *wie* sie mir gedankt hat." Bei der Erinnerung an Coras spitzen, höhnischen Tonfall stieg erneut die Wut in ihr hoch. Sie versuchte, ihren Ton nachzuahmen. „*Sie sind ja so tapfer, Lady Blackwood, im Gegensatz zu uns zarten Blümchen. Ich muss gestehen, ich würde glatt die Besinnung verlieren, wenn die Überreste einer solch widerlichen Kreatur an meinem Schuh klebten.*"

Die übrigen Glucken hatten es Cora gleichgetan und waren schaudernd einen Schritt zurückgewichen, als litte Penny an einer ansteckenden Krankheit.

„Das war alles?", fragte Marcus mit einem Anflug von Verzweiflung. „Vielleicht hatte Miss Pilkington ja wirklich einfach nur Angst vor der Spinne und bewundert deine Unerschrockenheit. Sie wollte bestimmt nicht unhöflich sein. Tatsächlich hat sie dich bei unserem letzten Aufeinandertreffen in den höchsten Tönen gelobt."

Herr im Himmel, wie konnte er nur so begriffsstutzig sein? Wie konnte der brillante Oberstleutnant Harrington, dekorierter Kriegsheld, so unglaublich *einfältig* sein, was das weibliche Geschlecht anbelangte? Natürlich hatte ihr das in der Vergangenheit Vorteile eingebracht ... aber *trotzdem*.

„Kein Wunder, dass sie sich *dir* gegenüber so freundlich gibt. Sie will ja auch, dass du sie für tugendhaft hältst. Aber in Wahrheit ist sie eine falsche Schlange, die nur auf eine Gelegenheit wartet, in dein Bett zu schlüpfen", gab sie aufgebracht zurück.

„Das ist sowohl lächerlich als auch beleidigend." Marcus verzog das Gesicht. „Außerdem kommen wir vom Thema ab. Es ging darum, dass du mich zur Dinnerparty meiner Mutter begleiten sollst, was rein gar nichts mit Miss Pilkington zu tun hat. Das ist deine Pflicht als meine Frau – als die Marquise von Blackwood."

„Halte mir jetzt keinen Vortrag über Pflichten."

„Dann verhalte du dich nicht wie ein verzogenes Kind."

Seine ruhige Überheblichkeit brachte ihren letzten Geduldsfaden zum Reißen. „Wenn ich mich wie ein *Kind* benehme, dann nur, weil du mir diese Rolle aufgezwungen hast!"

„Was zur Hölle soll das denn jetzt bedeuten?"

„Es bedeutet, Marcus, dass du fröhlich von Termin zu Termin und anschließend in den Klub scharwenzelst, während ich dazu verdammt bin, tatenlos zu Hause herumzusitzen", zischte sie.

„Also gut, zunächst einmal scharwenzele ich nicht herum – ich kümmere mich um geschäftliche Angelegenheiten." Er spannte den Kiefer an. „Und zweitens gibt es doch wohl reichlich für dich zu tun?"

„Was denn zum Beispiel?"

Er runzelte merklich ungehalten die Stirn. „Du könntest dich um den Haushalt kümmern, Besuch empfangen, Boutiquen besuchen, was weiß ich. Was die Damen der Gesellschaft eben so unternehmen."

„Nur zu deiner Information, es dauert höchstens eine Stunde pro Tag, mich mit der Haushälterin und dem Butler abzusprechen. Und ich *war* einkaufen." Wutentbrannt stürmte sie hinüber zu ihren drei riesigen Schränken und warf die Türen auf, hinter denen sich Berge von Satin, Seide und Chiffon befanden. „Hier passt nichts mehr rein."

„Dann kauf eben einen weiteren Schrank", knurrte er.

„Na fabelhaft. Das wäre eine weitere Stunde auf der Bond Street. Dann bleiben also nur noch ..." – Sie tippte sich gespielt nachdenklich mit dem Finger gegen das Kinn – „... *zehn Stunden* am Tag, die es totzuschlagen gilt. Was soll ich deiner Meinung nach mit dieser Zeit und mir anfangen?"

„Verdammt, was ist denn auf einmal in dich gefahren?" Marcus stemmte die Hände in die schlanken Hüften und sah nun ebenfalls wütend aus. „Man sollte meinen, du hast nicht den leisesten Schimmer, wie man sich als Lady benimmt."

Das hatte sie auch nicht ... aber das konnte sie ihm schlecht auf die Nase binden. Mit jeder Minute wuchs ihre Frustration.

„Ich gebe mein *Bestes*." *Und zwar für dich, du Holzkopf.*

„Wenn du dich doch noch ein wenig mehr bemühen möchtest", gab er eisig zurück, „würde Mutter dir gewiss mit Freuden ein paar neue Bekanntschaften vorstellen und ..."

„Ich will die Hilfe deiner Mutter aber nicht, du hirnloser Trottel, ich will *dich*!", platzte sie heraus. Aufgebracht schritt sie vor ihren geöffneten Schränken auf und ab und hatte Mühe, ihren geschliffenen Akzent beizubehalten. „Ich will keine weiteren

Bekanntschaften, die hinter meinem Rücken über mich lästern. Die behaupten, du hättest unter deiner Würde geheiratet, und die nur darauf warten, dass ich einen Fehler mache – egal welchen –, damit sie sich bei Kaffee und Kuchen das Maul über mich zerreißen können. Und die alle insgeheim der Meinung sind, dass ich dich der perfekten Miss Pilkington gestohlen hätte, die eine viel bessere Marquise abgeben würde und dir auch immer noch schöne Augen macht ..."

Starke Arme legten sich um ihre Taille und unterbrachen ihre Tirade. Wütend versuchte sie, sich aus seinem Griff zu lösen, schaffte es aber nicht. Er zog sie an seine muskulöse Brust.

„Penny! Sieh mich an."

Schwer atmend erwiderte sie seinen Blick ... und trotz ihrer Ungehaltenheit jagte die Wärme in seinen stahlblauen Augen ihr einen wohligen Schauer über den Rücken. Plötzlich war sie sich seiner männlichen Nähe bewusst, seines würzigen Duftes und der Hitze zwischen ihnen.

„An Miss Pilkington bin ich nicht interessiert. Ich will nur dich", sagte er.

Mit einem Mal wurde ihr klar, dass sie wie eine eifersüchtige Furie klang, und sie kam sich klein und töricht vor.

„Das weiß ich doch", murmelte sie gegen seine Brust.

„Ich bin nur deswegen so viel unterwegs, weil ich möchte, dass du dich ungestört einleben kannst. Du sollst unser gemeinsames Heim nach deinen Vorstellungen gestalten können, ohne dass ich dir dabei im Weg bin. Ich wollte dich nicht allein lassen, sondern mich einfach nur rücksichtsvoll verhalten."

Überrascht hob sie den Kopf.

Er lächelte sie betreten an. „Übrigens bist du nicht die Einzige, die mich für einen Schwachkopf hält. Mein stellvertretender Geschäftspartner verzweifelt langsam ebenfalls an mir."

„Warum das?"

„Weil ich mich überhaupt nicht auf seine Worte konzentrieren kann. Meine Gedanken scheinen sich andauernd nur um dich zu drehen, mein Schatz."

„Wirklich?", hauchte sie.

„Wirklich." Sein warmer Blick wurde regelrecht feurig. Mit seinen großen, kräftigen Händen fuhr er ihr besitzergreifend über den Rücken, bevor er ihren Hintern packte und sie fest an sich drückte.

Als sie seine Härte spürte, übermannte sie eine Welle des Verlangens. Seine beeindruckende Erektion presste sich schamlos gegen ihren Bauch. Mit einem Schlag wurde sie feucht zwischen den Schenkeln, und ihr Ärger schlug in Erregung um.

Sie schlang die Arme um seinen Hals und zwinkerte ihm verführerisch zu. „Und was für Gedanken sind das genau, Lord Blackwood?"

„Das werde ich dir gerne demonstrieren", erwiderte er.

Verflucht, wie sie es liebte, wenn seine Stimme so tief und rauchig wurde. Und noch mehr gefiel es ihr, wenn er sie hochhob, als wäre sie federleicht, und hinüber ins Schlafgemach trug, wo er sie auf das Bett fallen ließ. Mit einem Bein auf der Matratze kniend, entledigte er erst sie und dann sich selbst ihrer spärlichen Bekleidung. Selbst nach einem Monat stürmischen Ehelebens hatte sie sich immer noch nicht an seinem herrlich maskulinen Anblick sattgesehen.

Er war der Inbegriff von Stärke und rauer Schönheit. Seine Schultern waren breit und muskulös, und für ein paar Sekunden blieb ihr Blick an der Narbe auf seinem linken Oberarm haften. Die Wunde hatte er einem Scharfschützen zu verdanken. Sie war eine Erinnerung daran, dass er trotz allem nur ein Mensch war, dass sie ihn hätte verlieren können, bevor sie einander wirklich kennenlernen durften. Der Gedanke beunruhigte sie zutiefst.

Sie schüttelte die Beklemmung ab und ließ ihren Blick an seiner definierten Brust entlangwandern, die von krausem, bronzefarbenem Haar überzogen war, gegen das sie sich so gerne schmiegte. Gott, wie sie es liebte, ihn überall zu berühren, seine harten Rückenmuskeln unter ihren Fingern zu spüren, seinen männlichen Körper gegen ihre weiblichen Rundungen, wenn sie sich liebten. Es wurde zunehmend schwieriger, sich im Bett wie eine Lady zu verhalten. Letzte Woche hatte er sie zu solcher Ekstase getrieben, dass sie wollüstig die Beine um ihn schlang, was ihn aber nicht zu stören schien. Im Gegenteil, sein Blick hatte sich verklärt, und seine Stöße wurden immer härter, immer tiefer ...

Unbändiges Verlangen durchfuhr sie. Sie streckte die Arme nach ihm aus und flüsterte: „Komm her."

Mit einer seiner großen Hände umschloss er ihre Handgelenke und drückte sie über ihrem Kopf auf die Matratze.

„Alles zu seiner Zeit", sagte er. „Bleib so, Liebes."

Sein ruhiger Befehl verursachte ihr eine wohlige Gänsehaut. In seinen Augen flackerte die Leidenschaft. Früher hätte sie sich einem Mann niemals auf diese Weise hingegeben. Vor ihrer Ehe mit Marcus hatte sie zweimal freiwillig mit Zielpersonen geschlafen, und beide Male hatte sie die Führung übernommen, die geplante Verführung durchgezogen, ohne dabei selbst Befriedigung zu verspüren. Doch als sie an ihre allererste sexuelle Erfahrung dachte, musste sie schwer schlucken. Damals hatte sie keineswegs in den Akt eingewilligt. Es war gewaltsam, schmerzhaft und so erniedrigend gewesen ...

Grimmig schob sie die schrecklichen Erinnerungen beiseite. Mit Marcus war es ganz anders. Der Sex mit ihm war stets mit Liebe, Vertrauen und Zärtlichkeit verbunden, mit aufregenden Erkenntnissen, die ihre geschundene Seele zu heilen schienen und sie vor Begehren erglühen ließen.

Ihr Ehemann senkte den Kopf, und seine Lippen streiften spielerisch über die ihren. Doch als sie sich ihm entgegenreckte, um den Kuss zu vertiefen, wanderte sein Mund weiter zu ihrem Kiefer und über ihren Hals hinunter zu ihrem Schlüsselbein. Als seine Zunge zwischen ihren Brüsten entlangglitt und er schließlich eine ihrer steifen Brustwarzen mit den Lippen umschloss, keuchte sie auf und stöhnte laut. Er saugte eifrig an ihrem Nippel, und sie wölbte sich ihm lustvoll entgegen, während ihr Geschlecht warm und erwartungsvoll zu pulsieren begann.

„Ich liebe deine Brüste, Penny", sagte er, als er ihre andere, harte Knospe liebkoste und dann sanft darauf blies. „Sie sind so perfekt."

„Lass dir ruhig Zeit mit ihnen", seufzte sie vor Wonne.

Er lachte leise, und sein heißer Atem streifte ihre empfindliche Brustwarze. „Wenn du darauf bestehst."

Neckisch presste er Küsse auf ihre Rippen, ihren Bauch. Sie musste kichern, als er seine Zunge in ihren Bauchnabel gleiten ließ. Als sein Mund jedoch immer tiefer wanderte, erstarrte sie. Er hatte doch nicht etwa vor, sie ... *dort* zu küssen, oder? Da sie wahrlich keine Dame aus gutem Hause war, hielt sie sich eigentlich für recht aufgeklärt, was sexuelle Praktiken anbelangte, und natürlich wusste sie, wie orale Befriedigung funktionierte. Aber sie hatte immer gedacht, dass es etwas war, was Frauen für Männer taten. Nie wäre sie auf den Gedanken gekommen, dass ein Mann – vor allem ein Gentleman wie Marcus – eine Frau mit dem Mund ...

Die erste, heiße Berührung seiner Zunge entlockte ihr ein Wimmern. Beim zweiten Mal wölbte sie sich ihm stöhnend entgegen. „O Gott! Oh, *Marcus* ..."

Er hob leicht den Kopf. „Alles in Ordnung, Penny?"

„Ja, ja!", keuchte sie.

„Du schmeckst so süß, überall", murmelte er. „Gott, ich kann einfach nicht genug von dir bekommen ..."

Benommen vor Glück ließ sie den Kopf zurück auf die Kissen sinken, während die Lust sie überwältigte. Marcus schien keine Scham zu kennen. Seine großen Hände hielten ihre Schenkel gespreizt, während seine Zunge tief in sie eindrang und ihre verborgenste Stelle erforschte. Sie stieß die wildesten Laute aus, als er fortfuhr, sie oral zu verwöhnen, sie voller Leidenschaft und Begierde zu lecken und dabei mit Komplimenten zu überschütten. Wie köstlich sie doch sei, so samtig und feucht. Wellen der Lust brachen über sie herein und brachten ihre Seele zum Singen. Als seine Zunge an ihrer Spalte nach oben wanderte und er begann, an ihrer empfindlichen Perle zu saugen, kam sie so heftig, dass ihr Sterne vor den Augen tanzten.

Sie fühlte sich wie neu geboren, umgeben von funkelnden Splittern des Firmaments.

Obwohl ihre nicht enden wollende Ekstase sie völlig einnahm, spürte sie plötzlich, wie seine harte Männlichkeit in sie stieß und sie perfekt ausfüllte. Das Gefühl der Verbundenheit raubte ihr beinahe den Atem und schenkte ihr abermals Wogen der Befriedigung.

Sein Gesicht erschien über ihrem, und er musterte sie voll dunkler Leidenschaft. „Gott, du fühlst dich so gut an. So eng und feucht. So atemberaubend schön." Mit langsamen, kreisenden Bewegungen seiner Hüften rieb er seinen heißen, harten Schaft gegen ihre überempfindliche Perle. „In diesem Moment könnte ich glücklich sterben."

„Du fühlst dich noch viel besser an", stöhnte sie. „So groß und hart. Ich kriege einfach nicht genug von dir."

Sobald die Worte ihr herausgerutscht waren, bemerkte sie ihren Fehltritt. Eine Lady würde so etwas niemals sagen. Mit seinem Ehemann zu flirten, war eine Sache, seine Gefühle auf solch direkte und schamlose Weise kundzutun, eine ganz andere.

Erschrocken öffnete sie den Mund, um sich zu korrigieren ... aber dazu kam sie nicht, denn seine Lippen pressten sich fordernd auf die ihren. Seine Zunge eroberte mit heftigen Stößen ihren Mund, die denen seiner unnachgiebigen Hüften glichen. Immer wilder und zügelloser bohrte er sich in sie. Verloren im Strudel der Lust, klammerte sie sich an ihn, hob ihm ihr Becken entgegen, um ihn so tief wie möglich in sich aufzunehmen. Plötzlich stöhnte er laut auf, ihr Name auf seinen Lippen, und kam so heftig in ihr, dass sie seinen Erguss bis in den Mutterleib spürte.

Das Gefühl trieb auch sie erneut zur Ekstase, deren Intensität kaum zu ertragen war.

Nach einer Weile rollte er sich von ihr herunter auf den Rücken und zog sie an sich. Sie schmiegte ihre Wange an seine Brust und lag reglos da, während sie seinem Herz lauschte, das genauso heftig schlug wie ihr eigenes. Lange Zeit war das Zimmer nur von ihrem lauten, schwerfälligen Atmen erfüllt. Dann jedoch kamen ihr Zweifel. *Habe ich zu viel preisgegeben? Hat mein Verhalten ihn schockiert? Ob er wohl Verdacht schöpft, dass ich ...?*

Ein leises, tiefes Lachen unterbrach ihr Gedankenchaos. Sie hob den Kopf und sah, dass Marcus lächelte.

„Was ist denn so lustig?", fragte sie.

Er ließ seine Finger durch ihr Haar gleiten und strich ihr eine widerspenstige Strähne hinters Ohr. Es war eine so intime, liebevolle Geste, dass sie sogar noch ein wenig mehr dahinschmolz.

„Wir", antwortete er. „Früher habe ich mir nie eine hitzige Ehe gewünscht, aber wenn wir jeden unserer Streits auf diese Weise beilegen, sollten wir das zukünftig vielleicht zur Gewohnheit machen."

„Wir müssen uns nicht jedes Mal streiten, nur um miteinander zu schlafen", wies sie ihn hin.

„Stimmt. Aber so war es doch zugegebenermaßen ziemlich stürmisch ... selbst für uns", erwiderte er und wackelte anzüglich mit den Brauen.

Sie biss sich auf die Lippe. „Du fandest es nicht ... *zu* stürmisch?"

„Fragst du mich das ernsthaft?"

Was sollte sie darauf antworten, ohne ihre wahren Ängste preiszugeben? Im nächsten Augenblick fand sie sich auf dem Rücken liegend wieder, Marcus über sie gelehnt.

Er musterte sie eingehend. „Pandora, ist dir denn nicht klar, wie gut wir zusammenpassen?"

„Doch schon, aber ..." *Ich bin nicht die, für die du mich hältst. Ich bin nicht gut genug für dich. Jeden Tag verbringe ich in der Angst, dass du die Wahrheit herausfinden und mich hassen könntest …*

Sie schluckte schwer und entschied sich, ihm zumindest halbwegs wahrheitsgemäß zu antworten. „Ich weiß nur nicht, ob andere Ehefrauen sich in diesen Momenten ebenso sehr, ähm, mitreißen lassen wie ich."

„Wahrscheinlich nicht."

Bei seinen Worten verkrampfte sich ihr Magen.

„Weshalb ich deren Männer auch zutiefst bemitleide und Gott jeden Tag dafür danke, dass er dich an jenem Abend zu mir auf den Balkon geführt hat." Die Zärtlichkeit in seinem Blick und in seiner Berührung, als er ihr sanft die Hände an die Wangen legte, raubte ihr den Atem. „Ich will, dass wir immer ehrlich zueinander sind, sowohl im Bett als auch in allen anderen Bereichen unseres Lebens. Zwischen uns soll es nichts als Liebe geben. Du bist etwas ganz Besonderes, Penny, und ich will dich genau so, wie du bist."

„Ich habe dich nicht verdient", erwiderte sie mit erstickter Stimme. *Aber ich liebe dich zu sehr, als dass ich dich je wieder gehen lassen könnte.*

„Obwohl ich ein hirnloser Trottel bin?", grinste er.

„Du bist der beste Ehemann der Welt. Ich bewundere dich und will mich nie wieder mit dir streiten", verkündete sie.

Daraufhin lachte er vergnügt. „Versprich nichts, was du nicht halten kannst, Liebes. Lass uns lieber folgenden Pakt schließen: Selbst wenn wir streiten, wollen wir niemals wütend aufeinander zu Bett gehen oder getrennt voneinander schlafen. Egal, wie schlimm es auch ist. Vor dem Schlafengehen wollen wir stets alle Differenzen beiseitelegen."

Der Gedanke gefiel ihr. „Und wenn wir dann im Bett liegen … versöhnen wir uns?"

Seine Augen funkelten verschmitzt. „Darauf kannst du dich verlassen, Liebste."

❧ 8 ❧

Penny riss ihren Blick von dem flackernden Kaminfeuer los und versuchte, sich wieder auf den Brief zu konzentrieren, der halb geschrieben vor ihr auf dem Sekretär lag. Die geschwungene Schrift verschwamm vor ihren Augen, während sie die Worte an ihre beste Freundin und engste Vertraute verfasste, eine Frau, die sie seit über zwölf Jahren nicht mehr gesehen hatte, die jedoch ihre dunkelsten Geheimnisse kannte und der sie mehr oder weniger ihr jetziges Leben verdankte.

Sie tauchte die Füllfeder in das Tintenfass und setzte erneut an. Die Nachricht war in dem alten Code geschrieben, den Flora – die mittlerweile unter dem Namen Schwester Agatha lebte – ihr vor so vielen Jahren beigebracht hatte. Für Außenstehende handelte es sich um ein höfliches Schreiben, in dem es um einen der Wohltätigkeitsvereine ging, deren Schirmherrin sie war. Doch hinter dem Code würde Schwester Agatha folgende Worte finden:

*... Ich habe alles getan, um ihn zufriedenzustellen. Sein Lieblingsessen zubereiten lassen, für eine ruhige Atmosphäre zu Hause gesorgt, mich*

*unzählige Male entschuldigt ... ohne Erfolg. Ich bin verzweifelt und wünschte, du wärst hier, um mir mit deinem weisen Rat zur Seite zu stehen. Wie soll ich bloß das Herz des Mannes, den ich über alles liebe, zurückgewinnen ...?*

Eine Träne fiel auf das Papier und verwischte die Buchstaben.

Seufzend beendete und versiegelte Penny den Brief, den sie anschließend an das bescheidene Landgut in Oxfordshire adressierte, wo Schwester Agatha mit anderen gottesfürchtigen Frauen zusammenlebte und ihren frommen Pflichten nachging. Offiziell war es zwar kein Kloster mehr, nachdem König Heinrich der Achte sämtliche religiöse Stätten aufgelöst und geplündert hatte, aber trotzdem kümmerte sich die Gemeinde von St. Margery weiterhin heimlich, unter dem Deckmantel einer Schule, um die Armen und Bedürftigen. Das Anwesen wurde von den Einheimischen liebevoll *die Abtei* genannt. Mittlerweile wurden die strikten Auflagen gegen religiöse Einrichtungen nach und nach gelockert, und der Schwesternorden konnte seinem Glauben und der Nächstenliebe wieder etwas öffentlicher nachgehen.

Flora war dem Kloster vor über einem Jahrzehnt beigetreten. Nach Harrys Tod wollte sie nichts mehr mit dem Spionagegeschäft zu tun haben, da sie der Tätigkeit sowieso nur ihres Mannes zuliebe nachgegangen war. Den Rest ihres Lebens wollte sie wohltätigen Zwecken widmen, und die Gemeinde von St. Margery schien ihr dafür der perfekte Ort zu sein. Sie wartete jedoch, bis Pandoras Zukunft gesichert war, bevor sie ihren Beschluss verkündete, dem alten Leben den Rücken zu kehren und ein neues zu beginnen.

Penny konnte sich noch lebhaft an ihren Abschied in Brüssel erinnern. Sie hatte die Hände ihrer Freundin ergriffen, in deren warme, braune Augen geblickt, die ihr seit ihrem zehnten Lebensjahr immer wieder Trost und Weisheit gespendet hatten, und sie angefleht, es sich noch einmal zu überlegen.

„Du kannst dich doch nicht einem Orden anschließen! Komm mit mir nach London, Flora. Du könntest die Rolle meiner

Mutter spielen. Das bist du doch sowieso, nur eben nicht blutsverwandt. Dort würdest du mich auf Veranstaltungen begleiten und mir helfen können, Marcus' Herz zu gewinnen ..."

„Mein geliebtes Kind, dafür brauchst du meine Hilfe nicht." Flora umarmte sie fest, löste sich dann von ihr und ging hinüber zum Fenster, von dem aus man den kleinen Garten ihrer Wohnung überblicken konnte. Sanfte Sonnenstrahlen fielen auf ihr gut aussehendes, wettergegerbtes Gesicht. „Wenn dieser Oberstleutnant Harrington wirklich so ein ganzer Kerl ist, wie du behauptest, wird er sich auf den ersten Blick in dich verlieben und um deine Hand anhalten, noch bevor ein anderer Gentleman die Gelegenheit dazu hat."

Pandora errötete. „Ich wünschte, ich wäre so zuversichtlich wie du. Aber ich habe keine Ahnung, wie sich eine Lady verhalten muss ... was jedoch wichtig ist, um einen Gentleman wie Marcus zu erobern. Du gehörst zur *ton*, Flora. Du könntest mir helfen, mir zur Seite stehen ..." Bei dem Gedanken, ihre einzige Freundin zu verlieren, schnürte sich ihr die Brust zusammen. „Ich brauche dich."

„Du brauchst einen Ehemann, Liebes. Und da du den Mann deiner Träume bereits kennengelernt hast – auch wenn er es noch nicht weiß –, werden sich deine Wünsche bald erfüllen. Du wirst ein glückliches Leben mit ihm führen, so wie ich einst mit Harry."

Bei der Erwähnung des Verstorbenen erlosch das vergnügte Funkeln in den Augen ihrer Ziehmutter. Selbst nach zwei Jahren schmerzte der Verlust noch ungemein. „Ich vermisse Harry auch, jeden Tag", flüsterte Pandora.

„Ich weiß, Liebes." Floras Finger strichen über das schlichte silberne Amulett, das zwischen den gepressten Falten ihrer Chemisette hing. Sie wusste, dass sich darin ein Porträt von Harry in jungen Jahren befand, mit faltenfreiem Gesicht, den Blick voller Zuversicht in die Zukunft gerichtet. „Aber er ist nicht mehr hier, und ich muss lernen, ohne ihn weiterzuleben. Das kann ich aber nicht als Flora Hudson, die mit Herz und Seele ihrem Harry gehörte."

„Oh, Flora", wisperte Penny.

Deren warme, braune Augen ruhten auf ihr. „Jetzt, wo ich weiß, dass deine Zukunft gesichert ist, kann ich Flora gehen lassen. Sie wird ihren Mann begleiten in dem Wissen, dass ihre Tochter die große Liebe gefunden hat, die sie verdient. Und wenn der Rest der Welt erst glaubt, dass Mrs Hudson nicht mehr existiert, kann ich noch einmal ganz von vorne beginnen, ein friedliches Leben führen und mich um die Armen und Bedürftigen kümmern."

*Aber ich brauche dich doch auch.* Diesen Gedanken sprach sie allerdings nicht laut aus, weil sie Flora so sehr liebte und ihr nur das Beste wünschte. Stattdessen sagte sie mit relativ fester Stimme: „Ich werde dich unglaublich vermissen."

Ihre Ziehmutter schloss sie erneut in die Arme. „Und ich dich, mein geliebtes Kind."

Während der nächsten Jahre hielten sie zwar schriftlichen Kontakt, mussten dabei jedoch äußerst behutsam vorgehen. Alle glaubten, Flora Hudson sei tot, nur Pandora wusste, dass sie als Schwester Agatha weiterhin ihr warmes Licht mit der Welt teilte.

Sie versuchte, sich vorzustellen, was die Freundin ihr wohl bezüglich ihrer derzeitigen Situation raten würde. Wie sie Agatha kannte, lautete der Ratschlag vermutlich, ehrlich zu sein, Buße zu tun und vielleicht sogar um Gnade zu flehen ... Aber genau das hatte Penny während der letzten zwei Wochen bereits zur Genüge getan, und Marcus hatte sich kein Stück erweichen lassen. Seufzend fuhr sie mit ihrer Abendtoilette fort, als sie plötzlich Schritte im Gang vor ihrem Gemach vernahm. Der vertraute, prägnante Takt ließ ihren Puls in die Höhe schnellen.

Marcus. Er war nach Hause gekommen.

Seit er ihr eröffnet hatte, dass er Zeit brauchte, um sich Gedanken über ihre Zukunft zu machen, waren sie nicht mehr allein miteinander gewesen. Sie verbrachten zwar Zeit mit den

Kindern, aber sobald diese sich ihrem Unterricht widmeten, verließ Marcus das Haus. Er kehrte kurz zurück, um gemeinsam mit der Familie das Abendessen einzunehmen, und verschwand dann wieder, kaum dass ihre Söhne zu Bett gegangen waren. Vermutlich verbrachte er seine Abende im Klub ... zumindest hoffte sie das. Bei dem Gedanken, dass er sich die Nächte mit anderweitigen Vergnügungen um die Ohren schlagen könnte, verkrampfte sich ihr Magen.

*Er ist ein guter, treuer Mann. Auf keinen Fall würde er sein Ehegelübde brechen.*

Gleichzeitig wusste sie aber auch, wie heißblütig er sein konnte, und immerhin hatte er seit über einem Monat nicht mehr das Bett mit ihr geteilt. Das war während ihrer gesamten Ehe noch nie vorgekommen. Selbst während ihrer Monatsblutung schlief er bei ihr und hielt sie in seinen Armen. Außerdem fanden sie in dieser Zeit andere Wege, sich gegenseitig zu befriedigen. Als sie sich daran erinnerte, wie sie Marcus beim letzten Mal mit heißen Küssen geweckt und anschließend seine pulsierende Männlichkeit mit Lippen und Zunge verwöhnt hatte, versteiften sich ihre Brustwarzen unter dem Morgenmantel ...

Gott, wie sie ihn vermisste. Dabei war er gleich nebenan.

Na schön, er hatte ihr zwar befohlen, sich von ihm fernzuhalten, bis er eine Entscheidung getroffen hätte ... aber seitdem waren bereits zwei Wochen vergangen, und er machte keine Anstalten, das Eis zwischen ihnen zu brechen. Vielleicht sollte sie seiner Erinnerung an die Liebe, die sie verband, ein wenig auf die Sprünge helfen? Sie wollte sich nicht ausmalen, wohin die frostige Stimmung zwischen ihnen noch führte, wenn sie nichts unternahm.

Nein, sie musste etwas tun. Aber was? Gedankenverloren nagte sie an ihrer Unterlippe. Wie näherte man sich am besten einem Ehemann an, der zu Recht wütend auf einen war?

Sie brauchte einen Vorwand, einen Grund, ihn aufzusuchen, der nicht wie eine vorsätzliche Missachtung seiner Anweisungen erschien. Auf keinen Fall wollte sie ihn noch mehr verärgern. Vor ihrem Frisiertisch stehend, ging sie in Gedanken die Möglichkeiten durch. Er verlangte von ihr, weiterhin ihren Pflichten als Mutter und Marquise nachzukommen ... also vielleicht ein Haushaltsproblem, bei dem sie seine Hilfe benötigte? Ihre Finger trommelten so kräftig auf die glatte Tischfläche, dass die Parfümflakons, die auf einem kleinen Silbertablett aufgereiht waren, gegeneinander klirrten. Welches häusliche Dilemma könnte sie vorbringen, das sie als armes, schwaches Frauchen nicht allein bewältigen konnte?

Der jährliche Winterball! Perfekt!

*Warum ist mir das denn nicht schon früher eingefallen?*

Flüchtig prüfte sie ihr Erscheinungsbild im Spiegel. Ihr Haar war noch feucht vom Baden und fiel ihr in losen Wellen über den Rücken ... so, wie es Marcus am besten gefiel. Da sie seine Vorliebe für natürliche Schönheit kannte, kniff sie sich, anstatt Rouge aufzutragen, nur kurz in die Wangen, um sie leicht erröten zu lassen. Ihre Augen strahlten eh schon vor erwartungsvoller Vorfreude, daher brauchte sie diese nicht extra zu betonen. Dann durchforstete sie weitere zehn Minuten ihren Schrank, bevor sie sich schließlich ein Nachtkleid sowie den passenden Morgenrock aus elfenbeinfarbener Seide überzog. Trotz der unauffälligen Farbe besaß das Ensemble einen eleganten Schnitt, und die Spitzenborte verlieh ihm eine gewisse Sinnlichkeit, was einen eindrucksvollen Kontrast zu ihrem dunklen Haar darstellte.

Vor der Tür, die von ihrem in sein Schlafgemach führte, hielt sie inne. Angesichts der derzeitigen Lage würde es sich nicht ziemen, sein Zimmer auf diesem Weg zu betreten. Außerdem wollte sie lieber nicht herausfinden, ob er diese Tür zwischen ihnen verriegelt hatte. Also atmete sie tief durch und verließ dann ihre Räumlichkeiten, um seine offiziell vom Gang aus zu erreichen.

Seine Tür war leicht angelehnt. Leise klopfte sie an, und nach einigen Augenblicken ohne Antwort fasste sie sich ein Herz, stieß sie ganz auf und trat ein. Das Zimmer war leer.

„Marcus?", rief sie.

Keine Antwort. War er nur kurz nach Hause gekommen, um gleich wieder auszugehen? Hatte sie ihn verpasst, weil sie zu viel Zeit mit der Wahl ihres Outfits vergeudet hatte?

Sie unterdrückte die aufsteigende Enttäuschung. Nun, da sie hier war, wollte sie nicht sofort wieder gehen. Die vertraute Atmosphäre seines Schlafgemachs legte sich wie eine trostspendende Decke um sie. Sie liebte diesen Raum, weil sie so viel Zeit und Mühe in die Einrichtung gesteckt hatte. Penibel hatte sie nach den perfekten Akzenten gesucht, um einen maskulinen und zugleich gemütlichen Rückzugsort für ihren Ehemann zu schaffen. Für die Wände hatte sie eine dezente, hellgrau gestreifte Damast-Tapete gewählt und einen dunkelblauen Aubusson-Teppich für den Boden. Das elegante Mobiliar aus Mahagoniholz reflektierte Marcus' Vorliebe für glatte, klassische Formen.

Sie ließ ihre Finger an einem der Pfosten des Himmelbetts entlang und dann über das ordentlich gefaltete Laken gleiten. Gerade, als sie sich über das Kissen beugte, um den vertrauten Duft von herber Männlichkeit und Sandelholz einzuatmen, hörte sie ein Geräusch ... ein leises Plätschern.

Es kam aus dem Bad.

*Du solltest jetzt besser gehen und seine Privatsphäre respektieren.*

Doch ihre Füße schienen ein Eigenleben zu entwickeln und trugen sie stattdessen hinüber zum Ankleideraum. Sie passierte Reihen von Gehröcken und Westen auf Bügeln sowie Regale voller Krawattentücher und Hemden, die Gibson, Marcus' Kammerdiener, mit akribischer Sorgfalt instand hielt. Als sie sich der Tür zum Badezimmer näherte, die ebenfalls leicht angelehnt war, bemerkte sie den nach Zitrus duftenden Dampf, der herausdriftete. Das leise Plätschern lockte sie näher, bis sie schließlich durch den Spalt spähen konnte.

Marcus.

Teufel noch eins, er war so atemberaubend schön.

Er lag in der großen Kupferwanne in der Mitte des schwarz-weiß gekachelten Raums. Im Kamin hinter ihm prasselte ein fröhliches Feuer. Von ihrer Position aus konnte sie sein Profil ausmachen, sein dunkles, nasses Haar, das er sich aus dem markanten Gesicht nach hinten gestrichen hatte. Seine Augen waren geschlossen, sein Kopf ruhte gegen den Rand der Wanne, auf dem er seitlich auch einen seiner Arme abgelegt hatte. Außerdem sah sie seine angewinkelten Knie aus dem Wasser spitzen und bemerkte, wie die Muskeln in seinem anderen Arm sich bewegten, anspannten, während er ...

*Ach du meine Güte!*

Plötzlich schlug ihr das Herz bis zum Hals, während sich gleichzeitig glühende Hitze wie Lava zwischen ihren Schenkeln ausbreitete und ihre Brustwarzen sich unter dem Seidennegligé aufrichteten. Sie hatte ihren anständigen, sittsamen Mann doch tatsächlich gerade bei etwas völlig Unerwartetem erwischt.

Etwas unerwartet Unanständigem.

Ob er dabei wohl an sie dachte ... oder an jemand anderen? Der Gedanke entfachte ein besitzergreifendes Feuer in ihr, das ihre Erregung nur noch mehr schürte. Denn Marcus gehörte *ihr* allein – und wenn er das nicht begriff, würde sie es ihm eben verdeutlichen müssen.

$\maltese$  *9*  $\maltese$

„Reite mich, Liebling", knurrte Marcus.

Mit dem Rücken gegen das Kopfteil des Bettes lehnend, knetete er die prallen Pobacken seiner Frau, um sie anzuspornen ... nicht, dass sie das nötig gehabt hätte. Verdammt, was hatte er da nur für ein heißes Luder geheiratet? Schamlos rieb sie ihre Hüften gegen seine, und das Gefühl ihrer engen, kleinen Scheide um seinen pulsierenden Schwanz brachte ihn beinahe um den Verstand. Aber er hielt sich zurück, um den lustvollen Moment ganz auszukosten. Außerdem wollte er seiner Liebsten ausgiebig demonstrieren, wie man so richtig hart vögelte.

Während der ersten drei Monate ihrer Ehe hatte er seine frisch gebackene Frau zurückhaltend und zärtlich geliebt, um sie nicht zu verschrecken oder ihr Zartgefühl zu verletzen. Ursprünglich hatte er vorgehabt, sie nach und nach mit den etwas gewagteren Wonnen des Ehebetts vertraut zu machen, aber jedes Mal, wenn sie miteinander schliefen, brannte die Leidenschaft zwischen ihnen nur noch heißer. Heute Abend wollte er eine neue Position mit ihr ausprobieren, eine, die in den kommenden Monaten nicht nur vergnüglich, sondern auch notwendig sein würde.

Besitzergreifend legte er eine Hand auf die leichte Wölbung ihres Bauches. Man sah zwar noch nicht viel, aber allein der Gedanke, dass sein Kind in ihr heranwuchs, erfüllte ihn mit einer berauschenden Mischung aus Zärtlichkeit und Begehren. Er konnte nicht genau sagen, warum, aber der Anblick seiner schwangeren Frau machte ihn unglaublich scharf.

Wie es ein glücklicher Zufall wollte, schien die Schwangerschaft ähnliche Gefühle in Penny auszulösen.

„Marcus." Nie hatte sein Name wunderbarer aus ihrem Mund geklungen, ein atemloses Hauchen, während sie ihn hemmungslos ritt und ihr Haar sich wild um ihre Schultern wellte. „Oh, ich komme gleich ..."

Verdammt, warum hatte er ihr diese Position nicht schon vor Wochen gezeigt?

„Lehn dich ein wenig nach vorne, Liebes. So ist es gut." Sanft zog er sie an den Schultern ein Stück zu sich herunter.

Er sah und spürte sofort, wie die kleine Veränderung des Winkels, in dem er nun in sie eindrang, sich auswirkte: Flammen der Lust tanzten in ihren hinreißenden Augen, und ihr schoss die Röte in die Wangen, während sie wieder und wieder auf seinen harten Schaft niedersank. Ihre Lippen formten ein stummes O, ihre enge Pussy umschloss seinen Schwanz wie eine samtige Faust. Völlig außer Atem hielt er ihre Hüften umklammert, steuerte ihre Bewegungen, ließ ihre empfindliche Perle mit jedem Stoß gegen seine pulsierende Männlichkeit reiben.

„Marcus ... Ich kann nicht ... Es ist zu viel ... *O Gott*!"

Mit einem lauten Aufschrei kam sie, während ihre Möse ihn weiter melkte und ihn ebenfalls über den Rand der Ekstase trieb.

---

Marcus riss die Augen auf.

Er wurde sich mehrerer Dinge gleichzeitig bewusst: Sein Atem ging schwer, sein steinharter Schwanz pulsierte schmerzhaft in seiner nassen Faust, er stand kurz davor, in der Badewanne zu kommen ... aber irgendetwas hatte ihn gerade aus seiner lustvollen Fantasie gerissen.

Ein Geräusch, eine flüchtige Bewegung.

Hastig ließ er seine Erektion los und setzte sich auf. Eigentlich hatte er seinen Kammerdiener, Gibson, angewiesen, ihn allein zu lassen. Der Mann hatte ihn schon durch Zeiten des Krieges begleitet und hielt sich für gewöhnlich penibel an seine Anordnungen.

„Bist du das, Gibson?", rief er. „Ich bin noch nicht fertig. Komm in einer halben Stunde wieder."

Keine Antwort. Hatte er sich das Geräusch doch nur eingebildet?

Als es weiterhin still blieb, entspannte er sich und ließ sich zurück in das heiße, schaumige Wasser sinken. Gedankenverloren pumpte er seinen noch immer harten Schaft, obwohl er nun nicht mehr in der Stimmung war. Stattdessen brodelten Wut und Erregung unterschwellig in ihm, eine wahrlich frustrierende Mischung.

Warum zum Teufel fantasierte er überhaupt von Pandora? Nach ihrem Vertrauensbruch – den Lügen, die alles, was ihm je lieb und teuer war, zerstört hatten –, sollte er nichts mehr mit ihr zu tun haben wollen. Sie hatte ihn die ganze Zeit über manipuliert. Wahrscheinlich kannte er noch nicht einmal ansatzweise das gesamte Ausmaß ihres Lügengeflechts. Das *wollte* er auch gar nicht. Welcher Mann würde schon gerne herausfinden, was für ein liebeskranker Dummkopf er doch gewesen war?

Gleichzeitig bekam er ihren Anblick nicht aus dem Kopf, wie sie vor ihm kniete und um Vergebung flehte. Die Details ihrer Vergangenheit, die sie preisgegeben hatte, versetzten ihm einen Stich ins Herz. Falls er ihr glauben konnte – und *falls* war das entscheidende Wort –, musste sie wirklich Furchtbares durchgemacht haben. Der unkontrollierbare Wunsch, sie zu beschützen, machte sich in ihm breit, und er fuhr sich seufzend mit der Hand übers Gesicht.

Am liebsten hätte er diesen Bastard Octavian dafür umgebracht, Penny, ein zehnjähriges *Waisenkind*, verdammt noch mal, zur Mitarbeit in seinem dreckigen Spionagegeschäft zu zwingen. Selbst wenn sie es nicht als Nötigung erachtete, war die Lage für Marcus eindeutig. Sie hatte keine andere Wahl gehabt, außer vielleicht zu stehlen oder zu verhungern, und das waren ja nun wirklich keine echten Optionen. Octavian hatte sie schamlos ausgenutzt, sie dazu ausgebildet, die Drecksarbeit für ihn zu erledigen. Dafür, dass er seiner Penny so etwas Schändliches angetan hatte, hätte er dem Kerl nur zu gern den Hals umgedreht.

*Damals betrachtete ich es einfach als Teil der Mission.* Ihre Worte hallten wie ein gespenstisches Echo in seinem Kopf wider. *Ein anderes Leben kannte ich nun mal nicht. Ich war überzeugt, ich hätte nichts anderes verdient.*

Wieder übermannte ihn die Wut, zeitgleich mit einem Schmerz, der ihn wie das Skalpell eines Wundarztes durchbohrte. Und er wusste nur zu gut, wie sich das anfühlte, denn ihm war einst eine Kugel aus der Schulter geschnitten worden. Allein der Gedanke an die Alternative hatte ihn die Qualen durchstehen lassen: Hätte der Scharfschütze ihn auch nur ein paar Zentimeter weiter rechts erwischt, wäre er auf der Stelle tot gewesen.

Trotz alledem würde er sich lieber noch einem Dutzend weiterer Kugeln aussetzen, als mit dem Wissen zu leben, dass Pandora mit anderen Männern zusammen gewesen war. Dass sie sich für unwürdig hielt, ein besseres Leben verdient zu haben. Dass sie ihren makellosen Körper wie billige Ware verhökert hatte.

Er kochte vor Eifersucht und Bitterkeit. So lange hatte er in dem Glauben gelebt, sie gehöre allein ihm. Seine jungfräuliche Braut, seine teure Gemahlin, die Liebe seines Lebens. Akzeptieren zu müssen, dass sie mit anderen intim war und ihn diesbezüglich auch noch *belogen* hatte ...

*Alles, was ich tat, geschah nur deshalb, weil ich dich so sehr liebte und wusste, dass du mich als Pandora Smith niemals akzeptieren würdest.*

Verdammt. *Hätte* er sie denn geheiratet, wenn er die Wahrheit über ihre Herkunft und ihre vergangenen Taten gekannt hätte? Sein Magen verkrampfte sich. Er konnte es nicht sagen. Und doch, der Gedanke, niemals mit ihr vermählt gewesen zu sein, nie erfahren zu haben, wie es wäre, so viel Liebe, Lachen und Leidenschaft mit ihr zu teilen, gemeinsam ihre Söhne großzuziehen ...

Er schloss die Augen und ließ den Kopf gegen den Rand der Wanne fallen. Das alles war einfach zu viel für ihn. Seine Schläfen pochten, sein Schwanz pulsierte. Gott, er musste unbedingt etwas von diesem aufgestauten Frust loswerden ...

Erneut schloss er die Hand um seine Erektion, versuchte, eine Fantasie heraufzubeschwören, die nichts mit Penny zu tun hatte ... jedoch vergeblich. Seit ihrer ersten Begegnung war sie der Inbegriff seiner Begierde. Sie war die Einzige für ihn. Obwohl er sich insgeheim dafür verfluchte, musste er sich eingestehen, dass der vergangene Monat daran nichts geändert hatte. Er begehrte seine Frau immer noch, auch wenn sie einen Narren aus ihm gemacht hatte. Immer schneller pumpte er seinen Schwanz, wobei das Wasser gegen die Wanne schwappte. Kurz vor seinem Höhepunkt zogen seine Hoden sich erwartungsvoll zusammen, und stöhnend entfuhr ihm ihr Name.

„Marcus?“

Überrascht öffnete er die Augen und fand durch den Dunst im Raum hindurch Pennys Blick. Das Herz hämmerte ihm in der Brust, das Blut pulsierte durch seine Adern, und für einen kurzen, verwirrenden Moment wusste er nicht, ob ihr Anblick real war oder nur Teil seiner Fantasie. Die Verwirrung lichtete sich auch dann nicht, als sie ihren Morgenrock abstreifte, unter dem ein aufreizendes, spitzenbesetztes Nachtkleidchen aus cremefarbenem Satin zum Vorschein kam. Sie löste die Schleife auf ihrer linken Schulter, und sein Mund wurde trocken, als er beobachtete, wie der Stoff an ihrem Körper hinabglitt und den

Blick auf eine ihrer perfekten, runden Brüste freigab, deren kirschroter Nippel sich steif aufrichtete. Dann löste sie die Schleife auf der anderen Schulter, und das Negligé fiel zu Boden.

„Ich vermisse dich so sehr", flüsterte sie.

*Verdammte Scheiße.*

Bevor er wusste, wie ihm geschah, sprang er aus der Wanne. Er hatte keine Zeit, darüber nachzudenken, und wollte es auch gar nicht. Seine animalischen Instinkte gewannen die Überhand und befahlen ihm, sich zu nehmen, was ihm gehörte.

---

Erleichterung. Erregung. Vorfreude.

Ein Strudel aus Emotionen ergriff sie und raubte ihr den Atem.

Ihr Puls schnellte in die Höhe, als Marcus auf sie zukam. Wassertropfen perlten über seinen schlanken, harten Körper ... und bei Gott, er war wirklich *überall* hart. Ein Blick auf seine Männlichkeit ließ ihre Knie weich werden. Sein riesiger Schwanz stand steif und stolz nach oben gerichtet, seine Hoden hingen schwer zwischen seinen muskulösen Schenkeln. Wie ein Raubtier auf Beutezug näherte er sich ihr. Als ihr Blick wieder nach oben wanderte, bemerkte sie den glühenden, hungrigen Ausdruck in seinen Augen.

Er war wirklich ein ganzer Mann.

Und verkörperte alles, was sie sich je gewünscht hatte.

Gleichzeitig streckten sie die Arme nacheinander aus. Als ihre Körper gegeneinanderprallten, harte Muskeln gegen weiche Rundungen, fuhr der lustvolle Schock ihr bis ins Mark. Er küsste sie fordernd, voller Begehren und Wut, aber das störte sie nicht. Ihm nahe zu sein, war mehr, als sie verdiente, mehr, als sie sich noch vor wenigen Minuten erhofft hatte, als sie seine Aufmerksamkeit auf sich zog. Stöhnend schlang sie die Arme um seinen

Hals und presste sich so fest an ihn, wie es nur irgend möglich war.

In der nächsten Sekunde drückte er sie von sich, immer weiter, bis ihr Rücken die glatten Fliesen der Wand berührte. Als seine Lippen sich anschließend um eine ihrer Brustwarzen schlossen, warf sie den Kopf zurück und stöhnte laut auf ... denn er war nicht zärtlich, wie sonst immer, sondern schroff und ungestüm. Seine Zähne streiften über ihre empfindliche Haut, und als er hart an ihrer spitzen Knospe zu saugen begann, wurde sie umgehend feucht.

Dann hob er den Kopf und küsste sie wieder, fordernd und wild, und das herrliche Gefühl machte sie schier verrückt. Sie vergrub die Finger in seinem nassen Haar und rieb sich schamlos gegen ihn, wimmerte leise, als ihre steifen, sensitiven Nippel von der Berührung seines drahtigen Brusthaars stimuliert wurden. Gleichzeitig spürte sie seinen stahlharten Schaft gegen ihren Bauch und presste auch ihre untere Hälfte so dicht es ging an ihn. Sie wollte ihm so nahe sein wie nie zuvor, begehrte ihn mit jeder Faser ihres Seins.

Plötzlich hob er sie hoch, den Rücken immer noch gegen die Wand gedrückt, und trat zwischen ihre gespreizten Beine. Mit funkelnden Augen führte er seinen Schwanz zu ihrer Spalte und ließ sie in einer schnellen, flüssigen Bewegung vollständig darauf niedersinken. Er glitt so tief in sie hinein, dass sie meinte, ihn bis hinauf zu ihrer Gebärmutter zu spüren. Kaum hatte sie ein lustvolles Wimmern ausgestoßen, wiederholte er den Vorgang, hob sie hoch und drückte sie erneut auf seine pulsierende Erektion.

Beim dritten Mal übermannte sie bereits die Ekstase. Ihre Scheidenmuskeln umklammerten seine dicke, steife Männlichkeit, die sich in einem unerbittlichen Rhythmus in sie und bis in ihr Herz zu bohren drohte. Durch den Nebel der Verzückung hörte sie ihn keuchen, das obszöne Klatschen seines Fleisches gegen ihres, während er wieder und wieder in sie eindrang. Ihre Finger gruben sich in seine muskulösen Oberarme, ihre Beine umklammerten seine Hüften, und so spürte und hörte sie genau, wann er seinen Höhepunkt erreichte. Sein mächtiger Körper erbebte, und er stöhnte so laut, dass das Echo durch den ganzen Raum hallte.

Benommen und glücklich sog sie seinen Duft ein und ließ ihre Hände über seinen schweißbedeckten Rücken gleiten. Es war ein himmlisches Gefühl, endlich wieder auf diese Weise mit ihm vereinigt zu sein. Alle möglichen Gedanken schwirrten ihr durch den Kopf.

*Ich liebe dich. Ich habe dich so vermisst. Bitte vergib mir, ich schwöre, ich werde dich nie wieder anlügen.*

Krampfhaft suchte sie nach den richtigen Worten.

Plötzlich zog er sich so ruckartig aus ihr zurück, dass sie überrascht nach Luft schnappte. Er setzte sie unsanft auf dem rutschigen Boden ab, und sobald sie ihr Gleichgewicht wiedergefunden hatte, ließ er sie los. Dann beugte er sich hinunter, um ihre Kleidung aufzuheben.

„Zieh dich an“, befahl er und warf ihr die Gewänder zu.

Reflexartig fing sie die Satinkleider auf und drückte sie gegen ihre Brust. Nach einem flüchtigen Blick in sein Gesicht löste sich ihr Glücksgefühl in Luft auf. Sein Kiefer war angespannt, in seinen Augen lag ein harter Ausdruck. Er wandte sich von ihr ab, wickelte sich ein Handtuch um die Hüften und ging hinüber zur Tür.

„Wo willst du hin?“, fragte sie benommen.

„Ich gehe aus“, erwiderte er kurz angebunden.

„Aber nachdem wir gerade ... Ich meine, wir haben doch ...“, stammelte sie. „Vielleicht sollten wir reden ...“

„Wir haben gevögelt, Pandora“, unterbrach er sie schroff. „Wenn du dachtest, du könntest mich mit deinem sexuellen Charme manipulieren, liegst du falsch. Die Masche zieht bei mir nicht mehr. Ich werde mir so viel Zeit wie nötig lassen, um meine Entscheidung über unsere Zukunft zu treffen, und du hast dich da rauszuhalten. So, ich gehe jetzt, und bei meiner Rückkehr bist du besser wieder in deinem eigenen Zimmer.“

Mit zugeschnürter Kehle suchte sie verzweifelt nach einer Antwort, doch er schob sich an ihr vorbei, als sei sie unsichtbar, und verließ den Raum.

$$\text{10}$$

*1819*

„Mylady, das ist nicht sicher für Sie ...“

„Mir passiert schon nichts“, unterbrach Penny den Diener in einem Tonfall, der keinen Widerspruch duldete. „Warte hier bei der Kutsche. Ich bin bald wieder zurück.“

Damit schritt sie die schmale Gasse hinunter, die zu beiden Seiten von heruntergekommenen Behausungen gesäumt war. Der stickige Dunst zahlreicher Kochfeuer lag in der Luft, und zwischen den Häusern waren Wäscheleinen gespannt, auf denen die Kleidungsstücke wie Fahnen einer kläglichen Kapitulation flatterten. Armut war ein unbezwingbarer Feind, aber immerhin schienen die Bewohner dieses Viertels am Rande von St. Giles sich noch nicht geschlagen zu geben. Wenigstens kochten und wuschen sie noch ... was weitaus mehr war als in manchen Gegenden, in denen sie zeitweise aufgewachsen war.

*Arm, aber noch nicht besiegt*, dachte sie und prägte sich diese Beobachtung gut ein.

Als Geheimagentin hatte sie gelernt, dass Informationen

Macht bedeuteten. Eine Spionin war nur so gut wie ihre Informanten und das Wissen, das sie ihr vermittelten. In den zwei Jahren, in denen sie nun schon unter den Mitgliedern der *ton* lebte, war sie zu der Kenntnis gelangt, dass es sich in der Hautevolee ähnlich abspielte. Deshalb war sie heute auch hier. Sie fand die Adresse, nach der sie suchte, hob ihre hellblauen Röcke an und erklomm die knarrenden Stufen.

Als sie ihr Ziel erreichte, hob sie eine Hand, die in hochwertigem Ziegenleder steckte, und klopfte an die abblätternde Holztür. Innen ertönte Gescharre und eine schrille Stimme, die gleich wieder zum Schweigen gebracht wurde. Die Wohnung besaß keine Fenster, nicht mal ein Guckloch in der Tür.

Hinter dieser ließ sich nun eine Stimme vernehmen. „Wer ist da?"

„Die Marquise von Blackwood", erwiderte Penny.

Stille. Dann öffnete die Tür sich einen Spaltbreit. Eine dürre, rothaarige Frau, die in ihren Zwanzigern sein musste, spähte hinaus. Die hellbraunen Augen unter ihrer Haube weiteten sich, als sie Penny erblickte.

„Mylady", stammelte sie und knickste verunsichert.

„Miss Randall", grüßte sie freundlich. „Ich würde Ihnen gerne einen Vorschlag unterbreiten. Dürfte ich dazu wohl einen Moment eintreten?"

Überrascht blinzelnd ließ die Frau sie herein, und Pandora ließ den Blick über den Wohnraum schweifen. Da dieser nur aus einem einzigen, engen Zimmer bestand, gab es nicht viel zu sehen. Generell wirkte die bescheidene Behausung wie ihre Bewohnerin: ärmlich, aber sauber. Der kleine Tisch mitten im Raum zog jedoch ihre Aufmerksamkeit auf sich.

Dort, auf einem klapprigen Stuhl, saß ein junges, rothaariges Mädchen – sie musste etwa vier oder fünf Jahre alt sein – und war damit beschäftigt, ein Stück Stoff zu flicken. Sie war ein hübsches Ding mit zwei ordentlichen, eleganten Zöpfen und ähnlicher Bekleidung wie ihre Mutter. Sie trug ein schlichtes, abgetragenes

Tageskleid, das sorgfältig geflickt, gebügelt und blitzsauber war. Eindeutig das Werk einer fähigen Arbeiterin, die ihre Handfertigkeit in jeder Situation unter Beweis zu stellen vermochte.

„Wer bist du?", fragte das Mädchen mit großen Augen.

„Molly, benimm dich bitte." Miss Randall ging zu ihrer Tochter hinüber und stellte sich schützend neben sie. „Das ist Ihre Ladyschaft, die Marquise von Blackwood. Komm schon, mach einen Knicks."

Die Kleine erhob sich eilig und leistete der Aufforderung Folge.

„Ausgezeichnet, Miss Molly", lobte Penny sie lächelnd.

„Vielen Dank, Mylady." Das Mädchen bedachte sie mit einem Grinsen, bei dem sich ihre Grübchen zeigten.

„Molly, du darfst Mary fragen, ob sie ein wenig Zeit zum Spielen hat", sagte ihre Mutter. „Aber nur eine halbe Stunde, dann wird weitergenäht."

Die Augen der Kleinen leuchteten begeistert auf, und schon schlüpfte sie zur Tür hinaus. Sobald sie außer Hörweite war, fragte Miss Randall kurz angebunden: „Wie kann ich Ihnen helfen, Mylady?"

Alles, was Penny heute beobachten konnte, deckte sich mit den Informationen, die sie über Jenny Randall gesammelt hatte und bekräftigte sie in ihrem Vorhaben.

„Ich bin gekommen, um Ihnen eine Stelle anzubieten."

Die Lippen der rothaarigen Frau zitterten leicht. „Soll das etwa ein Scherz sein?"

Ihre Skepsis kam nicht von ungefähr. Erst letzte Woche hatte ihre ehemalige Arbeitgeberin, Lady Auberville, eine der angesehensten Gastgeberinnen der *ton*, sie öffentlich erniedrigt und gefeuert. Die Giftnudel hatte dabei ein Riesenspektakel vor dem gesamten Personal veranstaltet und anschließend überall herumgetratscht, dass Jenny Randall, eine ehemals angesehene und gefragte Kammerzofe, ein uneheliches Kind ausgetragen habe. Dank der spitzen Zunge und Vorliebe für Theatralik ihrer früheren Hausherrin, war es Jenny seitdem unmöglich, eine neue Anstellung zu finden.

*Man stelle sich nur vor, das undankbare Flittchen hat den Lohn, den ich ihr zahlte, doch tatsächlich für den Unterhalt ihres Bastards verwendet*, hatte Lady Auberville aller Welt schrill verkündet. *Natürlich habe ich sie umgehend entlassen, als ich es herausfand. Ich musste doch ein Exempel statuieren. Niemand sollte solch unmoralisches Verhalten in seinem Haushalt dulden.*

Ihr Gerede war der Gipfel der Heuchelei, da der gute Lord Auberville selbst mindestens drei uneheliche Bälger mit seinen zahlreichen Geliebten hatte. Aber so lief es nun einmal in der *ton*. Der Gedanke widerte Penny an.

„Ich scherze nicht", erwiderte sie ruhig. „Ich benötige eine Kammerzofe, und Sie sind eindeutig die beste. Da Sie derzeit nirgends angestellt sind, bietet sich uns beiden dadurch doch eine perfekte Gelegenheit."

Miss Randall musterte sie eindringlich. „Sie wissen doch Bescheid ... über Molly. Sie hat keinen Vater."

„Deswegen verdienen Sie umso mehr Anerkennung dafür, dass Sie Ihre Tochter allein großziehen", sagte Penny. „Womit wir auch schon bei den Einzelheiten meines Angebots wären. Ich würde Ihnen doppelt so viel zahlen, wie Sie bei Lady Auberville verdient haben, einschließlich eines Zuschlags bei Dienstantritt, damit Sie schnellstmöglich eine geeignete Bleibe für sich und Molly finden können, die in der Nähe Ihres neuen Arbeitsplatzes liegt. Wir würden Ihre Arbeitszeiten so einteilen, dass Sie sie jeden Tag sehen können. Natürlich würde Ihnen auch Urlaub zustehen – alles bezahlt, versteht sich."

Ein Hoffnungsschimmer trat in Miss Randalls Augen, der jedoch sogleich von Ungläubigkeit verdrängt wurde. „Das verstehe ich nicht, Mylady", sagte sie mit angespannter Stimme. „Sie ... Sie könnten doch jedes Dienstmädchen haben. Warum wollen Sie ausgerechnet ... jemanden wie mich?"

*Weil du einen Fehler gemacht hast und unter den gegebenen*

*Umständen dein Bestes gibst. Du verdienst eine helfende Hand, nicht den Hohn sämtlicher verflixter Lady Aubervilles dieser Welt.*

Laut sagte sie: „Wie ich schon erwähnte, ich will die Beste haben. Ich bin mit Ihrer Arbeit vertraut, mit dem, was Sie bei Lady Osterly, Mrs Jones-Sykes und letztlich auch bei Lady Auberville geleistet haben. Es ist Ihnen gelungen, drei unansehnliche Matronen in elegante, modische Damen zu verwandeln."

Miss Randall biss sich auf die Lippe, erwiderte jedoch nichts. Die Tatsache, dass sie über den mangelnden Sinn für Stil – oder gar das unmögliche Verhalten – ihrer ehemaligen Arbeitgeberinnen kein schlechtes Wort verlor, bekräftigte die hohe Meinung, die Penny sowieso schon von ihr hatte. In ihren Augen hatte die junge Frau alles Recht der Welt, die drei Biester in der Luft zu zerreißen, aber sie tat es nicht, sondern verhielt sich ehrenhaft. Diese Entscheidung verriet viel über ihr Urteilsvermögen, ihre Loyalität und ihre Diskretion ... und diese Eigenschaften waren ihr Gewicht in Gold wert.

„Die Aufgaben meiner Kammerzofe sind nicht einfach", fuhr Pandora fort. „Ich erwarte, dass Sie stets auf dem Laufenden bleiben, was die neueste Mode und aktuelle Trends anbelangt. Modistinnen, Schneiderinnen, Friseure – Sie müssen immer die angesagtesten Adressen kennen. Mit weniger gebe ich mich nicht zufrieden."

„Natürlich. Aber Eure Ladyschaft ... Sie sehen doch bereits reizend aus."

„Das genügt mir nicht. Ich will meinen Mann und meinen Sohn stolz machen", erklärte Penny entschlossen. „Mein Ziel ist es, den Namen Blackwood in die höchsten Ränge der Gesellschaft zu erheben, und davon bin ich noch weit entfernt."

Seit der Geburt ihres geliebten James hatte sie unermüdlich daran gearbeitet, ihre gesellschaftliche Stellung zu verbessern. Ihr Bekanntenkreis konnte sich mittlerweile mit dem von Cora Pilkington messen, und ihre Veranstaltungen waren stets gut besucht. Sie war zwar noch lange nicht die Marquise, die Marcus verdiente, aber mit der richtigen Unterstützung würde es ihr gelingen. Und nach allem, was sie inzwischen über Jenny Randalls Arbeit und Charakter wusste, wäre sie bestimmt eine wertvolle Ergänzung ihres Gefolges.

„Ich könnte mir vorstellen, hier und da ein paar winzige Änderungen vorzunehmen", warf diese schüchtern ein. „Wenn ich so frei sein darf, würde ich vorschlagen, Sie angesichts Ihres Teints in kräftigere Farben zu kleiden, Mylady. Dadurch würden Sie aus der Menge hervorstechen. Manchmal geht es nicht unbedingt darum, einem Trend zu folgen, sondern einen zu erschaffen, wenn Sie verstehen."

„Na, sehen Sie? Ich wusste doch, dass Sie genau die Richtige für mich sind", rief Penny.

Miss Randall errötete.

„Allerdings habe ich auch noch ein paar weitere Bedingungen, abgesehen von Mode und Schönheit. Ich erwarte, dass Sie mir von sämtlichem Tratsch berichten, den Sie aufschnappen. Wir wissen beide, dass sich Gerüchte unter den Angestellten schneller verbreiten als sonst irgendwo. Das Personal erfährt immer als Erstes, was in der *ton* vor sich geht, ob gut oder schlecht ... und ich will darüber im Bilde sein." Penny hielt kurz inne. „Außerdem wünsche ich äußerste Diskretion, was meinen eigenen Haushalt betrifft."

„Natürlich, Mylady", nickte Miss Randall. „Ich habe nie schlecht über meine Arbeitgeber gesprochen."

„Dann werden Sie feststellen, dass ich eine gerechte Hausherrin bin, die Loyalität, Geschick und harte Arbeit redlich belohnt." Pandora streckte ihr eine Hand entgegen. „Sind wir uns einig, Miss Randall?"

Die Augen der jungen Frau glänzten, und ohne zu zögern schlug sie ein.

„Gott segne Sie", erwiderte sie mit erstickter Stimme.

„Das wird nicht nötig sein", murmelte Penny ein wenig verlegen. „Sie können sich jedoch darauf verlassen, dass ich jeden Gefallen, den Sie mir erweisen, erwidern werde, Miss Randall.“

„Nennen Sie mich doch bitte Jenny, Mylady.“ Ein Lächeln breitete sich auf ihrem schmalen Gesicht aus, und sie knickste kurz. „Ich verspreche Ihnen, mich anzustrengen. Ich werde Sie bestimmt nicht enttäuschen“, bekräftigte sie mit ernster Miene.

❧ 11 ❧



„Wir sollten besser Giftefeu statt Stechpalmenblätter für den Winterball nehmen."

„Gute Idee", erwiderte Penny zerstreut.

„Siehst du? Ich habe euch doch gesagt, dass sie uns nicht zuhört."

Als das Schweigen im Raum sich in die Länge zog, wandte Pandora hastig ihre Aufmerksamkeit wieder den vier Gästen zu, die in ihrem Salon saßen. Obwohl sie von Natur aus und erfahrungsgemäß eher misstrauisch war und unter ihren zahlreichen Bekanntschaften kaum enge Freunde besaß, hatten die jüngsten Begebenheiten mit dem Meisterspion *Le Spectre* sie den Kents nähergebracht.

Die Familie war, um es vorsichtig auszudrücken, unkonventionell. Die kühnen Kent-Geschwister, die ursprünglich aus der Mittelschicht und vom Lande stammten, hatten es geschafft – scheinbar ohne es zu beabsichtigen –, die feine Londoner Gesellschaft im Sturm zu erobern. Der älteste Bruder, Ambrose, hatte früher bei der Hafenpolizei der Themse gearbeitet und sich irgendwie die ehemalige Lady Marianne Draven, eine der reichsten und glamourösesten Witwen der *ton*, geangelt. Nicht lange nach der Hochzeit gründete er eine Privatdetektei, und mittlerweile hatte Kent und Partner sich zu einem der angesehensten Unternehmen in ganz London etabliert.

Vor einigen Monaten, als das Gespenst aus der Versenkung aufgetaucht war, um sie zu erpressen, hatte Penny sich aus Verzweiflung an die Detektei gewandt. Damals hätte sie absolut alles dafür getan, um die Wahrheit vor Marcus geheim zu halten. Nicht nur Kent erwies sich als hilfreiche Unterstützung, sondern auch seine Frau und jüngeren Schwestern, die sich mit Feuereifer Pennys Falls annahmen. Allem Anschein nach mischten sich die Damen des Öfteren in Kents Ermittlungen ein (sehr zu dessen Missfallen und dem ihrer Ehemänner), und sie hatten ihr in ihrer Stunde der Not nicht nur geholfen, sondern sie mittlerweile sogar in ihre Gemeinschaft aufgenommen.

Und zu ihrer Überraschung hatte sie sich nicht einmal dagegen gewehrt.

Nun saßen ihre Freundinnen ihr also gegenüber und betrachteten Penny mit einem für die jeweilige Frau typischen Ausdruck. Marianne, Kents Ehefrau, eine bildschöne Blondine in Pandoras Alter, warf ihr einen wissenden, mitfühlenden Blick zu. Emma, die älteste der Schwestern, war eine hübsche Brünette mit ernster Miene. Vor über einem Jahr hatte sie sich den begehrtesten Witwer der *ton* geangelt, den Herzog von Strathaven, einen ehemals berüchtigten Schürzenjäger. Die junge Herzogin musterte sie stirnrunzelnd, als wollte sie versuchen, Pennys Gedanken zu lesen. Neben ihr saß Dorothea, die zweitälteste Schwester und frisch gebackene Ehefrau des Marquis von Tremont, deren sanftmütige, haselnussbraue Augen ebenfalls besorgt dreinblickten.

Zu guter Letzt war da noch Miss Violet Kent, die jüngste der anwesenden Geschwister, und diejenige, die eben gesprochen hatte. Sie blickte triumphierend in die Runde, vermutlich, weil sie mit der Behauptung richtig lag, dass Penny gerade tatsächlich nicht zugehört hatte. Wieder einmal war sie von den Gedanken an Marcus und den Zustand ihrer Ehe abgelenkt gewesen.

„Benimm dich, Violet", ermahnte Emma sie. „Das hier ist weder die Zeit noch der Ort für dein vorlautes Verhalten."

„Aber ich habe doch ganz offensichtlich recht. Lady Pandora ist nicht sie selbst ..."

„Warum siehst du nicht mal nach den Jungs, Liebes?", mischte Thea sich mit freundlichem, aber bestimmtem Tonfall ein. „Sorge dafür, dass Fredward die armen Blackwood-Kinder nicht zu sehr terrorisieren."

Mit *Fredward* meinte sie Frederick, ihren Stiefsohn, sowie Edward, Mariannes Sprössling. Da die beiden Neunjährigen unzertrennlich waren, hatte der Rest der Familie ihnen liebevoll diesen gemeinsamen Spitznamen verpasst. Mittlerweile waren sie eng mit Pennys Jungs befreundet.

Diese sammelte sich und merkte trocken an: „Ich glaube kaum, dass irgendwer meine Rabauken terrorisieren könnte. Vielmehr wäre das Gegenteil der Fall."

„So oder so sollten wir mögliches Blutvergießen vermeiden. Sei so gut, Violet", sagte Marianne.

Die jüngste Schwester erhob sich und verdrehte dabei die Augen. „Nie hört jemand auf mich", grummelte sie auf eine Weise, die vermuten ließ, dass dies häufiger vorkam. „Und warum muss ich immer das Zimmer verlassen, wenn es gerade spannend wird?"

Kaum war sie durch die Tür verschwunden, wandte Thea sich an Penny. „Ich muss mich für meine Schwester entschuldigen, Pandora. Vi ist leider immer sehr direkt."

„Ihre Ehrlichkeit ist erfrischend", wehrte diese ab.

„Finde ich auch ... Die *ton* ist jedoch unglücklicherweise anderer Meinung", seufzte die Herzogin. „Wenn Violet nicht lernt, ihre Zunge und ihre Manieren wenigstens ein *bisschen* zu zügeln, wird sie sich noch ernsthaft in Schwierigkeiten bringen. Nach ihrem Verhalten auf dem Ball der Watersons letzte Woche, ist die Gerüchteküche sowieso schon am Brodeln."

Penny war so sehr mit ihren eigenen Problemen beschäftigt gewesen, dass sie davon gar nichts mitbekommen hatte. „Was ist denn passiert?", fragte sie.

„Ach, eigentlich nichts. Vi war einfach nur sie selbst", sagte Thea.

Das konnte angesichts deren lebhaften Temperaments ja nun alles Mögliche bedeuten.

„Dabei habe ich ihr noch *eingebläut*, nicht mehr als zweimal mit demselben Gentleman zu tanzen. Aber kaum drehe ich ihr den Rücken zu, widersetzt sie sich mir. Und dann auch noch bei einem Walzer", schnaubte Emma.

„Wir können es ihr wohl kaum verübeln, immerhin ist Mr Murray einer der begehrtesten Junggesellen der Stadt", wandte Marianne ein. „Auch wenn er sich dessen nur zu bewusst ist."

„Wickham Murray?", fragte Penny und richtete sich auf.

„Ja", bestätigte Thea und legte den Kopf schief. „Kennen Sie ihn?"

„Er ist der jüngere Bruder des Vicomtes von Carlisle, einem Freund meines Mannes." Der Gedanke an ihren Gemahl versetzte ihr einen Stich ins Herz.

„Ich kann mich nicht erinnern, diesem Carlisle jemals begegnet zu sein", sagte Emma.

„Er macht sich nicht viel aus der Londoner Gesellschaft, sondern bevorzugt es, auf seinem Anwesen in Schottland oder in seinem Landhaus zu verweilen." Unwillkürlich musste sie die Nase rümpfen. „Er kommt mir immer ein wenig hochnäsig und steif vor, eher wie einer von der traditionellen Sorte. Vom Temperament und Aussehen her ganz anders als sein charmanter jüngerer Bruder. Aber laut Blackwood ist Carlisle ein guter Kerl und ein Gentleman unter Gentlemen, was auch immer das bedeuten soll."

„Klingt nicht gerade vielversprechend." Nachdenklich nagte Thea an ihrer Unterlippe. „Violet hat mit Reserviertheit und Tradition nicht viel am Hut. Sollte sie wirklich Gefühle für Wickham entwickeln und der Vicomte sie ablehnen ..."

„Immer eines nach dem anderen", fiel Marianne bestimmt ein. „Was auch geschieht, wir werden Vi dabei helfen, das Glück zu finden, das sie verdient."

Die übrigen Frauen nickten zustimmend, und Penny verspürte plötzlich einen Kloß im Hals. Von Anfang an hatte sie die tiefe Verbundenheit zwischen den Schwestern bewundert. Obwohl es zwischen ihnen natürlich auch Reibereien und Meinungsverschiedenheiten wie in jeder Familie gab, schienen sie die Eigenarten und Macken des jeweils anderen bedingungslos zu akzeptieren. Diese Art von Liebe hatte sie erstmals durch Flora und Harry erfahren ... und geglaubt, sie auch bei Marcus gefunden zu haben.

Plötzlich stieg die Verzweiflung, die sie die ganze Zeit über zurückzuhalten versucht hatte, in ihr hoch. Seit dem Vorfall im Badezimmer vor zehn Tagen, hatte sich die Lage zwischen Marcus und ihr nicht verändert. Nein, das stimmte so nicht ganz, tatsächlich war sie noch *schlimmer* geworden. Nun ging er ihr bewusst aus dem Weg, verbrachte kaum noch Zeit zu Hause, und sie musste gegen die immer hartnäckiger aufkeimende Hoffnungslosigkeit ankämpfen. Ob es ihnen je gelänge, diese schier ausweglose Situation zu überwinden?

Hatten ihre Lügen am Ende doch alles zerstört?

„Jetzt aber genug von Violet. Widmen wir uns lieber wieder dem Thema, weswegen wir eigentlich hier sind."

Der forsche Tonfall der Herzogin riss Penny aus ihrer Trübsal. Als sie den Blick hob, war die Anteilnahme, die sie in den Gesichtern ihrer Freundinnen las, beinahe unerträglich.

„Pandora, meine Liebe, wie läuft es bei Ihnen?", fragte Thea sanft.

*Sei keine Heulsuse. Reiß dich zusammen.*

„Ach, natürlich gibt es noch Einiges zu tun", sagte sie mit

aufgesetzter Fröhlichkeit. „Aber zum Glück bleiben uns ja noch drei Wochen zur Vorbereitung. Ich hatte überlegt, ein ausgezeichnetes Orchester zu engagieren ...“

„Wir meinten nicht den Ball, sondern wie es zwischen Ihnen und Blackwood steht.“ Trotz ihrer direkten Worte lag tiefes Mitgefühl in Mariannes Augen.

Da die drei von Anfang an in den Fall involviert waren, wussten sie natürlich um den letzten Racheakt des Gespensts: den Brief, der ihre Geheimnisse offenbart und ihre Welt in Schutt und Asche gelegt hatte. Selbst wenn sie die Einzelheiten ihrer Vergangenheit nicht kennen würden, wären ihnen gewiss die Gerüchte zu Ohren gekommen, die mittlerweile in der *ton* kursierten. Absolut jeder sprach über die Entfremdung der Blackwoods.

Vor diesem Desaster hatte niemand angezweifelt, dass sie und Marcus eine Liebesehe führten. Er pflegte sie zu sämtlichen Anlässen zu begleiten und tanzte auf den meisten Bällen sogar mit ihr ... was andere Ehemänner für gewöhnlich nicht taten. Doch in den letzten eineinhalb Wochen musste sie sich ganz allein auf ein paar Veranstaltungen blicken lassen, um den Schein zu wahren. Ihr Solo-Auftritt hatte die Gerüchte, die man sich hinter vorgehaltenen Fächern zuflüsterte, erst recht geschürt, insbesondere, da Marcus sie kaum beachtete, wenn er doch einmal auftauchte. Er grüßte sie nur kurz und unterkühlt, bevor er sich unter die anderen Gäste mischte.

Schlimm genug, dass sich darunter natürlich auch interessierte Frauen befanden. Als dekorierter Kriegsheld, der nur so vor Männlichkeit strotzte, hatte er schon immer die weibliche Aufmerksamkeit auf sich gezogen. Früher wagte es nur niemand, sich als mögliche Geliebte anzubiedern, weil alle sehen konnten, was für ein hingebungsvoller Ehemann er war. Nun jedoch witterten diese Geier natürlich ihre Chance und umkreisten ihn mit hungrigen Blicken.

Die hartnäckigste unter ihnen war, wenig überraschend, die

Gräfin von Ashley, ehemals Miss Cora Pilkington. Das verschlagene Flittchen war um einiges hinterlistiger als der Rest. Während Marcus selbst jetzt noch zu anständig war, um mit anderen Damen zu flirten – Gott sein Dank –, verhüllte Lady Cora ihre lüsternen Absichten hinter einer Fassade aus Demut und Charme. Jeder wusste, dass sie keine glückliche Ehe mit Ashley führte, und so zögerte sie nicht, an Marcus' Mitgefühl zu appellieren. Ihr Jungfrau-in-Nöten-Gehabe ging Penny gehörig auf die Nerven.

Besonders auf den letzten beiden Veranstaltungen, die sie besuchte, hatte sie mitansehen müssen, wie das Miststück mit verklärtem Blick an Marcus' Lippen gehangen und ihn unablässig schamlos angehimmelt hatte. Am liebsten hätte sie ihr die Augen ausgekratzt.

Aber das tat jetzt nichts zur Sache.

„Die Situation zwischen Blackwood und mir hat sich nicht wirklich verbessert", gestand sie mit rauer Stimme. „Ich weiß nicht, ob sich daran je wieder etwas ändern wird. Ich gebe mir die größte Mühe ... aber er lässt sich nicht erweichen. Ich glaube nicht, dass er mir jemals vergeben kann."

„Sie dürfen die Hoffnung nicht aufgeben." Thea lehnte sich zu ihr herüber und drückte ihr aufmunternd die Hand. „Ihr Mann liebt Sie. Er braucht einfach nur Zeit."

Natürlich sah die junge Marquise wie immer das Beste in jeder Situation.

„Meinen Sie, es würde etwas bringen, wenn Tremont mit Ihrem Gemahl spräche?", fuhr Thea fort. „Er würde es bestimmt gerne versuchen ..."

„Das würde auch nicht helfen. Blackwood will nichts über meine Vergangenheit wissen ... schon gar nicht von einem ehemaligen Kollegen." Penny zwang sich zu einem Lächeln. „Und obwohl ich stark bezweifle, dass Tremont sich *gerne* in meine Angelegenheiten einmischen würde, bin ich sicher, dass er Ihrer Bitte ohne Protest Folge leisten würde, meine Liebe."

Thea errötete. Es war wirklich mehr als offensichtlich, dass Tremont seine frisch gebackene Gemahlin anbetete und ihr mit Freuden die Sterne vom Himmel holen würde. Da sie sich noch gut daran erinnern konnte, wie kalt und skrupellos er früher gewesen war, erschien ihr sein Sinneswandel wie ein Wunder. Aber eine liebreizende, unschuldige Lady wie Thea verdiente auch nichts anderes.

„Wie sieht denn nun Ihr Plan aus?"

Penny richtete den Blick auf Marianne. „Plan?"

„Um Blackwood zurückzugewinnen", erläuterte die blonde Schönheit.

„Ich werde wohl so weitermachen wie bisher", erwiderte sie mit einem Schulterzucken, um ihre Frustration zu überspielen. „Dafür sorgen, dass seine Lieblingsmahlzeiten zubereitet werden und dass unser Heim eine Oase der Ruhe und Geborgenheit für ihn ist. Außerdem will ich meine Pflichten als Marquise zur Perfektion erfüllen und den unvergesslichsten Winterball aller Zeiten ausrichten." Nach einer kurzen Pause fügte sie trocken hinzu: „Oh, und natürlich weiter auf Knien um Vergebung flehen."

„Gutes Essen ist eine hervorragende Idee", pflichtete die Herzogin ihr bei. „Wann immer Seine Gnaden und ich uns streiten, ist ein schmackhafter Scotch Pie das perfekte Versöhnungsangebot."

„Übrigens gibt es mindestens einmal pro Woche Scotch Pie", fügte Thea mit einem amüsierten Funkeln in den Augen hinzu.

„Zweimal, um genau zu sein", konterte Emma.

„Mahlzeiten und tadellose Gastgebermanieren sind ja schön und gut, aber was das um Gnade flehen angeht, muss es doch irgendwann mal gut sein."

„Offensichtlich ja nicht", seufzte Penny. „Blackwood zeigt sich bisher nicht sehr versöhnlich."

„Vielleicht ist es nicht seine Vergebung, die Sie am meisten brauchen."

„Wie bitte?"

Marianne strich ihre beigefarbenen Seidenröcke glatt. Aufgrund ihrer langjährigen Erfahrung, was das Verhalten von Menschen zu deuten anging, wusste Pandora, dass ihre Freundin sich dafür wappnete, etwas Schwieriges anzusprechen. Deren nächsten Worte bestätigten ihre Vermutung.

„Ich habe Dinge getan, die ich bereute, die viele vielleicht als völlig inakzeptabel erachten würden", begann Marianne gefasst. „Man könnte sagen, in vielerlei Hinsicht steckte ich in einer ähnlichen Situation wie Sie. Angesichts der Fehltritte, die ich begangen hatte, wagte ich nicht einmal zu hoffen, jemals das Herz eines Mannes gewinnen zu können, der so aufrichtig und ehrbar war wie Ambrose."

Weiter musste sie gar nicht ausholen. Unter den Mitgliedern der *ton* war allgemein bekannt, dass Mariannes Tochter, Primrose, als Folge einer Jugendsünde unehelich zur Welt kam. Doch als Ambrose Kent die blonde Schönheit heiratete, adoptierte er auch Primrose, und die gesamte Kent-Familie hatte das Mädchen in ihren Schoß aufgenommen und somit jedem verdeutlicht, dass sie zu ihnen gehörte.

„Wie haben Sie es angestellt? Ihn für sich zu gewinnen, meine ich", fragte Penny.

„Indem ich mir selbst vergeben habe. Zugegeben, es war Ambrose, der mir half einzusehen, dass wir alle Fehler machen und, was noch viel wichtiger ist, ..." – Marianne sah ihr eindringlich in die Augen – „... dass wahre Liebe alle Sünden vergibt."

Die Worte trafen einen Nerv, entzündeten einen schmerzhaften Funken in ihr. Es dauerte einen Moment, bis sie ihre Gefühle deuten konnte. Etwas brodelte in ihr, etwas, das in so krassem Gegensatz zu der Schuld und Reue stand, die sie empfand, dass sie überhaupt nicht darauf geachtet hatte. Aber nun spürte sie deutlich die Glut, die in Wahrheit schon seit Tagen in ihr schwelte, ein prickelndes Gefühl von ... *Wut.*

Ja, sie hatte Marcus Unrecht getan, sein Vertrauen gebrochen. Sie verdiente seinen Zorn ... Aber verdiente sie nicht ebenso eine *Chance*, es wiedergutzumachen? Sie hatten einander versprochen, niemals wütend aufeinander schlafen zu gehen, und doch musste sie nun seit sechs Wochen seinen Unmut und, schlimmer noch, schlaflose Nächte in ihrem kalten, einsamen Bett erdulden. Er wollte ihr kein Gehör schenken, hielt sie auf Abstand, und wenn sie den verzweifelten Versuch unternahm, sich ihm anzunähern, wies er sie schroff ab ... wie eine wertlose Dirne.

*Denn genau das bist du. Und er kennt noch nicht einmal die ganze hässliche Wahrheit. Stell dir nur vor, wie sehr er dich dann erst verabscheuen würde ...*

Sie ballte die Hände in ihrem Schoß zu Fäusten, ein eisernes Schamgefühl umklammerte ihr Herz. Diese dunklen Gedanken konnte sie unmöglich mit ihren Freundinnen teilen ... mit niemandem, außer Flora. Also schob sie sie mit geübtem Pragmatismus in eine mentale Schatulle, die sie verschloss, bis sie wusste, was sie damit anstellen sollte. Was vielleicht nie der Fall sein würde.

Fürs Erste musste sie an ihrem Plan festhalten und Marcus beweisen, wie sehr sie ihre Taten bereute und dass sie noch immer die Ehefrau sein konnte, die seiner würdig war. Darin lag ihre einzige Hoffnung, ihn zurückzugewinnen.

„Ich weiß Ihre Anteilnahme sehr zu schätzen", sagte sie daher und ließ den Blick über ihre Gäste wandern. „Wirklich, ich bin so dankbar für Ihren Besuch, aber ich denke, es ist das Beste, erst einmal so weiterzumachen wie bisher. Ich werde alles tun, um meinem Gemahl zu gefallen, und deshalb will ich den prunkvollsten Ball veranstalten, den die *ton* je gesehen hat."

Um sich gegen die eindringlichen Blicke ihrer Freundinnen zu wappnen, setzte sie ein strahlendes Lächeln auf.

Nach einem kurzen Moment des Schweigens meldete sich Marianne zu Wort. „Dann sagen Sie uns, wie wir Ihnen bei den Vorbereitungen helfen können."

Da die anderen Frauen nicht weiter auf dem Thema herumritten, atmete sie erleichtert auf.

„Ich habe noch nicht einmal die Gästeliste erstellt", gestand sie zerknirscht.

„Wenn Sie Papier und Stift zur Hand haben, könnte ich schnell ein paar Namen niederschreiben", bot Emma an. „Wir alle zusammen sollten ja wohl wissen, wer zur Crème de la Crème der Stadt gehört."

„Außerdem könnten wir aufschreiben, was Sie sonst noch benötigen", sagte Thea.

Da fiele Penny so manches ein.

*Dass mein Mann mir vergibt.*

*Seine Liebe.*

*Unsere Ehe, so wie sie früher war.*

„Vielen Dank. Das klingt wunderbar", erwiderte sie und verbarg ihr gebrochenes Herz hinter einem tapferen Lächeln.

## 12

ALS DIE KUTSCHE VOR IHREM STADTHAUS VORFUHR, WANDTE sein jüngster Sohn sich mit großen Augen an Marcus und bettelte: „Papa, können wir vor dem Abendessen nicht noch ein wenig draußen spazieren gehen? Biiitte!"

„Wir sind doch warm angezogen, und außerdem ist es heute gar nicht so kalt wie die letzten Tage", fiel sein mittlerer Spröss-ling mit ein. „Was können zehn Minuten schon groß schaden?"

Sein Ältester, der sich von den anderen beiden nicht über-trumpfen lassen wollte, zitierte: *„Gehen ist des Menschen beste Medizin."*

Wenn sie sich zusammentaten, war seine Rasselbande wirklich kaum aufzuhalten.

Marcus musste sich ein Lächeln verkneifen. „Wie könnte ich der Weisheit Hippokrates' widersprechen? Also gut, solange eure Mutter einverstanden ist."

Der letzte Teil war ihm unbewusst herausgerutscht, eine Gewohnheit, die von all den Jahren gemeinsamer Erziehung ihrer drei temperamentvollen Jungs herrührte. Da er die Worte nun nicht mehr zurücknehmen konnte, richtete er den Blick auf Pandora.

Sie saß mit Owen auf dem Sitz ihm gegenüber und blinzelte überrascht. Verunsichert starrte sie ihn an, und ihr Blick erfüllte ihn mit ... Scham.

In letzter Zeit hatte er sich ihr gegenüber wirklich wie ein Mistkerl verhalten. Aber er wusste nicht, wie er damit aufhören konnte, wie er die Eifersucht kontrollieren sollte, die jedes Mal in ihm hochstieg, wenn er an ihre Lügen dachte ... und daran, dass sie mit anderen Männern zusammen gewesen war. Selbst jetzt verspannte er sich bei dem Gedanken und musste die aufkeimende Wut gewaltsam unterdrücken.

Penny ließ den Blick über die Kinder schweifen und sagte streng: „Na schön, aber nur zehn Minuten." Dann richtete sie Owens Kragen und zog ihm seine Strickmütze fester über die dunklen Locken. „Lasst eure Schals und Handschuhe an und achtet auf die vereisten Stellen."

„Ja, Mama", riefen die Jungs einstimmig.

Kaum hatte der Pferdeknecht die Stufen ausgeklappt, sprangen die drei aufgeregt aus der Kutsche und rannten auf den gegenüberliegenden Park zu. Ihre dunkelblauen Mäntel und roten Schals bildeten einen bunten Kontrast zu der weißen Schneelandschaft. Marcus stieg nach ihnen aus und half anschließend seiner Frau aus der Karosse. Leichtfüßig kletterte sie heraus, wobei der Hermelinsaum ihres weinroten Samtmantels anmutig um sie herumwirbelte. Wortlos hielt er ihr seinen Arm hin. Ihre Augen weiteten sich vor Überraschung, und sie stieß einen Atemzug aus, der als weißer Dampf in der kalten Winterluft aufstieg. Dann hakte sie sich bei ihm unter, und gemeinsam folgten sie ihren Kindern durch das Tor der Grünanlage.

Es dämmerte bereits, und der Park war leer. Die untergehende Sonne tauchte den schneebedeckten Boden und die Bäume in glitzerndes Licht. Das Eis unter ihren Schuhen knirschte, als sie ihren Söhnen hinterherspazierten, die vorausprangen und einander laut johlend mit Schneebällen bewarfen.

„Was für eine ausgelassene Rasselbande", merkte Markus an.

„Sie müssen einfach nur ein wenig Dampf ablassen. Wegen dem kalten Wetter waren sie in letzter Zeit zu oft im Haus eingesperrt", erwiderte Penny. „So sind Jungs nun mal."

Vermutlich würde sie das auch sagen, wenn ihre Racker Mord und Totschlag begingen. Er musste ein Schmunzeln unterdrücken. Penny neigte dazu, ihre Söhne bei jeder Gelegenheit zu verteidigen, selbst wenn sie ganz offensichtlich etwas ausgefressen hatten ... eine Angewohnheit, die er ebenso irritierend wie liebenswert fand. Und verdammt, es fühlte sich so gut an, endlich einmal wieder eine normale Unterhaltung zu führen, Arm in Arm mit ihr dahinzuschlendern und über Alltägliches zu sprechen.

Da er dieses wohlige Gefühl nicht gleich wieder verlieren wollte, fuhr er fort: „Hast du etwa vergessen, dass wir eben mit ihnen bei Astley's waren? Nach dem Spektakel, Madame Monique la Magnifique auf dem Hochseil balancieren zu sehen, sollten sie doch wahrlich genug Aufregung für einen Nachmittag erfahren haben."

„Jemandem auf dem Drahtseil zuzusehen, ist nicht dasselbe, wie selbst darauf zu laufen", erwiderte sie leise.

Die Doppeldeutigkeit ihrer Worte entging ihm nicht. Erneut verkrampfte sich sein Magen angesichts ihrer untypischen Zurückhaltung, und am liebsten hätte er sich für sein rüpelhaftes Verhalten der letzten beiden Wochen entschuldigt. Gleichzeitig erzürnte ihn seine eigene Verletzlichkeit, was seine Frau anbelangte. Nachdem er nun um ihr trügerisches Naturell wusste, hatte er sich vorgenommen, nicht länger als ihre willenlose Marionette zu fungieren, und doch konnte er sich nicht von ihren Fäden lösen. Der Vorfall in seinem Badezimmer war Beweis genug dafür gewesen.

Ein Gefühlschaos aus Wut und Begehren wütete in ihm. Verdammt, nach nur einem Blick auf sie hatte er die Kontrolle verloren, sich einem Verlangen hingegeben, das er eigentlich nicht verspüren sollte ... zumindest nicht, bis er seinen Kopf so weit klar bekäme, um eine Entscheidung über ihre Zukunft zu treffen.

Doch sie brauchte nur mit dem Finger zu schnippen, und schon kam er angerannt wie ein dressiertes Schoßhündchen.

Ebenso wie sein Verhalten ihr gegenüber, hasste er die Macht, die sie über ihn besaß. Er steckte in einem Teufelskreis, aus dem er nicht so einfach herauskam. Allerdings wollte er die Dinge auch nicht so weiterlaufen lassen wie bisher, kalt und angespannt.

Plötzlich wurde ihm bewusst, dass er schon viel zu lange geschwiegen hatte, denn Penny schien seine düstere Stimmung bemerkt zu haben und löste ihren Griff um seinen Arm. Mit gesenktem Blick murmelte sie: „Ich sehe lieber mal nach den Jungs ...“

„Denen geht es gut.“ Er fing ihre Hand ein und legte sie wieder fest in seine Armbeuge. „Bleib noch einen Moment bei mir.“

Argwohn überschattete ihren Blick. „Willst du das wirklich?“

„Sonst hätte ich es ja wohl nicht gesagt.“ Als er bemerkte, wie schroff seine Worte klangen, zwang er sich zu einem sanfteren Tonfall. „Es ist schon eine Weile her, seit wir uns das letzte Mal ungestört unterhalten haben.“

Darauf erwiderte sie nichts. Das war auch nicht nötig, immerhin war er derjenige gewesen, der diese Mauer aus Schweigen zwischen ihnen errichtet hatte. Sie nagte an ihrer Unterlippe und warf ihm verstohlene Blicke zu, während sie weiter den Weg entlangschlenderten.

Er versuchte, ein neutrales Gesprächsthema zu finden. „Wie laufen die Vorbereitungen für den Winterball?“

„Gut.“ Sogleich wirkte sie etwas selbstbewusster. „Ich habe die Einladungen erst vor einer Woche verschickt, aber die meisten haben bereits zugesagt. Es verspricht ein riesiger Erfolg zu werden.“

Das überraschte ihn nicht. In den letzten Jahren hatte er mit Stolz verfolgt, wie Penny in der Rolle der Marquise von Blackwood aufblühte. Sie hatte sich der Aufgabe mit demselben Feuereifer und der Zielstrebigkeit gewidmet, mit der sie jeden Bereich ihres Lebens anging. Durch ihren unermüdlichen Fleiß (wobei alles, was sie tat, immer mühelos erschien), hatte sie sich als eine der einflussreichsten und elegantesten Gastgeberinnen der *ton* etabliert ... und zudem als liebende Mutter sowie von der Belegschaft verehrte Hausherrin.

Trotz des Selbstbewusstseins, das die zahlreichen Erfolge ihr bescherten, hatte sie sich ihm gegenüber ihre Verletzlichkeit bewahrt. Nach jeder glorreichen Veranstaltung pflegte sie ihn mit einem Anflug von Nervosität zu fragen: „Wie fandest du es, Marcus? Hat es dir gefallen?"

Bei diesen Erinnerungen wurde ihm schwer ums Herz. Wie konnte er das Bild der liebevollen Gemahlin, die alles tat, um ihn glücklich zu machen, mit der teuflischen Spionin vereinbaren, die ihn während ihrer gesamten Ehe belogen hatte?

Er ... konnte es nicht. Vielleicht war es einfach unmöglich.

*Denk nicht weiter darüber nach, sondern genieße einfach den Augenblick, verdammt.*

Er schob die aufwühlenden Gedanken beiseite und räusperte sich. „Wen dürfen wir denn erwarten?" Eigentlich interessierte er sich nicht wirklich dafür, aber die Frage erlaubte es ihm, die familiäre Unterhaltung fortzusetzen, noch ein wenig länger in dieser Oase der Vertrautheit zu verweilen.

„Die übliche Truppe, die sich außerhalb der Brautsaison in London befindet: die Temples, die Osterwicks und die Knowles. Oh, die Hartefords werden auch anwesend sein, da Lady Helena sich hier in der Stadt erholt."

„Von was?"

„Von der Geburt ihres Kindes."

Marcus spürte den Kummer, der in ihren Worten mitschwang und sah, wie ihre Unterlippe zitterte. Obwohl es bereits drei Jahre her war, seit sie ihr totgeborenes Baby beerdigt hatten, schmerzte der Verlust sie beide immer noch ungemein. Auch diese Erfahrung war Teil der Schicksalsbande, die sie über all die Jahre hinweg geknüpft hatten. Ihm wurde bewusst, dass sowohl Trauer als auch Freude zu den Grundsteinen einer Ehe gehörten.

„Wie ich hörte, geht es Lady Helena so weit gut", berichtete Penny leise.

„Das freut mich."

Lord Nicholas und Lady Helena Harteford waren eher Bekannte als Freunde, was aber hauptsächlich daran lag, dass sie den Großteil der Zeit auf ihrem Landsitz verbrachten. Wann immer Penny und er sich mit ihnen trafen, fanden sie jedoch stets Gesprächsstoff, da sie viel gemeinsam hatten. Sie hatten etwa zur selben Zeit geheiratet und zogen ebenfalls eine Schar von Satansbraten groß. Im Vergleich zu den drei Jungs der Hartefords waren James, Ethan und Owen allerdings die reinsten Unschuldslämmer.

„Ein Mädchen?", erkundigte er sich.

Penny lächelte nur schief und schüttelte den Kopf.

„Der arme Harteford", sagte er mit einem Seufzer.

„Die arme *Lady Helena*. Sie ist doch diejenige in der Minderheit", widersprach sie ihm lächelnd.

In diesem Moment durchschritten sie ein von der Sonne beleuchtetes Fleckchen, und der goldene Schein ließ sie förmlich erstrahlen. Kleine Eiskristalle hingen an ihren dunklen Wimpern. Der Hermelinsaum ihrer Kapuze stand in keiner Konkurrenz zur ihrer samtweichen Haut, das satte Rot ihres Mantels verblasste neben ihrem taufrischen Teint.

Gott, ihre Schönheit traf ihn wie ein Schlag in die Magengrube. So war es schon immer gewesen, und so würde es trotz aller Widrigkeiten auch bleiben.

*Teufel noch eins.*

Energisch unterdrückte er das Verlangen, sie in seine Arme zu ziehen, und räusperte sich. „Wer kommt sonst noch?", fragte er schroff.

„Auf deinen Wunsch hin habe ich Carlisle eingeladen. Sowohl er als auch sein Bruder, Mr Murray, haben zugesagt." Sie hielt kurz inne und runzelte die Stirn. „Carlisle macht sich doch eigentlich nichts aus Partys. Es wundert mich, dass er teilnehmen möchte."

Für Marcus war das weniger verwunderlich. Während des Besuchs bei seinem Freund, war ihm schnell klar geworden, dass es für diesen nur einen Ausweg aus dem finanziellen Dilemma gab. Wie der Vicomte selbst zynisch anmerkte: „Ich habe einen Titel zu verkaufen und suche nach der Höchstbietenden. Es ist eine rein geschäftliche Angelegenheit, nichts weiter. Solange das meiner Zukünftigen klar ist, sollte sich durch diese Ehe nichts an meinem Leben ändern."

Der arme Mann hatte noch viel zu lernen.

„Carlisle möchte ein neues Kapitel aufschlagen", sagte er ausweichend. „Wer sonst noch?"

„Die Ashleys. Besser gesagt, Lady Cora, und eventuell ihr Gemahl."

Marcus entging der gereizte Unterton in ihrer Stimme nicht. Aus irgendeinem Grund hatte seine Frau die Gräfin von Ashley noch nie leiden können, obwohl *sie* doch diejenige gewesen war, die ihn Cora weggeschnappt hatte ... Nicht, dass er sich dagegen gewehrt hätte. Ein Blick auf Penny, und er hatte nur noch Augen für sie gehabt. Früher fand er ihre eifersüchtigen Anwandlungen eigentlich amüsant, wenn nicht sogar erregend, aber nun hinterließen sie irgendwie einen bitteren Nachgeschmack.

Welchen Grund hatte *sie* denn zur Eifersucht? Er hatte nie hinter ihrem Rücken mit Cora oder sonst wem angebandelt. Während ihrer Ehe war er ihr gegenüber stets treu und aufrichtig gewesen ... im Gegensatz zu ihr, die ihn bezüglich ihrer Vergangenheit und der Männer, mit denen sie zusammen gewesen war, belogen hatte.

Im Handumdrehen war seine friedfertige Laune verflogen, und sein Blut begann vor Wut zu kochen.

„Papa! Hier drüben!" Jamies Stimme durchbrach seinen inneren Aufruhr. Sein ältester Sohn stand am anderen Ende des

Parks und winkte ihm zu. „Ich glaube, ich habe eine Art Erdhöhle entdeckt, weiß aber nicht genau, von welchem Tier."

Marcus holte tief Luft, dankbar für die Ablenkung. „Ich bin gleich bei dir, Jamie", rief er zurück. An Penny gewandt, knurrte er: „Ich sehe mir mal an, was er da gefunden hat."

„Natürlich."

Nun wirkte sie wieder verletzt, aber das konnte er auch nicht ändern. Lieber ließ er sie einfach stehen, als seinem Ärger Luft zu machen. Während er zu James hinüberstapfte, wurde ihm bewusst, dass ihr Vertrauensbruch gar nicht das Schlimmste an dieser ganzen Sache war. Nein, das Schlimmste war, dass sie ihn dazu gebracht hatte, an sich selbst zu zweifeln.

Eigentlich war er ein Mann gewesen, der immer genau wusste, was er wollte. Verdammt, er hatte ein ganzes Bataillon befehligt, spontan, selbstsicher und ohne zu zögern Entscheidungen getroffen, bei denen zahlreiche Leben auf dem Spiel standen. Doch seit Pandoras Geständnis war er völlig aus dem Gleichgewicht geraten und konnte keinen klaren Gedanken mehr fassen. Seine Stimmung schwankte so heftig hin und her, dass er befürchtete, den Verstand zu verlieren.

Er erkannte sich selbst kaum wieder, und das gefiel ihm überhaupt nicht.

Als er sich seinem Sohn näherte, schüttelte er die düsteren Gedanken ab. „Also, wo ist denn dieser Bau?"

„Genau hier, Papa." Jamie deutete aufgeregt auf ein Loch im Schnee unter den Baumwurzeln. „Es könnte von einem Hasen oder einer Beutelratte stammen ..."

„Komm sofort da runter, Owen!"

Pennys panischer Ausruf ließ ihn herumwirbeln. Das Herz schlug ihm bis zum Hals, als er seinen jüngsten Sohn erblickte, der etwa vier Meter über dem Boden auf dem Ast eines Eichenbaumes balancierte.

„Aber Mama, ich kann das genauso gut wie Madame Magnifique", krähte der Kleine und machte einen weiteren Schritt auf dem vereisten Gehölz. „Schau nur …"

Er unterbrach sich mit einem Aufschrei, als er das Gleichgewicht verlor und mit rudernden Armen in die Tiefe stürzte.

Marcus rannte los, aber Penny war schneller und streckte bereits die Arme nach ihrem Sohn aus. Owen prallte mit voller Wucht auf sie, und sie stürzte mit ihm zu Boden, wobei ihr Kopf mit einem lauten, grauenvollen Knacken auf der Eisschicht aufschlug.

In der nächsten Sekunde war Marcus bei ihnen und stellte mit kampferprobter Effizienz sicher, dass der Kleine zwar benommen, aber ansonsten unversehrt war. Dann hob er ihn von seiner Frau herunter und setzte ihn neben sich ab. „Bleib hier und rühr dich nicht vom Fleck", bellte er.

Owen nickte mit zitternder Unterlippe. „Ist Mama …?"

Mit hämmerndem Herzen riss er sich die Handschuhe von den Händen und begann, Penny behutsam zu untersuchen. Ihre Augen waren geschlossen, aber sie schien nirgends zu bluten. Soweit er es beurteilen konnte, hatte sie sich nichts gebrochen. Ihr Puls schlug schwach, aber regelmäßig.

„Liebling", sagte er mit Nachdruck. „Öffne die Augen."

Keine Reaktion. Sein Magen verkrampfte sich.

Mittlerweile hatten auch Jamie und Ethan sie erreicht.

„Geht es Mama gut?", riefen sie wie aus einem Munde.

„Sie kommt schon wieder in Ordnung." Heiser fügte er an seine Frau gewandt hinzu: „Wach auf, Penny. Du willst doch nicht, dass die Jungs sich deinetwegen Sorgen machen, oder?"

Nach einer gefühlten Ewigkeit zuckten ihre Lider, und sie öffnete die Augen.

*Gott sei Dank. Oh, verdammt, dem Himmel sei's gedankt!*

„Owen …?", flüsterte sie benommen.

Marcus brachte kaum ein Wort hervor. „Es geht ihm gut. Du bist diejenige, um die wir uns sorgen müssen." Mit der größten Vorsicht hob er sie in seine Arme. „Alles in Ordnung?"

„Mir fehlt nichts. Es hat mir nur ein wenig ... den Atem verschlagen. Das war nur eine ... kleine Kopfnuss, weiter nichts", antwortete sie leicht kurzatmig. „Ich kann selbst gehen."

Das Herz klopfte ihm nach wie vor wie wild in der Brust, als er sie zurück zum Haus trug, dicht gefolgt von ihren Söhnen.

## 13

„SIND SIE SICHER, DASS SIE SONST NICHTS BRAUCHEN, Mylady?", fragte Jenny, während sie das Frühstückstablett abräumte. „Ein weiteres Kissen, mehr Decken ...?"

„Es geht mir bestens", versicherte Pandora ihrem rothaarigen Dienstmädchen. „Kein Grund zur Sorge."

„Sie haben uns aber 'nen ziemlichen Schrecken eingejagt, Mylady. Als der Doktor Sie gestern Abend untersucht hat, waren die jungen Lords so still und bedrückt wie noch nie. Und Seine Lordschaft hätte beinahe einen Graben in den Boden des Salons gelaufen."

Eine wohlige Wärme breitete sich in Penny aus. „Er hat sich um mich gesorgt?"

„Er stand völlig neben sich", lächelte die Bedienstete. „Man könnte meinen, alles andere sei in seinen Augen nun Schnee von gestern, wenn ich mir die Bemerkung erlauben darf."

Natürlich hatte Jenny die Spannungen zwischen Marcus und ihr bemerkt. Immerhin war sie es gewohnt, ihn morgens in Pennys Bett vorzufinden. Seine Abwesenheit und auch die eisige Stimmung außerhalb des Schlafgemachs mussten zu Spekulationen geführt haben, und sie fragte sich, was das Personal wohl von der verbitterten Stille zwischen den Herrschaften des Hauses hielt.

„Wird unter den Angestellten viel getratscht?", erkundigte sie sich.

Über die Jahre hatte sich die Loyalität ihrer Kammerzofe als unerschütterlich erwiesen. Penny konnte sich darauf verlassen, dass sie sowohl diskret als auch aufrichtig war. Sie war in jeder Hinsicht unbezahlbar.

„Ein wenig schon, Mylady", gab die Angestellte zu. „Aber jeder weiß ja, wie sehr Seine Lordschaft Sie vergöttert, daher halten die meisten es nur für 'nen kleinen Streit. Sowas kommt in der besten Ehe vor. Und wie ich schon sagte, er ist fast krank vor Sorge um Sie. Das wäre er ja wohl kaum, wenn er Sie nicht aufrichtig lieben würde, was?"

Ein Hoffnungsfunke flackerte in ihr auf. „Vielen Dank, Jenny. Jetzt sei so gut und hilf mir, mich anzukleiden. Ich will nicht, dass die Kinder oder Marcus sich zu sehr um mich sorgen. Das safrangelbe Wollkleid scheint mir eine gute Wahl."

„Aber Sie sollten sich lieber noch ein wenig ausruhen, Mylady ..."

Ein energisches Klopfen an der Tür unterbrach die Zofe.

Pennys Puls beschleunigte sich. „Herein", rief sie, beinahe ein wenig atemlos.

Marcus betrat das Zimmer. Er war hemdsärmelig, seine dunkelblaue Weste schmiegte sich an seinen schlanken Oberkörper, und die graue Hose schmeichelte seinen muskulösen Beinen. Die unverkennbare Sorge in seinem Blick verschlug ihr gänzlich den Atem und trieb ihr die Tränen in die Augen.

Sie hatte nicht damit gerechnet, dass er sie jemals wieder so ansehen würde.

„Mylord" Jenny knickste höflich. „Ich, äh, richte dann mal die Garderobe für Sie her, Mylady." Mit einem wissenden Lächeln eilte sie aus dem Raum und schloss die Tür hinter sich.

Die Goldbronzeuhr auf dem Kaminsims tickte laut in der

Stille und synchronisierte sich mit Pennys pochendem Herzschlag.

Marcus stützte sich an einem der Bettpfosten ab und fragte: „Wie fühlst du dich heute?"

„Schon viel besser. Der Schlag auf den Kopf war gar nicht so schlimm. Ich glaube, mein Stolz hat am meisten unter dem Vorfall gelitten." Sie lächelte zögerlich. „Ich hätte nicht damit gerechnet, dass ich das Gleichgewicht verlieren würde."

„Immerhin hast du unseren Sohn aufgefangen, als er von einem Baum stürzte. Du kannst von Glück reden, dass Owen dich nicht wie einen Pfannkuchen geplättet hat."

„Ich hätte nicht erwartet, dass er schon so groß und schwer ist." Als sie sah, wie sich Marcus' Miene verfinsterte, fügte sie schnell hinzu: „Es war nicht seine Schuld."

„Nicht seine Schuld?", knurrte er stirnrunzelnd. „Dafür, dass er sowohl sich als auch dich in solche Gefahr gebracht hat, verdient er eine ordentliche Tracht Prügel."

Seine Worte ließen sie senkrecht im Bett hochfahren. Seit sie James zum ersten Mal in den Armen hielt, hatte sie sich geschworen, dass keinem ihrer Kinder jemals Leid widerfahren sollte. Keiner ihrer Söhne sollte sich je unsicher, unerwünscht oder ungeliebt fühlen. Manche mochten das als Verhätschelung ansehen, aber das war ihr egal.

Zum Glück beugte sich Marcus zumeist ihren Wünschen. Er legte zwar großen Wert auf Disziplin, setzte diese aber für gewöhnlich durch andere Maßnahmen als körperliche Züchtigung durch.

„Owen wurde bereits genug bestraft. Bestimmt fühlt er sich furchtbar", beharrte sie. „Er braucht nicht noch ..."

„Verdammt, wirst du endlich mal damit aufhören, die Bengel bei jeder Gelegenheit zu verteidigen?"

Marcus stapfte um das Bett herum und starrte mit in die Hüften gestemmte Hände auf sie hinab. Da er aber mehr entnervt als erzürnt wirkte, ließ sie sich nicht einschüchtern. „Nein."

Er musterte sie finster. „Owen erhält einen Monat Hausarrest."

Das erschien ihr gerecht. „Na schön", stimmte sie leise zu.

„Was dich angeht ..." Frustriert fuhr er sich mit der Hand durchs Haar. „Verflucht, Penny, sei in Zukunft etwas vorsichtiger."

„Es tut mir leid. Ich habe nicht nachgedacht. Als ich ihn fallen sah ..." – Sie schluckte schwer, als sie sich an die schreckliche Szene zurückerinnerte, – „... habe ich einfach instinktiv gehandelt."

Darauf erwiderte er nichts. Sie konnte seine Miene nicht deuten, wusste nicht, ob sie ihn erneut verärgert hatte. Doch dann ließ er sich zu ihrer Überraschung auf der Bettkante nieder.

„Wir müssen reden", seufzte er.

Seine Worte machten sie nervös. „Ja?"

„So, wie es in letzter Zeit zwischen uns lief, kann es nicht weitergehen", erklärte er knapp.

Ihr Magen krampfte sich zusammen. Hatte er eine Entscheidung getroffen? War er zu der Ansicht gelangt, dass er nun doch die Scheidung wollte?

„Ich kann dir die Vergangenheit nicht verzeihen", sagte er tonlos.

Vor Angst war sie wie gelähmt, konnte weder atmen noch nicken.

„Von daher halte ich es für das Beste, wenn wir die ganze Sache hinter uns lassen", fuhr er fort. „Um der Kinder willen müssen wir ein neues Kapitel aufschlagen und nochmal von vorn anfangen."

Es dauerte eine Weile, bis seine Worte einsanken. Dann wurde sie von einer beinahe schmerzhaften Welle der Erleichterung übermannt.

„Wärst du dazu bereit, Pandora?"

„Ja, Marcus. Absolut", flüsterte sie.

„Allerdings nur unter gewissen Bedingungen", warnte er sie. „Zunächst einmal: Ab morgen will ich nie wieder etwas über deine Vergangenheit hören. Das Wissen um deine ... *Indiskretionen*, schlägt mir aufs Gemüt. Wenn es also sonst noch irgendetwas geben sollte, weswegen du mich angelogen hast, irgendwelche anderen Liebhaber, dann erzähle es mir besser jetzt."

Da *waren* noch Geheimnisse, die sie für sich behalten hatte, aber nichts, worauf er sich bezog. Wegen diesen kleinen Schwindeleien musste sie sich nicht schuldig fühlen. Es wäre besser, die Dinge so unkompliziert wie möglich zu halten.

„Es gab keine anderen Indiskretionen", erwiderte sie leise.

Er musterte sie eindringlich. „Also gut." Damit erhob er sich.

„Das war alles?" Sie konnte die Enttäuschung in ihrer Stimme nicht verbergen. „Du gehst wieder?"

„Du solltest dich ausruhen."

„Es geht mir gut. Glaube mir, ich habe schon wesentlich Schlimmeres überlebt ..." Sie brach ab, als ihr bewusst wurde, wie das für ihn klingen musste. In ihrem Bestreben, Marcus zum Bleiben zu bewegen, hatte sie erneut auf ihre Vergangenheit angespielt, obwohl er ihr doch eben klar und deutlich zu verstehen gegeben hatte, dass er nichts mehr darüber wissen wollte.

*Was zum Teufel ist nur los mit mir?*

„Es gibt noch anderes zu besprechen", vollendete sie nicht gerade einfallsreich ihren Satz.

Er hob die Brauen und verschränkte die Arme vor der Brust. „Was denn zum Beispiel?"

„Was ... unsere Übereinkunft anbelangt." Verzweifelt suchte sie nach sinnvollen Argumenten. „Wir haben nicht festgelegt, was genau ein neues Kapitel beinhalten sollte."

„Ich dachte, das hätten wir gerade."

„Ja, natürlich weiß ich, dass es bedeutet, die Vergangenheit hinter uns zu lassen. Aber was ist mit der Zukunft?", fragte sie und schluckte schwer. „Wie sollen wir uns … als … verheiratetes Paar verhalten?“

Seine Miene blieb unverändert. „Du meinst, was das Ehebett betrifft?“

Glühende Hitze schoss ihr in die Wangen. „Ja“, flüsterte sie.

Nach einem kurzen Moment erwiderte er: „Ich muss mich bei dir entschuldigen.“

„Wofür?“, fragte sie verwirrt.

„Für mein Verhalten dir gegenüber neulich im Badezimmer.“

Sie wurde noch röter. Nervös befeuchtete sie mit der Zunge ihre Lippen. „Das war meine Schuld. Ich hätte dich nicht so bedrängen dürfen.“

„Das stimmt.“ Er fuhr sich mit den Händen durchs Haar, bevor er sie erneut in die Hüften stemmte. „Ich wiederum hätte dich hinterher nicht einfach so stehen lassen dürfen. Ich habe mich von meiner Wut leiten lassen und dich furchtbar behandelt. Das war nicht rechtens. Dafür möchte ich mich entschuldigen, Pandora.“

„Entschuldigung angenommen.“ Als sie sah, wie seine Miene sich entspannte, fügte sie hastig hinzu: „Und, äh, es war ja nicht schlecht, abgesehen von der Art, wie es endete. Davor war es wirklich … wunderbar.“

In seinem Blick loderte etwas auf. „Verdammt, Pandora.“

„Ich weiß, ich habe es vermasselt, aber wenn wir wirklich einen Neubeginn wagen wollen, möchte ich dir eine richtige Ehefrau sein“, beharrte sie. „Ich will das Bett mit dir teilen und Zeit mit dir verbringen, weil ich dich lie…“

Schnell legte er ihr einen Finger auf die Lippen.

„Nicht“, warnte er.

„Was?“, brachte sie hervor.

„Überstürze die Dinge nicht. Mit der Zeit und gegenseitigem Bemühen können wir unsere Ehe vielleicht kitten, aber das bedeutet nicht, dass alles wieder so sein wird wie früher.“ Seine Worte versetzten ihr einen Stich ins Herz. „Bedränge mich nicht mit so etwas. Ich werde mein Möglichstes versuchen, mich zusammenzureißen, aber ich lasse mich nicht länger manipulieren."

Ihr Puls raste. „Ich manipuliere dich doch nicht."

„Du hast es zwölf Jahre lang getan", gab er zurück.

Dem konnte sie nichts entgegensetzen. Er hatte völlig recht.

Sie schluckte schwer und presste hervor: „Wann ... wann können wir denn wieder zusammen sein?"

„Lass mich die Führung übernehmen. Erst einmal sollten wir das Vertrauen zwischen uns wiederherstellen."

„Also gut." Mehr gab es dazu nicht zu sagen. Eine zweite Chance war mehr, als sie verdiente, und das wusste sie auch. Sie wollte diese Gelegenheit nicht aufs Spiel setzen.

Als er seine Hand an ihre Wange legte, schmiegte sie sich an ihn, genoss die warme, solide Berührung ihres Mannes, bevor er sich zurückzog und einen Schritt entfernte.

„Ich schicke die Jungs rauf", sagte er. „Sie wollen dich unbedingt sehen."

„Sie werden sich Sorgen machen, wenn ich noch im Bett herumliege. Lass mich schnell etwas überwerfen, dann gehe ich zu ihnen hinunter ..."

„Verflucht, du hast einen schweren Sturz erlitten. Bleib liegen und ruh dich heute noch aus, Penny."

Jeglicher Protest erstarb auf ihren Lippen. Ihre Kehle schnürte sich zu, und sie spürte, wie ihr die Tränen in die Augen traten. Er hatte sie Penny genannt. Sie war wieder seine Penny.

„Natürlich, Marcus", flüsterte sie.

Er zögerte kurz, als wollte er noch etwas sagen ... doch stattdessen nickte er nur knapp und verließ das Zimmer. Sie sank zurück in die Kissen, unterdrückte das aufsteigende Gefühl der Einsamkeit und klammerte sich verzweifelt an den aufflackernden Hoffnungsschimmer in ihr.

$$\approx\ 14\ \approx$$

Die folgenden zwei Wochen vergingen wie im Flug. Neben den Vorbereitungen für den Winterball musste Penny auch noch versuchen, ihre Ehe wieder auf die Reihe zu bekommen. Was den Ball anging, war sie zuversichtlich, bei ihrer Beziehung ... weniger.

Nicht, dass Marcus nicht Wort hielt. Er erwähnte ihre Vergangenheit nicht und verhielt sich ihr gegenüber wesentlich freundlicher. Vor ein paar Tagen hatte er sie sogar beim Abendessen geneckt, als er fragte, ob sie ihn absichtlich mästen wolle mit seinen Lieblingsgerichten, die ständig serviert wurden. Beinahe hätte sie die Augen verdreht, weil er im Gegensatz zu ihr wirklich essen konnte wie ein Scheunendrescher, ohne auch nur ein Pfund zuzunehmen. Aber was noch viel wichtiger war: Er schien ihre Bemühungen zu würdigen. Das zählte sie als Fortschritt.

Trotzdem lief nicht alles glatt. Früher war Marcus der Ruhepol der Beziehung gewesen, während sie ihre gelegentlichen (oder, besser gesagt, *ziemlich häufigen*) Ausbrüche hatte. Er war wie ein sicherer Hafen, immer ruhig und ausgeglichen. Dieser neue Marcus allerdings neigte zu Stimmungsschwankungen, die ebenso unberechenbar waren wie das Wetter.

Obwohl er sie wie versprochen nicht mehr anfuhr, verfiel er mitunter in Schweigen, zog sich zurück, um seinen offensichtlich düsteren Gedanken nachzuhängen. Ihr gefielen diese Grübeleien überhaupt nicht. Ein ausgewachsener Streit wäre ihr lieber gewesen als diese Anspannung, die sich vom einen Augenblick zum nächsten wie ein tödlicher Frost über ihre aufkeimende Versöhnung legen konnte. Sie kam sich vor wie die Akrobatin im Astley's, die auf einem tückischen Hochseil balancierte.

Gleichzeitig hütete sie sich jedoch, ihn damit zu konfrontieren. Sie hatte ihm versprochen, ihn nicht zu bedrängen, und wollte ihn nach dem frisch geschlossenen Waffenstillstand auf keinen Fall erneut verärgern. Also zwang sie sich, abzuwarten und ihm die Führung zu überlassen.

Leider bemächtigte sich ihrer ein immer gefährlicher werdendes Gefühl: Ungeduld.

Gerade an diesem Morgen hatte sie eine Antwort von Schwester Agatha erhalten, die aus drei einfachen Worten bestand: *Sei du selbst.* Gewiss hatte ihre Freundin damit nicht ihr *wahres* Selbst gemeint?

Damals, als sie noch Pompeia war, die skrupellose Spionin, hatte sie ihre angeborene Hitzköpfigkeit zu ihrem Vorteil genutzt. Mit unerschütterlichem Wagemut hatte sie sich den gefährlichsten Missionen gestellt, die viele ihrer Kollegen ablehnten. Da sie nicht viel zu verlieren hatte, gab es nichts, wovor sie sich fürchtete. Hingebungsvoll spielte sie jede Rolle, ohne sich zurückzuhalten. Stets hatte sie nur ein Ziel vor Augen: zu gewinnen.

Nach zwölf Jahren Ehe war dieser Teil von ihr kaum noch vorhanden. Sie hatte sich vollständig daran gewöhnt, Marcus' ergebene Marquise zu sein, eine Aufgabe, die sie selbst gewählt hatte und die sie mit der größten Freude erfüllte. Es hatte sie nicht gestört, gewisse Facetten ihres alten Ichs zu unterdrücken, da seine Liebe – die Liebe des ehrenhaftesten Mannes, den sie je kannte – jeden Preis wert war.

Sie hatte sich so an die Identität der Lady Blackwood gewöhnt, dass Pandora völlig in den Hintergrund trat, ein kaum noch sichtbarer Pinselstrich in der Landschaft. Da sie ihr Alter Ego sowieso nie wirklich gemocht hatte, war es für sie eher ein Segen als ein Fluch.

Aber nun war dieser ehemalige Schatten ihrer selbst plötzlich zurückgekehrt und wurde von Minute zu Minute präsenter. Es war, als hätte die Offenbarung ihrer Geheimnisse die alte Pompeia wieder zum Leben erweckt, eine Frau, die in den Ballsälen der *ton* nicht willkommen war, die niemals die Liebe eines anständigen, ehrbaren Mannes wie des Marquis von Blackwood besitzen könnte.

*Seine Liebe hast du momentan doch eh nicht.*

Sie unterdrückte die fiese, innere Stimme, die sich stur Gehör zu schaffen versuchte. Warum war dieser ungeliebte Teil ihrer selbst nach all der Zeit ausgerechnet jetzt wieder aufgetaucht? Hatte *Le Spectre* vielleicht noch aus dem Grab heraus in ein Wespennest gestochen? Was auch immer der Grund sein mochte, sie schwor sich, Pompeias rücksichtslosen Impulsen nicht nachzugeben.

Diese weigerte sich nämlich strikt, Marcus' Anordnung Folge zu leisten, die Dinge langsam angehen zu lassen. Sie wollte nicht nach seiner Pfeife tanzen, sondern ganz nach dem Motto „Lass die Vergangenheit ruhen" leben. Und am besten ließe sich das natürlich verwirklichen, indem sie die Tür zwischen ihren Schlafgemächern aufstieße, in das Bett ihres Marquis kletterte und sich nähme, was rechtmäßig ihr gehörte.

Nein, Pompeia die Führung zu überlassen wäre absolut keine Option.

Auf diese Weise würde sie auch die letzte Chance zerstören, je wieder eine glückliche Ehe mit Marcus zu führen.

Also hielt Penny sich wie gehabt an ihren ursprünglichen Plan. Zwei Wochen lang gab sie weiter die gute, reumütige Ehefrau. Marcus besuchte zwar nicht ihr Schlafzimmer, blieb die Nächte über jedoch wenigstens zu Hause. Außerdem führten sie immer öfter neckische Unterhaltungen, und langsam stellte sich die vertraute Kameradschaft zwischen ihnen wieder ein. Einmal verbrachten sie sogar einen kompletten Abend damit, miteinander Schach zu spielen (und als reuevolle Sünderin ließ sie ihn natürlich gewinnen).

Nun endlich war der Abend des lang ersehnten Winterballs gekommen. Es war ihre große Chance, Marcus zu beweisen, dass sie die perfekte Marquise für ihn war, und aller Welt zu zeigen, dass die Entfremdung der Blackwoods ein Ende gefunden hatte.

Kritisch betrachtete sie sich im Spiegel. „Das Kleid ist doch nicht zu gewagt, oder, Jenny?"

„Es ist wunderschön", erwiderte ihre Zofe. „Madame Rousseau war schon immer die beste Modistin der Stadt, und diesmal hat sie sich wirklich selbst übertroffen. Sie schau'n absolut umwerfend aus, Mylady. Wie das schönste Kunstwerk, das ich je gesehen hab."

Als sie die Anfertigung des Abendkleids in Auftrag gab, hatte Penny die Modistin angewiesen, weder Kosten noch Mühen zu scheuen, und die Französin, ganz Künstlerin und Geschäftsfrau, hatte sie beim Wort genommen. Die Robe war aus eisblauer Seide geschneidert und mit Saatperlen bestickt, deren Muster an wirbelnde Schneeflocken erinnerte. Das Mieder war schulterlos und schmiegte sich eng an ihre Brüste und Taille, während die vollen Röcke, ganz nach der neusten Mode, in bauschenden Lagen bis zu ihren hellblauen Pantoffeln fielen.

Die Krönung des Meisterstücks war in ihren Augen jedoch das Überraschungsmoment. Von vorne wirkte das Kleid ziemlich sittsam. Das Dekolleté war von einem breiten, kirschroten Band umsäumt, das weitestgehend ihren Ausschnitt verdeckte (kein leichtes Unterfangen, da sie in dieser Hinsicht recht großzügig ausgestattet war). Auf der Rückseite gewährte sie jedoch buchstäblich tiefe Einblicke: das Gewand war rückenfrei und lief erst kurz über ihrem Kreuzbein zusammen, wo eine elegante, hellrote Schleife saß.

Das Kleid war wirklich eine Augenweide ... wenn auch ziemlich freizügig.

Penny straffte die Schultern. Mit Jennys Hilfe hatte sie ihren persönlichen Stil gefunden. Als Marquise von Blackwood war sie bekannt dafür, modische Risiken zu wagen, und bisher hatten ihre gewagten Entscheidungen immer großen Anklang gefunden. Vor allem Marcus schienen ihre verführerischen Outfits besonders aufzufallen. Mit einem wohligen Schauer erinnerte sie sich an die unzähligen Male, als sie nach einer abendlichen Veranstaltung nach Hause zurückkehrten und es kaum bis in eines der Schlafgemächer schafften, bevor er ihr das Mieder herunterzog, die Röcke hochschob und seine besitzergreifenden Finger über ihre glühende Haut gleiten ließ ...

*Du hast mich den ganzen Abend lang in Versuchung geführt, Penny, und jetzt hole ich mir meinen wohlverdienten Preis*, pflegte er zu knurren.

Verdammt, manchmal hatten sie sich nicht einmal so lange zurückhalten können, bis sie zu Hause waren. Oftmals scherzten sie darüber, dass Owens lebhaftes Temperament daher rührte, dass er während einer besonders holprigen Kutschenfahrt auf dem Rückweg von der Oper gezeugt wurde.

Die sinnlichen Erinnerungen schürten ihre Hoffnung und stählten ihre Entschlossenheit. Wenn heute Abend alles so lief wie geplant, würde der Ball ein Riesenerfolg werden. Gewiss wäre Marcus von ihrer Arbeit beeindruckt. Und vielleicht, ganz vielleicht, hätte er nichts dagegen, die rauschenden Festlichkeiten im Privaten fortzusetzen.

Man durfte ja wohl noch träumen ...

„Das Rubincollier dazu, Mylady?", fragte Jenny.

Sie nickte, und die Zofe legte ihr das schwere Schmuckstück um. Die wertvolle Kette aus riesigen Rubinen, zwischen denen kühl schimmernde Diamanten prangten, war ein Geschenk von Marcus zum zehnten Hochzeitstag gewesen.

*Für meine Frau, die wertvoller ist als jeder Edelstein*, hatte er ihr ins Ohr geflüstert.

Ihre Kehle schnürte sich zu, als sie das Symbol seiner Wertschätzung berührte. Sie war fest entschlossen, diese zurückzugewinnen, koste es, was es wolle. Ein letzter Blick in den Spiegel zeigte ihr den Kampfgeist in ihren Augen.

„Ich bin bereit", sagte sie und hob das Kinn an.

Wenn heute Abend alles nach Plan verlief, wäre der Ball der Beginn ihres neuen Lebens.

Marcus kippte ein weiteres Glas Champagner hinunter und wünschte sich, dass der verdammte Ball endlich vorüber wäre.

Sein Magen verkrampfte sich, als er Penny lachend und plaudernd im Kreise ihrer Bewunderer beobachtete, von denen der Großteil natürlich männlich war. Sie trug diesen maßlos anrüchigen Fummel, und er musste sich extrem zusammenreißen, um nicht hinüberzumarschieren und zu verlangen, dass sie nach oben ging und sich umzog. Als sie vorhin die Treppe heruntergekommen war, um die Gäste zu begrüßen, hatte ihre Anmut ihn aufs Neue überwältigt. Das Gegenspiel zwischen ihrer kühlen Schönheit und ihrem feurigen Blick hatte sein Blut in Wallung gebracht.

Doch als sie sich umdrehte, war ihm sämtliches Blut in eine ganz bestimmte Körpergegend geschossen. Schnell wandelte die Begierde sich jedoch zu Wut. Verflucht, ihre ganze Kehrseite war entblößt!

Natürlich konnte er jetzt nichts mehr dagegen unternehmen ... nicht, ohne wie ein eifersüchtiger, liebeskranker Ehemann dazustehen. Der Gedanke erzürnte ihn zutiefst. Auf keinen Fall würde er ihren Gästen ein Spektakel liefern, und noch weniger würde er Penny die Genugtuung verschaffen, sich ihretwegen wie ein Narr aufzuführen.

Wenn sie ihre Vorzüge wie ein Flittchen zur Schau stellen wollte, dann bitte sehr! Er würde sie sich nach dem Ball vorknöpfen. Sollte sie es jedoch wagen, sich heute Abend unpassend zu verhalten, sich auch nur einen Fehltritt erlauben ... Er ballte die Hände zu Fäusten.

„Das ist jetzt schon das zweite Mal.“

Carlisles grimmiger Tonfall riss ihn aus seinen finsteren Gedanken. Der Vicomte stand neben ihm, beobachtete die tanzenden Gäste, die zu den Klängen einer schottischen Weise vorbeiwirbelten, und blickte noch kläglicher drein, als er selbst sich fühlte.

„Das zweite Mal?“, hakte Marcus nach.

„Wick tanzt schon zum zweiten Mal hintereinander mit diesem verdammten Weibsstück“, erklärte sein Freund.

Marcus folgte seinem Blick.

Tatsächlich, dort war Carlisles jüngerer Bruder, Wickham Murray, der sich selbstbewusst einen Weg über die Tanzfläche bahnte. Der groß gewachsene, muskulöse Murray war aufgrund seines blendenden Aussehens und modischen Auftretens ein echter Frauenschwarm. Seine derzeitige Tanzpartnerin erkannte Marcus als eine gewisse Miss Violet Kent, die jüngere Schwester der Herzogin von Strathaven. Die beiden gaben ein bildhübsches Paar ab. Gerade führte Murray die dunkelhaarige Dame in eine energische Drehung, und das laute Gelächter der zwei erregte die Aufmerksamkeit der übrigen Tänzer.

„Hast du ein Problem damit, dass er mit Miss Kent tanzt?“, fragte Marcus.

„Zehntausend, um genau zu sein.“ Carlisle runzelte verstimmt die Stirn. „Mein Bruder ist verschuldet, und da ich diesmal nicht in der Lage bin, ihm auszuhelfen, muss er sich selbst um seine Angelegenheiten kümmern. Was bedeutet, dass er eigentlich eine reiche Erbin umwerben sollte statt eines Wildfangs aus der

Mittelschicht, der sich erfolglos bemüht, ernstgenommen zu werden."

Marcus bemerkte eine Schar Damen, die neben einer Topfpalme standen und hinter vorgehaltenen Fächern tuschelten. Offensichtlich hatten sie begeistert jedes von Carlisles Worten wahrgenommen.

Er senkte die Stimme, in der Hoffnung, dass sein Freund sich der gedämpften Lautstärke anpassen würde. „Miss Kent ist doch eine respektable Partie, immerhin ist sie die Schwägerin eines Herzogs sowie eines Marquis."

„Sofern ihre Mitgift nicht über zwanzigtausend Pfund liegt – und glaube mir, Wickham braucht mindestens einen solchen Puffer –, könnte sie mit dem König höchstpersönlich verwandt sein, und es wäre mir egal." Der Vicomte schürzte missbilligend die Lippen. „Außerdem braucht mein Bruder eine Frau, die ihn unter Kontrolle hält, doch ich glaube kaum, dass dieses Weib ..." – Er warf einen vielsagenden Blick auf Miss Kent, die sich lachend und mit rotglühenden Wangen durch den Saal wirbeln ließ, – „... das Wort Anstand überhaupt *buchstabieren* kann, geschweige denn besitzt."

Diesmal schnappten die lauschenden Damen hörbar nach Luft und erregten Carlisles Aufmerksamkeit. Er bedachte sie mit einem finsteren Blick, woraufhin sie ihre Röcke rafften und hastig davontrippelten.

„Für einen Mann, der Skandale hasst, ist es dir gerade gelungen, die Gerüchteküche für die nächsten Wochen anzuschüren", merkte Marcus trocken an.

„Ich habe nur die Wahrheit gesagt. Soll man sich doch darüber das Maul zerreißen, mir egal." Der Vicomte runzelte säuerlich die Stirn. „Genau deshalb verabscheue ich diese Art von Veranstaltungen ... nichts für ungut."

„Schon verstanden."

Was diesen Ball anging, war Marcus zufällig einmal seiner Meinung. Erneut wanderte sein Blick hinüber zu Pandora, und sein Puls schnellte gefährlich in die Höhe. Der Graf von Edgecombe hatte sich zu ihren Bewunderern gesellt und es doch tatsächlich gewagt, ihr eine Hand auf den Rücken zu legen.

Ein anderer Mann *berührte seine Frau*. Die Griffel des Mistkerls ruhten nur eine Sekunde zu lange über der roten Schleife – die regelrecht dazu einlud, sie wie ein Geschenk auszupacken – in ihrem Kreuz, bevor er sie endlich wegnahm. Aber da war es bereits zu spät. Die Narben auf Marcus' Seele waren aufgerissen. *Pierre Chenet, Jean-Philippe Martin, Vincent Barone.* Er stellte sich vor, wie die gesichtslosen Fremden Penny berührten, wie sie sich stöhnend unter ihnen wand, und ein wilder, glühender Zorn überkam ihn.

„Das solltest du dir besser noch einmal überlegen." Carlisle packte ihn am Arm und hielt ihn zurück.

„Er hat sie berührt." *Das haben sie alle.* Marcus bebte vor Wut.

„Aber nur kurz, und Edgecombe würde beteuern, dass es ohne Hintergedanken geschah. Willst du wegen dieser Lappalie wirklich eine Szene machen? Wie ein eifersüchtiger Trottel wirken, der am Rockzipfel seiner Ehefrau hängt?"

Die Worte seines Freundes durchbrachen seine Raserei. Obwohl es ihn seine ganze Kraft kostete, versuchte Marcus, sich zu beruhigen.

„Ich dachte, die Lage zwischen euch hätte sich gebessert", sagte der Vicomte.

Marcus befreite sich aus seinem Griff und richtete sein Jackett. Am liebsten würde er auf etwas einschlagen ... und zwar das Gesicht des Bastards, der neben seiner Frau stand und ihren Ausschnitt begaffte. „Es läuft ja auch besser."

„Das sehe ich", erwiderte Carlisle und verzog spöttisch die Lippen. „Genau aus diesem Grund werde ich niemals aus Liebe heiraten. So gut oder schlecht die Dinge auch sein mögen, am Ende steht man doch nur als Trottel da."

„Danke, du bist wirklich eine große Hilfe", knurrte Marcus durch zusammengebissene Zähne.

„Wenn ich nicht gewesen wäre, hättest du Edgecombe den Schädel zertrümmert, und glaube mir, der Mistkerl ist schon dumm genug, der braucht nicht noch eins auf die Mütze. Darf ich dir einen Rat geben?"

„Habe ich denn eine Wahl?"

„Ignoriere sie. Mach dich rar, spiel den Gastgeber. Du musst deine schmutzige Wäsche nicht vor der gesamten *ton* waschen."

Damit hatte Carlisle allerdings recht. Marcus holte tief Luft und riss sich zusammen. *Bleib gefasst. Spiel nicht vor aller Augen den Trottel.* Er ließ den Blick über den Ballsaal schweifen ... und erspähte Lady Cora Ashley, die ihm zuwinkte.

„Du hast recht", sagte er. „Möchtest du dich mit mir unter die Gäste mischen?"

„Nein, vielen Dank. Mir reicht es für heute." Der Vicomte verneigte sich zum Abschied. „Viel Glück und einen schönen Abend, mein Freund."

Dann entfernte er sich in die eine Richtung, während Marcus in die andere ging.

Der Ball entwickelte sich langsam zum Albtraum.

Am schlimmsten war, dass Penny sich nun auch noch in den Klauen ihrer Schwiegermutter wiederfand.

„Du hast wirklich ein Händchen für derartige Festlichkeiten", sagte Lady Aileen, die Marquise-Witwe von Blackwood, gerade. „Auch dieser Ball ist da keine Ausnahme."

Die kleine, faltige Dame schwang ihren mit Juwelen besetzten Gehstock durch die Gegend, um auf das Winterwunderland zu deuten, das Penny in wochenlanger Arbeit erschaffen hatte. Über die Jahre hatte sie gelernt, dass der Erfolg in den Details steckte. Eine Szenerie wie diese war besonders wirkungsvoll, wenn sie vertraute sowie überraschende Elemente enthielt. In mancher Hinsicht war die Rolle der Gastgeberin gar nicht so viel anders als die einer Spionin.

Für den heutigen Anlass hatte sie mit Silberschleifen zusammengebundene Tannenzweige an der hohen Decke befestigen lassen. Die Topfpalmen waren bemalt worden, um den Anschein von mit Frost überzogenen Blättern zu erwecken. Kleine Eiszapfen aus Glas hingen zwischen den Palmwedeln. Zudem gab es allerlei Köstlichkeiten, und der Alkohol floss in Strömen.

„Zum Glück verfügt mein Sohn ja über das nötige Kleingeld, um deine Liebhaberei zu unterstützen", fuhr die Witwe fort.

Auf diesen Seitenhieb hatte Penny nur gewartet. Jedes Kompliment der alten Hyäne war unweigerlich zweischneidig. Die vergangenen Jahre sowie die drei männlichen Erben, die Penny geboren hatte, vermochten die Spannungen zwischen ihr und Lady Aileen zwar zu mildern, jedoch nicht aus der Welt zu schaffen. Insgeheim vermutete sie, dass das zanksüchtige Weib sich langweilte und ihre Wortgefechte genoss, vor allem, da Penny ebenso gut austeilte, wie sie einsteckte. Manchmal bekriegten sie sich zwar regelrecht, schafften es im Großen und Ganzen jedoch, ohne allzu viel Blutvergießen miteinander auszukommen. Aber auch nur deshalb, weil sie sich wegen des Mannes, den sie beide liebten, zusammenrissen.

Sie schluckte schwer und warf erneut einen flüchtigen Blick zu Marcus hinüber. Normalerweise würde der Anblick, den er in seiner stattlichen Abendgarderobe bot, ihr einen wohligen Schauer über den Rücken jagen, aber heute Abend war sie nur gekränkt und frustriert. Sie hatte sich so sehr für ihn ins Zeug gelegt ... und er benahm sich wie ein kompletter *Mistkerl*. Er hatte sie die ganze Zeit über ignoriert und stand nun ein paar Meter entfernt, umringt von einer Schar hirnloser Gänse, die ihm schmachtend an den Lippen hingen.

Natürlich war auch Cora Ashley unter ihnen. Die Blondine trug ein zartrosa Kleid, hatte sich gegenüber von Marcus aufgebaut und himmelte ihn schamlos an. Wie immer war ihr Gemahl, der Graf von Ashley, nirgends zu sehen.

„Was geht da zwischen meinem Sohn und dir vor?"

Die direkten Worte lenkten ihre Aufmerksamkeit zurück auf die Witwe, deren blassblaue Augen sie eindringlich musterten.

„Nichts." Auf keinen Fall würde sie ihrer Schwiegermutter die Genugtuung geben wollen.

„Unfug. Ich bin zwar alt, aber nicht dumm. Früher ist Marcus dir kaum von der Seite gewichen, und jetzt tut er so, als wärst du

Luft für ihn." Bevor Penny sich von der erniedrigenden Erkenntnis erholen konnte, dass die Abneigung ihres Mannes anscheinend für jedermann offensichtlich war, ließ Lady Aileen den Blick an ihr hinunterwandern und verkündete: „Es liegt bestimmt an diesem Kleid. Gute Güte, hast du die Hälfte des Stoffes etwa oben vergessen? Kein Mann sieht seine Frau gerne wie eine Dirne herumlaufen, meine Liebe."

Obwohl Penny vor Wut kochte, setzte sie weiterhin eine höfliche Miene auf. Ihre Ehe mit Marcus ging dessen Mutter absolut nichts an. Außerdem brauchte sie nun wahrlich keine modischen Ratschläge von der alten Schreckschraube. Die Witwe war wie immer komplett in schwarz gekleidet, es fehlte nur noch eine Sense, um ihr morbides Outfit zu vervollständigen.

Und den Kommentar hätte sie sich sowieso sparen können, da Penny kein Dummkopf war. Sie hatte sofort Marcus' finsteren Blick bemerkt, als er die freizügige Rückseite des Kleides zum ersten Mal sah. Aber da war es bereits zu spät gewesen, sich umzukleiden, und zudem hätte ein Outfitwechsel nach den zahlreichen Komplimenten, die sie erhalten hatte, nur zu weiterem Klatsch unter den Gästen geführt.

Auch wenn sie ihre modische Fehlentscheidung bereute, konnte sie ihren aufsteigenden Ärger nicht unterdrücken. Früher hatten Marcus ihre eleganten, wenn auch etwas gewagten Roben gefallen. Woher hätte sie denn wissen sollen, dass er sich einem kompletten Sinneswandel unterzogen hatte? Sie konnte ja keine Gedanken lesen, und anstatt mit ihr zu reden, hatte er sich den ganzen Abend über von ihr ferngehalten.

„Madame Rousseau hat mir versichert, dass dieses Kleid der letzte Schrei in Paris sei", erwiderte sie.

Lady Aileen schnaubte. „Na, das sagt doch einiges über die Franzosen aus, nicht wahr?"

„Ja, und zwar, dass sie ein ausgezeichnetes Gespür für Mode haben", presste Penny hervor.

„Und ich habe ein Gespür für die Launen meines Sohnes.

Wenn ich du wäre, würde ich schnellstens nach oben gehen und mir etwas Angemesseneres anziehen.“

Nach den Worten ihrer Schwiegermutter war sie umso entschlossener, ihre Garderobe nicht zu wechseln.

„Ich bleibe so, wie ich bin.“ Sie straffte die Schultern.

„Dann wirst du ernten, was du säst. Aber sage nicht, ich hätte dich nicht gewarnt. Die Geier umkreisen ihn bereits“, entgegnete die Witwe und deutete mit dem Gehstock auf die Schar, die Marcus umgab.

Mit diesen Worten humpelte sie davon, um einige Bekannte zu begrüßen.

Pandoras Blick wanderte zurück zu ihrem Gemahl, der sich unter der Aufmerksamkeit der dämlichen Puten zu sonnen schien. Die furchtbare Lady Ashley lachte mittlerweile mit einem nervtötenden, aufgesetzten Trillern über jedes seiner Worte. Am liebsten würde sie hinübermarschieren und dem Flittchen eine verpassen. Nur ihr Stolz und ihr Verstand hielten sie davon ab.

„Was für ein zauberhaftes Fest, Lady Blackwood!“

Sie riss ihre Aufmerksamkeit von Marcus und seinem Harem los, um die Neuankömmlinge zu begrüßen. Da es sich um eine Gruppe aus vier Paaren handelte, die sie tatsächlich alle mochte, lächelte sie zum ersten Mal an diesem Abend aufrichtig.

Zuerst küsste sie Lady Helena Harteford auf die Wangen. Wie immer wurde die hübsche, kurvenreiche Brünette von ihrem großen, ernst dreinblickenden Marquis begleitet, der sich nun höflich über Pennys Hand verneigte. Ihnen folgten Marianne und Ambrose Kent. Die beiden gaben ein traumhaftes Paar ab, sie mit ihrer übernatürlichen Schönheit, er mit seiner bodenständigen Attraktivität. Danach begrüßte sie die Herzogin und den Herzog von Strathaven, die beide dunkelhaarig und äußerst temperamentvoll waren, und abschließend Thea und deren frisch gebackenen Ehemann, den Marquis von Tremont.

Dieser neigte den dunkelblonden Kopf zum Gruß. „Guten Abend, Lady Blackwood.“

Vor nicht allzu langer Zeit wären sie einander noch mit dem größten Argwohn begegnet. Die erste Regel des Spionagegeschäfts lautete: Traue niemandem – vor allem keinem anderen Geheimagenten. Aber seine Vermählung mit Thea hatte ihn verändert. Die Liebe seiner Marquise machte einen völlig neuen Mann aus ihm, einen, dem Penny genug vertraute, um mit ihm zusammenzuarbeiten. Mithilfe der Kents war es Tremont und ihr gelungen, das Gespenst zur Strecke zu bringen und gleichzeitig ihre Animosität zu begraben.

„Ich freue mich, Sie alle hier zu sehen", sagte sie und meinte es auch so.

„Wir sind schon vor einer Weile eingetroffen, wollten Sie aber nicht bei Ihren Gastgeberpflichten stören", gestand Thea.

„Damit will sie sagen, dass wir uns leider keinen Weg durch die zahlreichen Bewunderer bahnen konnten, die Sie umschwärmten", fügte Marianne trocken hinzu.

„Das Problem kenne ich doch irgendwo her", murmelte Ambrose Kent.

Seine glamouröse, geistreiche Frau zog ebenfalls überall männliche Aufmerksamkeit auf sich. Neckisch zwinkerte sie ihrem Gemahl zu. „Keine Sorge, meine Tanzkarte ist nur für dich reserviert, Liebling."

„Apropos tanzen, hat irgendwer Violet gesehen?", fragte Emma, die den Hals reckte, um sich einen Überblick über den Saal zu verschaffen. „Seit wir hier eingetroffen sind, hat sie sich wie ein Fisch ins Getümmel gestürzt. Ich verliere sie ständig aus den Augen."

„Ich kann sie auch nirgends entdecken, Liebchen." Der Herzog von Strathaven, der um einiges größer war als seine zierliche Gattin, ließ den Blick über die Menge schweifen. „Vielleicht ist sie draußen im Garten?"

„So wie ich Violet kenne, könnte sie überall sein und Gott weiß was anstellen ... und genau das macht mir Sorgen", erwiderte Emma und runzelte die Stirn.

„Wir finden sie schon, Liebling." Beschwichtigend legte Strathaven ihr einen Arm um die Taille und fügte dann trocken an den Rest der Gruppe gewandt hinzu: „Entschuldigen Sie uns, während wir uns um einen familiären Notfall kümmern." Mit diesen Worten verschwanden sie im Gewimmel.

„Sollen wir ihnen helfen?", fragte Thea.

„Tremont, Harteford und ich kümmern uns darum", beschloss Kent. „Bleibt ihr Damen ruhig hier und amüsiert euch."

Als die Männer sich von ihren Frauen verabschiedeten, verspürte Penny einen neidischen Stich. Harteford flüsterte seiner Gemahlin etwas ins Ohr, das sie erröten ließ, und Tremont küsste seine frisch gebackene Marquise zärtlich auf die Stirn. Ihr eigener Ehemann hingegen ... Unwillkürlich warf sie einen Blick in Marcus' Richtung. Verflucht, er war *immer noch* von Cora Ashley und ihren einfältigen Gänsen umringt, nur hatte die hinterhältige Kuh sich inzwischen dicht an ihn gedrängt und legte ihm eine Hand auf den Arm, während sie ihm etwas ins Ohr flüsterte. Penny umklammerte ihren Spitzenfächer.

*Sie berührt* meinen *Mann.*

Der Fächer in ihrer geballten Faust knackte bedrohlich.

„Ist alles in Ordnung, meine Liebe?"

Mariannes leise Stimme riss sie aus ihren Gedanken. Diesmal war sie zu verletzt, um ihre Gefühle zu zügeln. Sie scherte sich auch nicht um Lady Helenas Anwesenheit, obwohl diese nur eine Bekannte war. Als Mariannes beste Freundin wusste sie wahrscheinlich sowieso, was vor sich ging.

„Nein." Verbittert warf sie ihren kaputten Fächer in einen Blumentopf, der neben ihr stand. „Nichts ist in Ordnung."

„Lord Blackwood muss stolz auf Ihre Veranstaltung sein", wandte Thea ein. „Ich war noch nie auf einem derart luxuriösen Ball. Niemand kann leugnen, dass der Abend ein voller Erfolg ist."

In der Tat sollte der Winterball ihr *Pièce de Résistance* werden, ihr dazu verhelfen, Marcus zurückzugewinnen und der ganzen

Welt zu demonstrieren, wie sehr sie einander liebten. Stattdessen schien alles auf ein Fiasko hinauszulaufen.

„Ich dachte, der Erfolg würde mir helfen, aber offensichtlich tut er das nicht. Alles war umsonst." Verzweifelt ließ sie die Hand über die ausgelassene Menge schweifen. „Er ist immer noch wütend auf mich."

„Warum reden Sie dann nicht mit ihm?", fragte Marianne. „Sagen Sie ihm, wie Sie sich fühlen."

„Ich weiß zwar nicht, was genau los ist, und vielleicht steht es mir auch gar nicht zu, mich einzumischen", ließ sich Lady Helenas leise Stimme vernehmen, „aber wenn es um eheliche Probleme geht, könnte ich eventuell helfen."

Also hatte Marianne ihrer Freundin doch nichts verraten. Penny war dankbar für die Diskretion. Gleichzeitig konnte sie eine schnippische Antwort jedoch nicht zurückhalten. „Was wissen Sie schon darüber, Lady Helena? Ihr Gemahl vergöttert Sie und hat Ihnen doch bestimmt noch nie Kummer bereitet."

Die beiden Frauen wechselten einen Blick ... und brachen in schallendes Gelächter aus.

Penny runzelte die Stirn. „Was ist daran so lustig?"

Thea zuckte verwirrt mit den Schultern. „Ich habe keine Ahnung."

„Tut ... tut mir leid", japste Lady Helena und tupfte sich die Augen mit einem Taschentuch. Dann fuhr sie lächelnd fort: „Es ist nur so, dass ich mich tatsächlich mit störrischen Ehemännern auskenne."

„Glauben Sie mir, das tut sie", pflichtete Marianne ihr bei.

„Und meiner Erfahrung nach bin ich mir ziemlich sicher, dass die Gerüchte über Ihre Entfremdung nichts als Schall und Rauch sind", erklärte Helena.

„Wie kommen Sie denn darauf?", fragte Penny und seufzte resigniert. „Marcus hat mich den ganzen Abend über nicht beachtet."

„O doch, das hat er, meine Liebe", widersprach Helena mit

einem Funkeln in den Augen. „Allerdings nur, wenn Sie gerade nicht hinsehen. Wie jetzt, zum Beispiel."

Ruckartig drehte Penny sich in Marcus' Richtung. Sein stürmischer Blick traf auf ihren, und ihr Herz begann zu rasen. Doch er wendete sich sogleich wieder ab, beugte den Kopf, um Lady Cora Gehör zu schenken. Unmittelbar darauf entfernte er sich von der Gruppe.

*Etwa, um etwas für das Flittchen zu holen?*, dachte sie verbittert.

Sie biss die Zähne zusammen. „Warum *redet* er denn nicht einfach mit mir, wenn ihn etwas stört?"

„Weil er ein Gentleman ist", erklärte Marianne. „Männer würden sich eher einen Zahn ziehen lassen, als über ihre Gefühle zu sprechen."

„Oder sich betrinken. Oder sich gegenseitig im Boxring verprügeln", fügte Helena hinzu.

„Oder sich völlig abschotten ... obwohl sie innerlich leiden", sagte Thea leise. „Natürlich habe ich als Frischvermählte bei Weitem nicht so viel Erfahrung wie Sie, aber meine Mutter pflegte immer zu sagen, dass es in Bezug auf die Ehe ein wichtiges Sprichwort gäbe: Irren ist menschlich – vergeben ist göttlich."

Flora hätte gewiss etwas Ähnliches geäußert.

„Weise Worte", nickte Helena zustimmend.

„Ich gebe zu, dass ich nicht gerne diejenige bin, die den ersten Schritt in Richtung Versöhnung macht, aber wann immer ich es tue, funktioniert es ausnahmslos", sinnierte Marianne.

Der Versuch, mit Marcus zu reden, könnte diesen desaströsen Abend wohl kaum noch schlimmer machen.

„Ich werde mit ihm sprechen", seufzte Penny resigniert.

Just in diesem Moment lief ein Kellner mit einem Tablett vorbei, von dem sie sich eine Champagnerflöte schnappte. Erst schluckte sie das prickelnde Getränk hinunter, dann ihren Stolz. Und dann machte sie sich auf die Suche nach ihrem Ehemann.

Eine Viertelstunde später näherte sie sich schließlich dem kleinen Balkon am nördlichen Ende des Ballsaals. Der Bereich war menschenleer, da gerade eine neue Runde dampfender Köstlichkeiten aufgetragen worden war, die die hungrigen Gäste zum Büfett lockten. Marcus hatte sich jedoch nicht unter ihnen befunden. Penny hatte bereits sämtliche Zimmer nach ihm abgesucht, aber er war nirgends zu finden. Da die Bediensteten sich nicht erinnerten, ihn die Treppe hinaufsteigen gesehen zu haben, war der Balkon ihre nächste Anlaufstelle.

Die dicken, dunkelroten Vorhänge waren zugezogen, die Balkontüren dahinter jedoch geöffnet. Ein kühler Luftzug streifte sie und ließ sie erschaudern. Sie schob einen der Vorhänge zurück ... und ihr Herz setzte einen Schlag lang aus.

Dort, im kalten Mondlicht, stand Marcus.

Aber er war nicht allein.

Der Anblick, der sich ihr bot, traf sie wie ein Dolchstich. Cora Ashley lag in Marcus' Armen und hatte ihre Lippen gegen seine gepresst. Ein erstickter Schrei entwich Pennys Kehle. Marcus zuckte zusammen und wirbelte herum. Sein Blick traf den ihren.

Augenblicklich stieß er Cora von sich. „Penny ...“

Den Rest seiner Worte hörte sie nicht mehr. Wie von Sinnen drehte sie sich um und rannte davon ... so schnell und so weit sie konnte.

$\clubsuit$ 16 $\clubsuit$

AM NÄCHSTEN ABEND VERLIEß MARCUS ANGETRUNKEN, ABER nicht betrunken genug, den Herrenklub. Schuldgefühle und Selbstvorwürfe vermischten sich auf unangenehme Weise mit dem Alkohol in seinem Blut, während er darauf wartete, dass ein Lakai ihm Mantel und Hut brachte.

*Teufel noch eins, was habe ich getan?*

Er hatte sich wie der schäbigste Dreckskerl verhalten. Warum hatte er sich nur darauf eingelassen, Cora Ashley auf den Balkon zu begleiten? Nach ihrem minutenlangen, tränenreichen Gejammer über ihre unglückliche Ehe, hätte er sie höflich auffordern sollen, sich eine andere Schulter zum Ausweinen zu suchen. Aber das tat er nicht. Warum nur?

Weil er sich so in seine Eifersucht und Wut über Pennys Vergangenheit hineingesteigert hatte, dass ihn der vernünftige Menschenverstand verließ. In seinem Selbstmitleid hatte er doch tatsächlich geglaubt, geteiltes Leid sei halbes Leid, und so war er blindlings in einen Hinterhalt gelaufen. Kaum hatte er den Balkon betreten, warf Cora sich ihm auch schon an den Hals. Die Erinnerung drehte ihm den Magen um. Zwar hatte er sie umgehend von sich geschoben ... aber eben nicht schnell genug.

Penny war genau in diesem Moment erschienen und hatte alles mitangesehen. Der Schmerz in ihren Augen ... Seine Brust verkrampfte sich so heftig, dass er kaum noch Luft bekam.

Er war wirklich der größte Bastard von allen.

Der Diener erschien mit seiner Oberbekleidung, die Marcus anlegte und dann in die kalte Winternacht hinaustrat. Dicke Schneeflocken fielen vom Himmel und landeten auf seinem Wollmantel. Auch seine Gedanken wirbelten ihm durch den Kopf, während er die Straße hinauf auf seine Kutsche zueilte.

*Wie soll ich das je wiedergutmachen?* Er hatte es so gründlich vermasselt, dass er nicht wusste, wo er beginnen sollte. Nachdem die Gäste am Abend zuvor gegangen waren, wollte er mit Penny reden, doch sie hatte die Türen zu ihrem Gemach verriegelt. Mit tödlich leiser Stimme gab sie ihm zu verstehen, dass er sie gefälligst in Ruhe lassen solle. So hatte er sie während ihrer zwölfjährigen Ehe noch nie erlebt.

Überwältigt von Selbsthass und zu viel Champagner, war er schließlich ins Bett gestolpert. Als er am nächsten Morgen erwachte, hatte er als Erstes erneut ihr Zimmer aufgesucht ... doch sie war bereits ausgegangen, ohne eine Nachricht zu hinterlassen, wohin sie unterwegs war oder wann sie zurückkommen würde. Also löcherte er die Kammerzofe so lange, bis diese den Tränen nahe war.

Er wartete den ganzen Tag auf ihre Rückkehr, doch selbst nach Einbruch der Dämmerung fehlte jede Spur von ihr. Da er bemerkte, wie besorgt seine Söhne waren, las er ihnen eine Gutenachtgeschichte vor, um sie abzulenken. Anschließend fuhr er für einen Drink in den Klub, weil er die quälende Ungewissheit nicht länger ertragen konnte.

Gott, jetzt erst wurde ihm so richtig bewusst, wie sehr er sie verletzt hatte. Seine Penny, die Frau, die er mehr als alles andere liebte ... und die er so erbarmungslos bestraft hatte. Ja, sie mochte ihn belogen haben, aber sein Verhalten ihr gegenüber war auch nicht viel besser gewesen. Der Gedanke, wie sie sich mit gebrochenem Herzen irgendwo versteckte und einsame Tränen vergoss, schnürte ihm die Kehle zu. Er konnte es kaum ertragen. Hoffentlich war sie mittlerweile nach Hause zurückgekehrt, damit er sie inständig um Verzeihung bitten konnte. Außerdem wollte er ihr vorschlagen, diesmal wirklich einen Neubeginn zu wagen.

Er war fest entschlossen, die Vergangenheit hinter sich zu lassen und hoffte nur, dass es ihr genauso ging.

Obwohl es aufgehört hatte zu schneien, war der Boden unter seinen Stiefelsohlen rutschig, als er sich der Kutsche näherte. Der Kutscher sprang von seinem Sitz, den Hut gegen die Kälte tief ins Gesicht gezogen und den Kragen aufgestellt. Eilig öffnete er Marcus die Tür.

„Kalte Nacht, was, Harvey ...“, begann dieser.

Doch als er den Bediensteten näher betrachtete, verstummte er. Das war gar nicht Harvey. Er hatte zwar denselben Schnurrbart und das braune Haar, aber die Augen waren ganz anders, funkelnd und von langen Wimpern umrahmt ... Plötzlich verhüllte ihm eine Wolke aus weißem Puder die Sicht. Es füllte seine Nase, seine Lunge, bis er hustend kopfüber in die Dunkelheit stolperte.

## 17

*1817*

„Was soll das heißen, du kündigst? Das funktioniert so nicht", keifte Octavian. „*Spione* kündigen nicht."

„Tja, ich schon." Pandora stützte sich auf dem Schreibtisch ihres Mentors ab und beugte sich darüber, um ihm eindringlich in die Augen zu sehen. „Ich bin fertig, Octavian."

Er runzelte die Stirn und bedachte sie mit einem angriffslustigen Blick. Aber das war ihr egal. Zum ersten Mal in ihrem Leben hatte sie etwas gefunden, für das es sich zu kämpfen lohnte.

Octavian lehnte sich in seinem Stuhl vor. „Was ist mit den anderen? Marius, Trajan, Cicero und Tiberius sind bereits auf den Weg in die Normandie, um das Geheimversteck des Gespensts zu stürmen. Sie brauchen deine Hilfe, um dem Mistkerl ein für alle Mal das Handwerk zu legen. Du kannst sie nicht im Stich lassen."

Glaubte er wirklich, er könnte sie nach all diesen Jahren noch dazu bringen, sich aufgrund von Schuldgefühlen seinem Willen zu beugen?

„Wir alle sind dem Spionagering aus freien Stücken beigetreten. Die Entscheidungen der anderen gehen mich nichts an." Sie richtete sich auf, ohne den Blickkontakt zu unterbrechen. „Ich allein habe die Kontrolle über mein Schicksal, und ich habe mich eben entschieden, einen anderen Weg einzuschlagen."

Octavian sprang auf die Füße. Sein drahtiger Körper bebte vor unterdrückter Feindseligkeit. Anklagend zeigte er mit dem Finger auf sie. „*Du* hast gar nichts zu entscheiden. *Ich* habe dich erschaffen, Pompeia. Hätte ich dich nicht aus der Gosse gerettet, würdest du immer noch dort vor dich hinvegetieren. Machtlos. Gebrochen. Hast du etwa vergessen, was ich für dich getan habe ... dass ich dir die Waffen und den Willen zum Überleben an die Hand gab?"

Sofort fühlte sie sich in die dunkle Gasse zurückversetzt. Süßliches Rasierwasser, vermischt mit Schweiß ... Ein schwerer Körper, der sich auf sie presste ... Ungeziefer, das durch die Müllberge krabbelte ... Terror und hilfloses Entsetzen. Obwohl sie ihr Leben lang so vorsichtig gewesen war, war sie am Ende doch in eine Falle geraten. Und dafür war nur sie allein verantwortlich. Niemand konnte ihr helfen. Niemanden interessierte, was mit ihr geschah. Ihr Blumenkorb lag auf der Straße, die Blüten auf dem Kopfsteinpflaster verteilt, ihre Schreie wurden von dem Leder gedämpft, ein stechender Schmerz durchfuhr sie ...

Als es vorbei war, lag sie gekrümmt auf der Seite. Eine kühle, weiße Wand hatte sich um ihren Geist gebildet und blendete das Geräusch der verklingenden Schritte aus. Ihr Gesicht war tränenüberströmt, ihr Körper völlig taub. Zitternd streckte sie die Hand nach einem Veilchen auf dem Boden aus. Ihre Finger streiften die zarten Blütenblätter, die auf wundersame Weise nicht zertreten worden waren ...

„Ich habe dir Macht verliehen." Octavians eisblaue Augen durchdrangen ihre schemenhaften Erinnerungen. „Habe dich gelehrt, deine Ehre zu verteidigen und Gerechtigkeit walten zu lassen. Du *schuldest* mir etwas."

Seine Worte trafen sie wie eine abgenutzte Klinge. Ihre Haut brannte, platzte jedoch unter seinen verbalen Hieben nicht auf. Anstelle von Blut floss Bitterkeit aus ihr heraus.

„Ich habe dir deine *Güte* bereits hundertfach zurückgezahlt. Ich bin dir gar nichts schuldig, nicht einmal die Information, dass ich aussteige. Das mache ich nur aus reiner Höflichkeit." Und weil Loyalität sich nicht einfach abschalten ließ, selbst unter Spionen, fügte sie noch leise hinzu: „Blase diese Mission ab. Benachrichtige Marius und die anderen. Sie werden sich neu formieren müssen und brauchen Zeit, einen Plan ohne mich zu entwerfen."

„Ich werde nichts dergleichen tun", knurrte Octavian und schlug mit der Faust auf den Tisch.

Seine Sturheit überraschte sie nicht. Nach so vielen Jahren war ihr endlich etwas Wichtiges klargeworden: Ihr Mentor scherte sich einen feuchten Dreck um sie. Sie war ihm schon immer egal gewesen. All die Momente, in denen er ihr gegenüber Stolz oder Anerkennung ausgedrückt hatte, waren vielmehr die lobenden Worte eines Herren gewesen, der zu einem wohlerzogenen Haustier sprach. Der Meisterspion wurde von blindem Ehrgeiz getrieben, war besessen davon, feindliche Agenten zu jagen, wobei alle anderen – einschließlich der Spione, die er selbst ausgebildet hatte – nur Schachfiguren in seinem ausgeklügelten Spiel waren.

Aber sie würde nicht mehr länger mitspielen.

„Dann klebt ihr Blut an deinen Händen." Damit wandte sie sich zum Gehen.

„Glaubst du, ich weiß nicht, worum es hier wirklich geht? Dass ich nicht von deinen kleinen Eskapaden in Toulouse und Quatre-Bras gehört hätte?"

Sie erstarrte. Das Herz klopfte ihr bis zum Hals.

Doch Octavian war noch nicht fertig. „Glaubst du wirklich, ich wüsste nicht, auf welch erbärmliche Weise du dich an Oberstleutnant Marcus Harrington rangeschmissen hast?"

Sie straffte die Schultern und drehte sich noch einmal zu ihm um. „Das geht dich nichts an."

„Natürlich geht es mich etwas an, wenn irgendein verfluchter Soldat mir meine beste Spionin ausspannt." Er kniff die Augen zusammen. „Ich hätte dich nicht für solch eine Närrin gehalten."

„Ich bin keine Närrin", erwiderte sie und ballte die Hände zu Fäusten.

„Bist du wohl, wenn du glaubst, ein Mann wie er würde etwas mit einer wie dir zu tun haben wollen. Er ist ein Adliger, und noch dazu ein waschechter Soldat. Du weißt doch genauso gut wie ich, dass Typen wie er über unseresgleichen die Nase rümpfen. Sie verachten unsere Methoden, obwohl sie uns ihre Leben zu verdanken haben. Du kannst Kopf und Kragen für ihn riskieren, wenn du willst, er wird es nie zu schätzen wissen. Selbst, wenn er über deine Tätigkeit als Spionin hinwegsehen könnte ... dann sicher nicht über die Tatsache, dass du keine züchtige Jungfrau mehr bist." Spöttisch verzog Octavian die Lippen. „Männer wie er verlangen eine reine, erstklassige Auslese und gönnen sich gerne den ersten Schluck."

Seine Worte versetzten ihr einen Stich, doch sie ignorierte den Schmerz.

*Konzentrier dich auf deinen Plan. Marcus muss die Wahrheit nie erfahren. Du wirst Pompeia hinter dir lassen und dich bemühen, die Frau seiner Träume zu werden. Du wirst ihn zu einem glücklichen Ehemann und Vater machen, ihm alles geben, was er sich je gewünscht hat.*

„Vielen Dank für diese tiefen Einblicke in die Psyche eines Gentleman", konterte sie sarkastisch. „Aber da sie von dir stammen, wirst du mir verzeihen, wenn ich sie mir nicht zu Herzen nehme."

„Verdammt, Pompeia, du bist für dieses Leben in der *ton* nicht geschaffen." Ganz das manipulative Genie, wechselte er blitzschnell die Taktik. „Du gehörst hierher, nicht in die verdorbene Londoner Gesellschaft. Ich will doch nur, dass du glücklich bist ... Und das wirst du mit diesem Nichtsnutz Harrington garantiert nicht werden."

„Du glaubst, ich sei hier *glücklich*? Nach allem, was ich getan habe?" Ungläubig lachte sie auf. „Meine Güte, Octavian, du kapierst aber auch gar nichts, oder?"

Weil er sich nie für sie interessiert hatte ... für nichts, außer seiner eigenen Ziele.

Diesmal drehte sie sich um und wandte sich endgültig zum Gehen.

Seine Worte verfolgten sie. „Liebe und Ehe sind nichts für dich, Pompeia. Wenn du dieses Zimmer verlässt, wirst du alles verlieren."

„Das Risiko ist es mir wert." *Marcus ist jedes Risiko wert.*

Sie riss die Tür auf, verließ sein Arbeitszimmer und beschritt den Weg in eine Zukunft, zu der, so Gott wollte, die Liebe eines aufrichtigen Mannes gehörte.

## 18

NOVEMBER *1829*

Blinzelnd erwachte Marcus und starrte hinauf zu dem dunklen Baldachin seines Bettes. Erst glaubte er, lediglich einen üblen Kater zu haben. Seine Schläfen pochten, und sein Mund war trockener als Sandpapier. Dann wirbelten ihm Bruchstücke eines schrecklichen Traums durch den Kopf.

Eines Albtraums.

Dabei hatte er schon lange keine mehr gehabt. Nach dem Krieg plagten sie ihn eine Weile, doch es wurde besser, je länger er neben Penny schlief.

*Penny.* Plötzlich fiel ihm alles wieder ein. Was er ihr angetan hatte.

Sein Magen verkrampfte sich, was diesmal garantiert nichts mit seinem übermäßigen Alkoholkonsum vom Vorabend zu tun hatte, sondern mit dem gebrochenen Ausdruck auf dem Gesicht seiner Frau. Diesen Anblick würde er sein Lebtag nicht mehr vergessen.

Wie hatte er nur so verflucht dumm sein können?

Als er den Arm hob, um sich mit der Hand übers Gesicht zu fahren, erstarrte er, als er etwas klirren hörte. Er bewegte sich erneut, und da war es wieder. Ein metallisches Rasseln, wie die Glieder einer ...

*Was zum Teufel?*

Kaum hatten seine Augen sich ein wenig mehr an die Dunkelheit gewöhnt, bemerkte er schockiert eine Metallmanschette an seinem rechten Handgelenk. Ruckartig setzte er sich auf und riss seinen Arm hoch. Ungläubig stellte er fest, dass eine Kette von der Fessel aus zu einem der Bettpfosten führte. Er war gefangen. Moment mal, das hier war gar nicht sein Bett. Was um alles in der Welt ...?

Er schob die Vorhänge zur Seite und erhob sich stolpernd. Nach zwei Schritten riss ihn die Kette zurück. Mit hämmerndem Herzen sah er sich in dem Raum um – ein Schlafgemach. Im Kamin brannte ein Feuer, das hell genug war, um eine Tür am anderen Ende erkennen zu lassen sowie verschlossene Fenster entlang einer der Wände. Alles kam ihm seltsam bekannt vor, wie in einem Traum ... oder einem Albtraum.

Bruchstückhafte Bilder wirbelten ihm durch den Kopf und formten sich zu Erinnerungen. Weißes Puder, das nach tiefer Ohnmacht schmeckte. Eine holprige Kutschfahrt, schwindendes Bewusstsein, eine Hand, die im zärtlich über die Stirn strich. *Schlaf noch ein wenig, mein Liebster.* Mehr Puder. Dunkelheit.

„Was zum Teufel geht hier vor sich?", knurrte er.

Die Tür öffnete sich. Kurz wurde er von einem hellen Lichtkegel geblendet, doch es gab keinen Zweifel daran, wer die Frau war, die im Türrahmen erschien. Ihre dunklen Locken fielen wild und lose über ihre rote Satinrobe, und ihre veilchenblauen Augen bohrten sich in seine.

„Wie ich sehe, bist du aufgewacht", sagte seine Gemahlin.

Penny machte sich die Überraschung ihres Mannes zunutze und stellte ein Tablett auf dem Tisch zwischen ihnen ab. Dabei flackerte die Kerze auf, die sie mitgebracht hatte, jagte Schatten durch den Raum und über Marcus' steinerne Miene. Ihr Herz raste. Ausnahmsweise war er einmal nicht makellos hergerichtet. Sein Haar war zerzaust, auf seinem Kiefer und den markanten Wangen zeigten sich erste Bartstoppeln. Sein Hemdkragen war aufgeknöpft und gewährte ihr einen Blick auf seine muskulöse Brust.

Gott, er war so unglaublich schön.

Und so unglaublich wütend.

Was ja zu erwarten gewesen war.

Sie trat einen Schritt zurück, außerhalb seiner Reichweite, und deutete auf das Tablett. „Ich habe dir etwas zu essen gebracht. Du musst hungrig und durstig sein."

„Was zur *Hölle* ist hier los?" Sein Zorn schien den ganzen Raum zu füllen.

Aber sie würde sich nicht länger einschüchtern lassen. Sie hatte keine Angst mehr, sondern war mindestens genauso wütend wie er. Die Erinnerung an ihn und Cora auf dem Balkon stählte ihre Entschlossenheit.

Sie sah im direkt in die Augen und erklärte: „Ich habe die Nase voll davon, dir die Führung zu überlassen. Anfangs habe ich dem zugestimmt, weil ich dir furchtbares Unrecht angetan habe und du mir versichert hast, dass wir einander nur auf diese Weise jemals wieder vertrauen könnten. Aber auf dem Ball ließen deine *Methoden* sehr zu wünschen übrig." Bei dem letzten Satz zitterte ihre Stimme vor Erregung.

„Es war nicht das, wonach es aussah", erwiderte er kurz angebunden.

„Ach, nein? Also habe ich dich nicht dabei erwischt, wie du mit Cora Ashley auf Tuchfühlung gingst? Du hast sie nicht in den Armen gehalten? Sie *geküsst?*"

„Wenn du dich mal abregen würdest …"

Oh, das hatte er nicht wirklich gerade zu ihr gesagt! Jetzt kochte sie über vor Wut. „Ich werde mich verdammt noch mal *nicht* abregen. Gut, ich mag dein Vertrauen gebrochen haben, Marcus, aber *niemals* unser Ehegelübde. Von der ersten Begegnung an war ich dir treu. Was man von dir ja anscheinend nicht behaupten kann."

„Verdammt, hör mir doch einfach mal zu!" Er stemmte die Hände in die schlanken Hüften und verzog grimmig das Gesicht, als die Kette erneut klirrte. „Sie hat sich mir an den Hals geworfen, okay? Hat mich völlig überrumpelt. Ich habe sie nur auf den Balkon begleitet, weil sie sagte, sie bräuchte ein offenes Ohr für ihre Eheprobleme."

Obwohl sie von einer Welle der Erleichterung erfasst wurde, konnte sie sich eine schnippische Bemerkung nicht verkneifen. „Und auf diesem Gebiet bist du ja offensichtlich ein Experte, nicht wahr?"

„Das musst du gerade sagen. Immerhin war es *deine* glorreiche Idee, unsere Eheprobleme zu lösen, indem du mich entführst."

„Du bist *mein* Mann. Du gehörst zu mir." Sie sprach aus, was sie dachte, und würde sich für ihre Direktheit auch nicht entschuldigen. „Nicht zu irgend so einer reichen Gans, die sich für sonst wen hält."

Etwas loderte in seinen Augen auf ... und es war nicht nur Wut. Plötzlich wurde sie sich der prickelnden Anspannung zwischen ihnen bewusst. Die elektrisierende Atmosphäre brachte ihr Blut in Wallung. Unter ihrem Morgenmantel versteiften sich ihre Brustwarzen.

„Ja, ich bin dein Mann, Pandora. Also binde mich gefälligst los."

Sein befehlshaberischer Tonfall erregte sie nur noch mehr. Mit hämmerndem Herzen bemerkte sie, dass es ihm ähnlich zu ergehen schien: Unter dem langen Hemd, das bis über seine Lenden fiel, wölbte sich deutlich seine Erektion. Aber sie durfte ihrem Verlangen nicht nachgeben ... Das hatte sie neulich in seinem Badezimmer auch nicht weitergebracht. Sex war nicht die Antwort auf ihre Probleme ... zumindest nicht auf alle. Nein, zuerst einmal mussten sie miteinander reden, und dafür wollte sie einen kühlen Kopf bewahren. Deswegen sollte sie ihrem gefährlichen, unwiderstehlich männlichen Gemahl besser nicht zu nahe kommen.

Sie entfernte sich ein paar Schritte und deutete abermals auf das Tablett. „Nimm etwas zu dir. Du wirst die Energie für unser Gespräch brauchen, ein Gespräch, das wir von Anfang an hätten führen sollen, statt uns an deine alberne Schweigepflicht zu halten."

„Warte mal. Wo zum Teufel willst du hin?"

„Ich komme wieder, nachdem du etwas gegessen und dich gewaschen hast." Im Türrahmen hielt sie inne und warf ihm einen Blick über die Schulter zu. „Immerhin sollst du es bequem haben, wenn ich dir von meiner Vergangenheit berichte."

---

Missmutig bemerkte Marcus, wie ausgehungert er war. Restlos verputzte er die Fleischpastete sowie die Kartoffelsuppe (zwei seiner Leibspeisen, die er im Nachhinein betrachtet wohl besser auf Gift hätte prüfen sollen) und leerte den kompletten Krug mit Zitronenwasser. Anschließend verrichtete er hinter der spanischen Wand seine Notdurft und trat dann an den Waschtisch, um sich die Zähne zu putzen und das Gesicht zu waschen. Da er sein Hemd wegen der Handfessel nicht ausziehen konnte, riss er es sich kurzerhand vom Leib und legte sich die weiche Wolldecke (die Pandora ihm *netterweise* gebracht hatte) um die Schultern. Als er sich erfrischt und wieder etwas menschlicher fühlte, überdachte er erneut seine Situation.

Und kam zu einer verblüffenden Erkenntnis.

Seine Wut ebbte ab, wurde von einer brodelnden, unverkennbaren Welle der Erregung verdrängt. Er wusste nicht, ob er

Pandora erwürgen oder hart nehmen wollte ... wahrscheinlich beides. Und vielleicht sogar zur gleichen Zeit.

Ihr Verhalten war völlig inakzeptabel, was er auch unmissverständlich klarstellen würde, sobald sie miteinander sprachen. Aber er konnte auch nicht leugnen, dass ihr Temperament und ihr weiblicher Esprit ihn unglaublich scharf machten. Ehrlich gesagt, war es schon immer so gewesen. Die Art, wie ihre veilchenblauen Augen geblitzt hatten, als sie verkündete, dass er *ihr* Ehemann sei und hierher zu ihr gehöre, wie weit sie gegangen war, um ihn in die gemeinsame Hütte in den Cotswolds – o ja, er hatte diesen Ort sowie dessen Bedeutung sogleich erkannt – zu bringen, ließ seinen Schwanz anschwellen.

Sie war wieder ganz seine alte Penny – leidenschaftlich, waghalsig und verdammt verführerisch. Genau so hatte sie sein Herz von Anfang an im Sturm erobert ... und daran hatte sich bis heute nichts geändert. Daran *würde* auch nichts auf der Welt etwas ändern, weder ihre Vergangenheit noch seine Einfältigkeit.

Die Erkenntnis brach wie das erste Licht des Tages über ihn herein und verjagte die düsteren Schatten.

Sie hatte ihn erst entführen müssen, damit er begriff, dass er die ganze Zeit über ihr gehörte. Und sie ihm. Sie waren füreinander geschaffen, und die Einfachheit dieser Tatsache ließ den Rest ihrer gegenwärtigen Probleme nicht mehr so beängstigend erscheinen. Nachdem der Nebel aus Angst und verletztem Stolz sich verzogen hatte, wurde ihm eines sonnenklar: Was Pandora vor ihrer Ehe getan hatte, war nicht mehr von Bedeutung. Allerdings mussten sie unbedingt darüber sprechen, warum sie es für nötig gehalten hatte, ihn all die Jahre lang zu belügen.

Als er ihre Schritte im Gang vernahm, lief ihm ein erwartungsvoller Schauer über den Rücken. Verdammt, wie er seine Penny vermisst hatte. Seine Lippen verzogen sich zu einem trägen Lächeln. Er wusste zwar nicht, was für Spielchen sie als Nächstes zu spielen gedachte, aber er würde sich bereitwillig darauf einlassen.

## 19

MIT EINEM GROßEN PAKET UNTER DEM ARM NÄHERTE PENNY sich der Tür. Sie wusste nicht, was sie erwarten würde, aber das war auch nicht wichtig … Sie würde ihm endlich alles über ihre Vergangenheit erzählen. Es aufzuschieben, hatte erfahrungsgemäß nur zu Problemen zwischen ihnen geführt.

Sie holte tief Luft, betrat das Zimmer und fand Marcus auf dem Stuhl neben dem Tisch sitzend vor. Er hatte etwas gegessen und sich frisch gemacht. Um seine breiten Schultern lag die Wolldecke, die sie ihm hingelegt hatte. Seine Brust war entblößt, das Kerzenlicht flackerte spielerisch über die ausgeprägten, leicht behaarten Muskeln. Obwohl er ans Bett gefesselt war, strahlte er die Autorität des Hausherrn aus. Vielleicht sollte sie ihm die Manschette abnehmen … aber vielleicht wäre es auch besser, damit zu warten, bis sie sich alles von der Seele geredet hatte.

Als sie eintrat, erhob er sich. Angesichts der seltsamen Situation, in der sie sich befanden, waren seine tadellosen Manieren beinahe ein wenig erheiternd. Auch das war eine der Eigenschaften, die sie schon immer an ihm geliebt hatte: Er war ein Gentleman durch und durch und behandelte jeden mit Respekt … auch wenn man es nicht verdiente.

„Fühlst du dich besser?", fragte sie.

„So gut, wie ein Mann, der von seiner Frau unter Drogen gesetzt und entführt wurde, sich eben fühlen kann." Sein Tonfall war neutral.

Wenn er glaubte, ihr damit Gewissensbisse bereiten zu können, kannte er sie aber schlecht, wusste nicht, wie weit sie gehen würde, um ihre Ehe zu retten. Ihre Zeit als Spionin hatte sie gelehrt, dass man manchmal einfach das kleinere von zwei Übeln wählen musste. Sie schloss die Arme fester um das Paket.

„Möchtest du dich setzen?", fragte Marcus und deutete auf den Stuhl ihm gegenüber, wobei die Kette an seiner Fessel rasselte. „Oder vielleicht möchtest du mich ja zuerst losbinden?"

Sie nahm Platz. Das schien ihr die ungefährlichere Option zu sein, vor allem, weil sie wusste, dass sie so knapp außerhalb seiner Reichweite blieb.

Er setzte sich ebenfalls wieder, mit aufrechtem Oberkörper und leicht gespreizten Beinen. Sie versuchte, nicht zu sehr auf seine nackte Brust zu starren, die verführerisch unter der Wolldecke hervorspitzte ...

„Du wolltest reden, also bitte", ermutigte er sie.

Sie wusste nicht so recht, was sie von seinem höflichen Tonfall, seiner teilnahmslosen Miene halten sollte. Zwar wirkte er nicht wütend, aber wenn die letzten beiden Monate ihr eines gezeigt hatten, dann, dass seine Stimmung blitzschnell umschlagen konnte.

*Na los, jetzt bring es endlich hinter dich.*

Sie holte tief Luft. „Ich weiß, du willst nichts mehr über meine Vergangenheit wissen, aber ich bin zu dem Schluss gekommen, dass Ehrlichkeit der einzige Weg ist, unsere Beziehung zu retten."

„Dann lass mal hören", erwiderte er.

Was wollte er mit seinem ruhigen Tonfall bezwecken? Er wirkte so gefasst wie der Marcus von früher, und am liebsten würde sie einfach alles vergessen und sich auf seinen Schoß setzen, ihn anflehen, sie in die Arme zu nehmen ... der sicherste Ort, den sie je gekannt hatte.

Stattdessen stellte sie die Schachtel auf dem Tisch ab. Sie nahm beinahe die gesamte Oberfläche ein. Bevor Marcus jedoch den Deckel anheben konnte, legte sie die Hand darauf.

„Wir fangen ganz am Anfang an", begann sie. „Bei unserer ersten Begegnung."

„Du meinst auf dem Ball der Pilkingtons?"

*Augen zu und durch* ... „Nein, tatsächlich war es nicht dort."

Er runzelte die Stirn. „Doch, da bin ich mir ziemlich sicher."

Sie beschloss, die Wahrheit für sich selbst sprechen zu lassen, und öffnete den Karton.

Marcus musterte sie verwirrt, bevor er hineinlangte und das Packpapier beiseiteschob. Er zog eine Jacke heraus, studierte den scharlachroten Stoff, das Abzeichen ... und blickte völlig ungläubig drein.

„Was zum Teufel? Meine Offiziersjacke. Woher hast du die ...?"

Sie konnte deutlich sehen, wie bei ihm der Groschen fiel.

„Das ... das warst *du*", stammelte er. „Die Prostituierte im Lager, die von einem meiner Soldaten belästigt wurde."

Also erinnerte er sich an sie.

„Ja", bestätigte sie.

„Ich verstehe nicht ganz. Was hattest du dort zu suchen?" Plötzlich verhärtete sich sein Blick. „Mein Gott ... Starky wurde in jener Weihnachtsnacht leblos aufgefunden. Allem Anschein nach starb er eines natürlichen Todes."

Es überraschte sie nicht, dass er so schnell eins und eins zusammenzählte. Immerhin war Oberstleutnant Harrington ein brillanter Mann. Sie betete nur, dass er ihre Erklärung glauben würde.

„Er war ein Verräter", setzte sie an.

„Ja, ich weiß." Seine Worte erstaunten sie zutiefst. „Einige Monate nach seinem Tod fielen uns Briefe von ihm in die Hände,

Pläne, die er von unseren Schlachtpositionen gezeichnet hatte. Damit war bewiesen, dass er unsere Militärgeheimnisse an die Franzosen verkaufte.“

Sie nickte erleichtert. „Das tat er.“

Seine blauen Augen bohrten sich in ihre. „Starky hatte also keinen Herzinfarkt?“

„Nein.“ Entschlossen hielt sie seinem Blick stand. „Hatte er nicht.“

Er starrte sie an. Fuhr sich mit der Hand durchs Haar. „Bei Gott ... Gift?“

Sie nickte, während ihr das Herz bis zum Hals schlug. Nicht wegen des Geständnisses, einen Verräter umgebracht zu haben – Starky war für den Tod unzähliger britischer Soldaten verantwortlich gewesen, weil er dem Feind wichtige Informationen hatte zukommen lassen –, sondern weil sie nicht wusste, was ihr Mann nun von ihr halten würde. Was er davon hielt, dass sie zu einer solchen Tat fähig war.

„Als Starkys Verrat ans Licht kam, erklärte Wellington, dass Gott uns beschützt haben musste, indem er den Bastard aus unserer Mitte abberief“, fuhr Marcus langsam fort. „Wäre er in jener Nacht nicht gestorben, hätte er uns in furchtbare Schwierigkeiten gebracht, und die Monate vor der Schlacht um Waterloo wären noch weitaus blutiger und barbarischer verlaufen. Aber das war nicht Gottes Werk.“ Er klang völlig fassungslos. „Sondern deines.“

Penny fuhr sich mit der Zunge über die Lippen. „Octavian behauptete, es gäbe keinen anderen Weg. Entweder müsste Starky sterben oder zahllose Unschuldige.“

„Ich kann sein Argument ja verstehen. Ich verstehe sogar, dass gewisse Handlungen in Kriegszeiten vom moralischen Standpunkt aus anders gewertet werden als zu Zeiten des Friedens. Was ich jedoch nicht nachvollziehen kann“, sagte Marcus mit gefährlich leiser Stimme, und sein Kiefermuskel zuckte bedrohlich, „ist, warum er ausgerechnet dich geschickt hat – Gott, du warst fast noch ein *Kind* damals –, um diesen riskanten Auftrag auszuführen!"

Hatte sie etwa ... seinen Beschützerinstinkt geweckt?

Plötzlich bildete sich ein Kloß in ihrem Hals. Sie hätte es kaum für möglich gehalten, diesen Mann noch mehr lieben zu können, als sie es eh schon tat. Gleichzeitig wurde ihr bewusst, dass er ihre Worte nicht ganz zu begreifen schien. Nicht wirklich verstand, wer und was genau sie gewesen war.

„Octavian hat mich auserwählt, weil ich eine der besten war", sagte sie ohne Stolz oder Eitelkeit. Es war nun einmal ein Fakt. „Das war nicht meine erste Mission dieser Art und auch nicht meine letzte."

Darauf erwiderte er nichts. Sein abschätzender Blick ruhte weiter auf ihr. Vielleicht sank die Erkenntnis über die Person, die er geheiratet hatte, ja doch langsam ein.

„Warum hast du sie behalten?"

Die Frage kam so unerwartet, dass sie einen Moment brauchte, bis sie begriff, worauf er sich bezog: seine Jacke.

„Weil ich diese Nacht nicht vergessen wollte." Nun hatte sie wirklich nichts mehr zu verbergen. „Die Nacht, in der ich mich verliebte."

Sein Blick verdunkelte sich. „Darüber hast du kein Wort verloren."

„Wie könnte ich auch? Erstens war ich auf einer Mission, zweitens hatte ich mich als Dirne verkleidet. Du hättest mich doch auf der Stelle zurückgewiesen."

Dem widersprach er nicht, wussten sie doch beide, dass es der Wahrheit entsprach. Er war nicht die Sorte Mann, der sich auf eine Prostituierte einlassen, eine von der Gesellschaft geächtete Frau ausnutzen würde.

„Warum hast du mich erst auf dem Ball der Pilkingtons angesprochen? Das war fast vier Jahre später", fragte er stirnrunzelnd.

„Zunächst waren wir beide noch mit Napoleon und den Nachwirkungen des Krieges beschäftigt. Und wenn ich ehrlich bin, war ich noch nicht bereit, dir offiziell zu begegnen." Sie zuckte mit den Achseln. „Ich brauchte Zeit, um mich vorzubereiten. Ich wollte zu der Art von Dame werden, die dein Interesse wecken könnte. Flora half mir dabei, unterrichtete mich in allem, was eine Debütantin wissen musste."

„Du hast also Verräter zur Strecke gebracht, dein Land beschützt und nebenher gelernt, Tee auszuschenken und höfliche Konversation zu betreiben?", fragte er ungläubig.

„Ja, und glaube mir, letzteres war um einiges schwieriger. Lieber stehe ich einem Erschießungskommando gegenüber als einer Schar geschwätziger Gänse."

Auf ihren Versuch, die Stimmung aufzuheitern, ging er allerdings nicht ein, sondern sagte nachdrücklich: „Was, wenn ich in der Zwischenzeit jemand anderen kennengelernt hätte?"

Sie nagte an ihrer Unterlippe, gab jedoch schließlich zu: „Ich habe dich im Auge behalten."

Er hob eine Braue. „Was genau heißt das?"

Penny atmete tief aus. „Ich war damals in Toulouse dabei. Im April 1814."

Überrascht starrte er sie an. „Das war ein blutiger Kampf. Wir sollten Calvinet einnehmen, und ich kann von Glück reden, dass mich die Kugel des Scharfschützen nur an der Schulter streifte ..." Er riss die Augen auf, als die Erkenntnis ihn wie ein Schlag traf. „Das war kein Glück?"

„Nein", erwiderte sie leise. „In dem ganzen Trubel habe ich den Schützen erst viel zu spät entdeckt. Es gelang ihm, den Schuss abzufeuern ... aber immerhin konnte ich ihn ein wenig von der Flugbahn abbringen."

„Mein Gott."

Da sie den Ausdruck in seinen Augen nicht deuten konnte, fuhr sie fort. „Und ich war auch in dem Dorf in der Nähe von Quatre-Bras anwesend, zwei Tage vor der Schlacht. Als dieser andere Scharfschütze dich im Visier hatte. Diesmal konnte ich jedoch rechtzeitig eingreifen."

„Die Kugel ... zischte an meinem Ohr vorbei." Marcus wirkte völlig fassungslos.

Wie sie ihren Mann kannte, war er bestimmt nicht allzu begeistert über die Erkenntnis, dass sie ihm das Leben gerettet hatte. Er war ein stolzer Soldat, der sich nicht hinter dem Rockzipfel einer Frau versteckte ... oder hinter ihrer Pistole.

Nach einem weiteren, flüchtigen Blick auf ihn, beschloss sie, die Sache nun ganz hinter sich zu bringen. „Auch nach deinem Austritt aus der Armee behielt ich dich im Auge. Ich war zwar in dich verliebt, wusste aber nicht, ob ich dein Herz gewinnen könnte. Doch als ich Gerüchte darüber hörte, dass du um Cora Pilkington anhalten wolltest, musste ich handeln. Also reichte ich bei Octavian die Kündigung ein und zog nach London, um dich aufzuspüren."

Auf ihre Worte hin herrschte Schweigen. Sein Blick war verschleiert, seine Miene steinern. Gerade nahm sie ihren Mut zusammen, um ihre größten Sünden zu beichten – die Männer, mit denen sie geschlafen hatte –, aber Marcus kam ihr zuvor.

„Komm her", sagte er und erhob sich.

Die glühende Hitze in seinen Augen ließ ihr Herz schneller schlagen. Wie wütend war er wohl auf sie? Würde er sie zu Ende sprechen lassen?

„Ich bin noch nicht fertig." Sie holte tief Luft und straffte die Schultern. „Ich ... ich muss dir erst noch von ... Pierre Chenet, Jean Philippe Martin und ... Vincent Barone erzählen." Der letzte Name kam ihr kaum über die Lippen.

„Die sind mir völlig egal", erwiderte er. „Sie interessieren mich nicht mehr."

„Nicht?", fragte sie verwirrt.

„Das ist mir nach dem Winterball klargeworden. Nachdem ich mich wie der größte Idiot aufführte und beinahe unsere Ehe zerstört hätte, realisierte ich, dass nichts von alledem wichtig ist, sondern einzig und allein, dass wir zusammen sind."

„Aber ich dachte ... Du ... du sagtest doch, zwischen uns

könne es nie mehr so sein wie früher. Dass du nicht fähig seist, mir zu verzeihen", stammelte sie.

„Kannst *du* mir denn den Vorfall mit Cora Ashley vergeben?", erwiderte er.

„Ja", flüsterte sie sofort.

„Dann kann ich dir auch deine Vergangenheit verzeihen. Das alles ist geschehen, bevor wir überhaupt zusammenkamen." Das Feuer in seinen Augen fesselte sie. „Jetzt schwing deinen heißen Hintern hier herüber."

Ihre Brustwarzen prickelten vor Erregung, aber noch hielt sie an ihrem letzten Rest Selbstbeherrschung fest. „Warum sollte ich?"

„Komm her, dann findest du es schon heraus."

Auch wenn es riskant war, konnte sie seinem befehlshaberischen Ton nicht widerstehen. Sie erhob sich und näherte sich ihm langsam. Obwohl sie dem Tod mehr als einmal von der Schippe gesprungen war, stand sie nun zitternd und nervös vor ihrem Ehemann.

Er legte einen Finger unter ihr Kinn, hob es an, und die Zärtlichkeit in seinem Blick trieb ihr die Tränen in die Augen.

„Pompeia, Pandora Smith oder Hudson, wie auch immer du dich nennen magst ... ich habe dich vom ersten Augenblick an geliebt. Oder besser gesagt, von dem Moment an, als du dich mir zu erkennen gabst. Seitdem liebe ich dich und werde dich auf ewig lieben", schwor er feierlich. „Denn du bist meine Penny, meine Frau, meine Seelenverwandte."

Ein Schluchzen entwich ihr, doch sie war so überwältigt von freudiger Erleichterung, dass sie nichts darauf erwidern konnte.

Das musste sie auch gar nicht, denn im nächsten Moment legte er seine Lippen auf die ihren und drückte damit so viel mehr aus, als alle Worte der Welt es vermochten.

❧ 20 ❧

Marcus hob seine Frau hoch und trug sie hinüber zum Bett.

Mit einem Knie auf der Matratze, blickte er bewundernd auf sie hinab, wie auf einen wertvollen Schatz. Voller Ehrfurcht angesichts ihrer Schönheit und Stärke, die sie unablässig seinem Wohl verschrieben hatte, legte er ihr eine Hand an die Wange und flüsterte: „Ich hielt dich schon immer für einen Engel, ich wusste nur nicht, dass du mein persönlicher Schutzengel bist."

Sie errötete. „Das ist etwas übertrieben. Ich habe nur ein wenig geholfen ... wenn ich konnte."

„Liebling, *helfen* bedeutet, mir beim Zuknöpfen der Manschetten zur Hand zu gehen. Mir die Krawatte zu richten. Was du in Toulouse und vor Quatre-Bras für mich getan hast ..." Er schüttelte den Kopf. Ihm fehlten die Worte, um seinen überwältigenden Gefühlen Ausdruck zu verleihen.

„Du findest mich nicht abstoßend?", flüsterte sie. „Obwohl du weißt, dass ich fähig bin ... zu töten?"

Und da war sie wieder, diese Vielschichtigkeit, die ihn vom ersten Augenblick an fasziniert hatte. Mysteriös und offen zugleich, sinnliches Selbstbewusstsein, das sich mit sanftmütiger Verletzlichkeit paarte.

„Hast du denn wahllos getötet?", fragte er.

Sie schüttelte den Kopf.

„Hast du Unschuldige umgebracht? Kinder in ihren Betten erdrosselt?"

Wieder verneinte sie.

„Dann hast du also nur Verräter und Feinde unserer Nation getötet. Und um mir das Leben zu retten." Er beugte sich zu ihr hinab und ließ seine Lippen sanft über ihre streifen. „Nein, Liebste, das finde ich nicht abstoßend."

„Für dich würde ich alles tun", beteuerte sie.

In ihren Worten und Augen lag weder Zurückhaltung noch Scham. Er konnte nicht umhin, sie mit all ihren Facetten, die er nun kannte, zu bewundern. Obwohl sie schlimme, dunkle Zeiten durchleben musste, war ihre Liebe stets rein und aufrichtig geblieben.

„Gott, wie ich dich verehre", knurrte er und küsste sie erneut.

Eigentlich hatte er es langsam angehen lassen wollen, um seine Einfältigkeit wiedergutzumachen, ebenso wie die Wochen, die sie deswegen versäumt hatten. Er wollte sie zärtlich lieben, doch als sie die Lippen öffnete und seiner Zunge Einlass gewährte, wusste er, dass dies keine sanfte Versöhnung werden würde. Der Kuss versetzte sein Blut in Wallung, und bevor er wusste, wie ihm geschah, rissen sie einander die Kleider vom Leib.

„Die Fessel", keuchte sie. „Der Schlüssel ... im Zimmer nebenan ..."

„Zur Hölle damit. Es gab von Anfang an keinen Ausweg für mich, Liebste. Und für dich auch nicht. Wir sind auf ewig aneinander gebunden." Achtlos warf er ihren Morgenmantel zu Boden. „Endlich habe ich dich genau da, wo ich dich haben wollte."

Ihr appetitlicher Anblick machte ihn rasend vor Lust. Neben ihr kniend, warf er sämtliche Manieren über Bord, neigte sich zu ihr hinunter und labte sich an ihren lieblichen Brustwarzen. Ihr betörender Duft nach Jasmin und Neroliöl vernebelte ihm die Sinne. Sie stöhnte seinen Namen, während er genüsslich an ihren steifen Knospen saugte, neckisch mit dem Daumen darüberfuhr.

Dann wanderte seine Zunge begierig an ihrem Körper hinunter, über die Rippen bis zu ihrem Bauchnabel. Er packte ihre zarten, blassen Schenkel und spreizte sie, wobei der Anblick ihrer Pussy ihm das Wasser im Mund zusammenlaufen ließ ... Samtige, dunkle Löckchen über feucht glänzenden, zartrosa Schamlippen.

Erregung durchfuhr ihn und brachte seinen Schwanz zum Pulsieren.

„Verdammt, wie ich dich vermisst habe", murmelte er.

Er wollte keine Zeit damit vergeuden, sich zwischen ihre Beine zu knien, sondern neigte sich kopfüber zu ihrer hübschen, kleinen Scheide hinunter, die ihm sowieso aus sämtlichen Blickwinkeln vertraut war. Mit den Fingern spreizte er ihre Falten, tauchte mit der Zunge in ihre warme, feuchte Höhle ein und labte sich gierig an ihrem süßen Nektar. Hinter sich hörte er sie laut aufstöhnen, was ihn nur noch mehr anspornte, und so rieb er im Rhythmus seines wild hämmernden Herzschlags über ihre Perle.

Gerade, als er glaubte, es könne nicht mehr besser werden, spürte er ihre Hand um seinen schmerzhaft pulsierenden Schwanz. Sie pumpte ihn mit genau dem richtigen Druck, der ihm beinahe die Sinne raubte. Er versuchte, sich wieder darauf zu konzentrieren, ihr eine ebenso qualvolle Lust zu bescheren, als sie plötzlich den Kopf zwischen seine Beine schob. Laut fluchte er auf, als ihre vollen Lippen sich um seine geschwollene Eichel schlossen.

„Verflucht, Penny", stöhnte er.

Sie hatte ihn zwar früher schon oral befriedigt – und er hatte es jedes Mal genossen, wie ein seltenes, dekadentes Vergnügen –, aber diese Position war für sie beide neu. Neu und unglaublich erotisch.

„Verdammt, wie ich dich vermisst habe." Ihre kehlige Stimme, die seine eigenen Worte wiederholte, jagte ihm einen Schauer über den Rücken. Dann schickte sie sich an, ihn so weit wie möglich mit ihrem Mund zu umschließen. Wie von selbst bewegten sich seine Hüften, konnten der süßen Verlockung nicht widerstehen. Er stöhnte laut auf, als er seine Erektion zwischen ihren willigen Lippen und sein Gesicht in ihrer feuchten Pussy vergrub. Unablässig stieß sie erregte Laute aus, die gegen seinen pulsierenden Schaft vibrierten und ihn rasend schnell seinem Höhepunkt entgegenbrachten.

Aber er würde sich der Wonne nicht ohne sie hingeben. Schonungslos saugte er an ihrer sensitiven Knospe, während zwei seiner Finger in ihre Scheide pumpten. Ihre schlüpfrigen Muskeln spannten sich um ihn an, und als er spürte, wie heftig sie um seinen Schwanz atmete, kaum noch fähig, sich zu konzentrieren, wusste er, dass sie ihre Ekstase erreicht hatte. Seine Zunge glitt erneut über ihre Perle, und sie rieb sich bebend und benebelt vor Lust gegen seinen Mund.

So wild und hemmungslos. Seine Penny.

In der nächsten Sekunde wirbelte er zu ihr herum, sodass sie sich von Angesicht zu Angesicht betrachteten, und führte seinen harten Schwanz zu ihrer weichen, feuchten Spalte. Ohne den Blick von ihren verschleierten Augen, ihren erhitzten Wangen abzuwenden, ließ er sich mit einer fließenden Bewegung in sie gleiten. Ihre samtige Wärme umhüllte ihn, und das Gefühl, in ihr zu sein, jagte Flammen der Begierde durch seine Adern. Er rammte sich in sie, so hart und tief er konnte, und sie schlang die Beine um seine Hüften, um ihn anzuspornen, willig, ihm alles von sich zu geben.

„Gott, du fühlst dich so gut an", knurrte er.

„Ja, Liebster. *Ja.*"

Ihre Lippen öffneten sich erwartungsvoll, und er eroberte sie ebenso stürmisch und hart, wie er ihre Pussy nahm. Nichts hielt sie mehr zurück. Sie waren endlich wieder in Liebe vereint, so, wie es sich gehörte.

Ihr Körper passte sich perfekt an seinen hemmungslosen

Rhythmus an. Weiche Kurven gegen harte Muskeln, zwischen denen sich ihr Schweiß vermischte und sie einander noch näherbrachte. Ein erwartungsvoller Druck baute sich in seinen Hoden auf, die unablässig gegen ihre rosa Schamlippen klatschten. Unaufhaltsam jagte er seiner Erlösung entgegen, und diesmal würde er sich nicht zurückhalten. Doch er kannte seine Frau, und wusste, wie er seinen Höhepunkt voll auskosten wollte.

„Komm noch einmal für mich, Penny", presste er hervor. „Komm gemeinsam mit mir."

„Oh, Marcus, *jaaa* ..."

Als ihre pulsierende Pussy ihn umklammerte, stöhnte er laut auf und bohrte sich so tief in sie, wie er konnte. Sein heißer Samen schoss durch seinen Schaft und ergoss sich in schier endlosen Strömen in ihre warme, willige Höhle. Selbst nachdem er sich von seiner berauschenden Ekstase erholt hatte, pumpte er seine Hüften sanft kreisend weiter gegen sie, noch nicht gewillt, sich von ihr zu lösen.

Er sah ihr tief in die Augen, die seine eigene Befriedigung widerspiegelten, und murmelte: „Na, wie war das als Versöhnungsversuch?"

„Nicht schlecht." Sie schenkte ihm ein freches Lächeln. „Für den Anfang."

„Du wirst mich noch umbringen."

Allerdings wurden seine Worte von einem Grinsen begleitet. Er konnte es kaum erwarten.

---

Penny erwachte aus einem tiefen, wunderbaren Traum.

Nur war es kein Traum.

Als sie die Augen öffnete und Marcus' warmen Blick bemerkte, seine Finger spürte, die sanft durch ihr Haar glitten, wurde sie von einem unbeschreiblichen Glücksgefühl übermannt. Endlich hatte sie ihren Ehemann zurück. Nach der lustvollen

Versöhnung am Abend zuvor, hatte sie den Schlüssel geholt, um ihn zu befreien, und danach hatte er sie erneut geliebt, langsam und voller Zärtlichkeit, bevor sie in den Armen des anderen einschliefen.

Und nun lag er immer noch neben ihr.

„Guten Morgen, Liebste", murmelte er.

„Das ist es in der Tat", flüsterte sie.

Ein Lächeln stahl sich über sein Gesicht. „Dank dir und deinem geschickt eingefädelten Rendezvous. Ich kann immer noch nicht glauben, dass du das alles an nur einem Tag organisiert hast."

Es war in der Tat kein leichtes Unterfangen gewesen. Am Tag nach dem desaströsen Winterball war sie von früh bis spät damit beschäftigt gewesen, die nötigen Vorkehrungen zu treffen. Sie hatte eine Nachricht geschickt, um das Landhaus herrichten und mit Vorräten aufstocken zu lassen. Dann hatte sie die Kinder beiseite genommen, um ihnen zu erklären, dass sie ihren Vater auf eine Geschäftsreise begleiten würde. Gleichzeitig musste sie natürlich auch deren Betreuung organisieren. Anschließend verfasste sie noch einen kurzen Brief an Flora, mit der Bitte, für den Erfolg ihres Unterfangens zu beten. Oh, und dann musste sie noch ein gewisses Etablissement im Elendsviertel aufsuchen, um das Betäubungspuder zu besorgen.

„Der Stress war es wert", sagte sie.

Seine Finger liebkosten noch immer ihr Haar. „Wie lange können wir hierbleiben?"

„Eine Woche." Gott, wie sie seine Berührungen genoss! „Deine Mutter hat sich bereit erklärt, auf die Kinder aufzupassen."

„Du hast *sie* um einen Gefallen gebeten?", fragte er mit einem teuflischen Grinsen. „Bei Gott, du musst wirklich verzweifelt gewesen sein, mich wieder zurückzugewinnen."

Das war sie auch. Verzweifelt genug, um bei der ehemaligen Marquise zu Kreuze zu kriechen. Natürlich hatte sie ihr den wahren Grund für den Gefallen nicht verraten. *Ich will Ihren Sohn entführen, um meine Ehe zu retten*, hätte einfach nicht den richtigen Ton getroffen. Also hatte sie ihrer Schwiegermutter einfach denselben Vorwand genannt wie ihren Söhnen.

*Eine Geschäftsreise? Na, dann wünsche ich euch beiden viel Spaß*, hatte Lady Aileen erwidert. *Bis zu eurer Rückkehr habe ich den Haushalt und die Kinder wieder auf Vordermann gebracht.*

Zu dem Zeitpunkt war Penny so dankbar für die Hilfe gewesen, dass sie die Stichelei bezüglich ihrer Fähigkeiten als Hausherrin und Mutter geflissentlich überhörte.

Aber nun verdrehte sie die Augen. „Bilde dir bloß nicht zu viel darauf ein", wies sie Marcus an. Sie hob die Hand, um ihm einen spielerischen Klaps auf die Brust zu geben ... und erstarrte, als sie etwas klirren hörte und ein Gewicht um ihr Handgelenk spürte. Ungläubig betrachtete sie die Manschette und die Kette, die sie an den Bettpfosten banden.

„Was um alles in der Welt?", rief sie ungehalten aus. „Lass mich sofort frei ..."

Sie unterbrach sich mit einem lauten Keuchen, als Marcus sie plötzlich auf den Bauch drehte. Er strich ihr die langen Locken von den Schultern, und sie erschauderte, als seine Lippen die empfindliche Haut ihres Nackens streiften, bevor sie zu ihrem Ohr wanderten.

„Was dem einen recht ist, ist dem andern billig." In seiner tiefen, rauen Stimme schwang ein amüsierter Unterton mit.

Dann küsste, saugte und knabberte er an ihrer Wirbelsäule entlang. Resigniert ließ sie den Kopf gegen die Kissen fallen. *Das war wohl nur gerecht.* Mit einem lauten Stöhnen schob sie sämtliche Gedanken beiseite, während er ihr auf erotische und himmlische Weise zeigte, wie genau seine Vorstellung von Gerechtigkeit aussah.

*Landsitz der Blackwoods, 1826*


„Geh ruhig zu deiner Frau, mein Sohn. Ich bringe die Kinder einstweilen zurück zum Haus.“

Marcus wandte den Blick von Penny ab und richtete ihn auf seine Mutter. Unter ihrer schwarzen Haube war ihr Gesicht so stoisch wie immer, aber ihre Augen verrieten einen Anflug von Sorge. Die Witwe mochte den Ruf einer zänkischen, alten Frau weghaben, aber er wusste, dass sie ihre Familie über alles liebte, und dazu zählte mittlerweile auch Penny, selbst wenn die beiden regelmäßig aneinandergerieten.

Er legte ihr eine Hand auf die Schulter, spürte, wie gebrechlich sie unter seiner Berührung wirkte. „Vielen Dank, Mama. Wir kommen gleich nach.“

„Lasst euch ruhig Zeit. Und Marcus ... sei behutsam mit ihr. Damen verarbeiten ein solches Erlebnis anders als Gentlemen. Mitansehen zu müssen, wie die Flamme eines Lebens, das man erschaffen hat, verlischt, ist nicht einfach, mein Sohn.“ Ihre

Stimme zitterte ein wenig, und er wusste, dass sie an ihren verstorbenen James dachte. „Ganz und gar nicht einfach."

Nachdem er seine Mutter und die Jungs zur Kutsche begleitet hatte, ging er zu seiner Frau zurück.

Sie stand unter den anmutigen Ästen eines Ahornbaums. Mit ihrem schwarzen Kleid und den dunklen Haaren bildete sie einen scharfen Kontrast zu dem bunten Laub. Sie wirkte so blass und kraftlos. Der Blick, mit dem sie ihn bedachte, versetzte ihm einen Stich ins Herz. In ihren Augen lagen Ungläubigkeit und der pulsierende Schmerz einer frischen, erst drei Tage alten Wunde.

„Mutter kümmert sich um die Jungs", sagte er leise. „Wir können so lange hierbleiben, wie du willst."

Sie nickte matt und blickte wieder auf den kleinen Grabstein aus Marmor hinunter, auf dem ein Kranz aus zartrosa Blumen lag, den sie selbst geflochten hatte. Schweigend stand er neben ihr und wusste nicht, was er tun oder sagen sollte. Wie sollte man Trost spenden, wenn es keinen gab?

Schließlich durchbrach ihre Stimme die Stille. „Ich habe gehört, wie eine der Dorfbewohnerinnen sich das Maul zerrissen hat, als ich die Blumen kaufte."

„Worüber?", fragte er stirnrunzelnd.

„Darüber, was für ein Aufhebens wir um ein Stillgeborenes veranstalten. Sie sagte, so etwas passiere im Dorf ständig, aber wir würden uns aufführen, als sei das Ende aller Tage eingetreten."

Wut stieg in ihm hoch. „Kanntest du ihren Namen?"

„Sie hat nur ihre Meinung geäußert." Penny holte zitternd Luft. „Aber es hat mich zum Nachdenken gebracht: Warum müssen Babys überhaupt sterben? Warum musste *unser* kleines Mädchen sterben?" Ihre Stimme brach.

Bei der Frage verkrampfte sich sein Magen schmerzhaft, doch alles, was er darauf erwidern konnte, war: „Ich weiß es nicht."

„Glaubst du, es könnte eine Strafe sein ... für meine früheren Sünden?"

„Gott, nein", widersprach er entsetzt. „Natürlich nicht. Wie kannst du nur so etwas denken?"

„Manchmal frage ich mich das einfach. Wenn ich nur ein besserer Mensch gewesen wäre, nicht so viele Sünden begangen hätte ..."

„Penny, sieh mich an." Er hob ihr Kinn an und die Tränen, die in ihren veilchenblauen Augen schimmerten, rissen die Wunde in seinem Herzen erneut auf. „Das eine hat mit dem anderen nichts zu tun", sagte er nachdrücklich. „Das Leben steckt voller Rätsel. Schlimme Dinge geschehen oft ohne Grund."

„Wie kannst du dir da so sicher sein?", flüsterte sie. „Flora, meine Mutter, meine ich – pflegte immer zu sagen: *Man erntet, was man sät.*"

Ein Schatten legte sich über ihren Blick, und Tränen verfingen sich in ihren langen Wimpern. Er wusste zwar nicht, was sie gerade dachte, wollte sie aber nicht länger in ihren grundlosen Schuldgefühlen versinken lassen.

„Selbst wenn das wahr wäre, müsstest du dir keine Sorgen machen. Du bist eine liebreizende, unschuldige Dame. Was für Sünden könntest du schon begangen haben?" Er strich ihr eine widerspenstige Locke hinters Ohr und spürte, wie sie zitterte. „Wenn wir alle anhand unserer Sünden verurteilt würden, stünde mir gewiss eine viel größere Bestrafung zu als dir."

„Das stimmt nicht. Du bist ein Held", widersprach sie mit rauer Stimme.

„Im Krieg habe ich viele Gräueltaten begangen, wie du ja weißt ... Du kennst meine Albträume." Sanft strich er ihr mit dem Handrücken über die Wange. „Ich wünschte, ich könnte die Vergangenheit ungeschehen machen, aber leider ist das nicht möglich. Ich habe getan, was die Pflicht von mir verlangte, und damit muss ich nun leben. Aber das hat nichts mit dem Tod unseres kleinen Mädchens zu tun."

„Du hast ehrbar gehandelt, um dein Land zu beschützen." Sie

berührte seinen Arm. „Marcus, du bist der beste Mann, der mir je begegnet ist."

„Und du die beste Frau, Liebste. Du bist unseren Söhnen eine hingebungsvolle Mutter und mir eine ergebene Gemahlin. Jeden Tag schenkst du uns Liebe und Glück. Gewiss gleicht das die Sünden aus, die du deiner Meinung nach begangen hast", sagte er zärtlich.

Ihre Lippe bebte, und eine Träne lief ihr über die Wange.

Er zog sie in seine Arme und hielt sie fest an sich gedrückt, während ihr Körper von heftigen Schluchzern erschüttert wurde. Auch seine Augen brannten feucht.

Lange Zeit standen sie so da. Während die bunten Blätter um sie herum niederfielen, hielten sie eng umschlungen Wache an dem Grab des kleinen Engels, der viel zu kurz in ihre Leben getreten war.

Schließlich sagte er: „Es wird langsam kalt. Wir sollten uns auf den Heimweg machen."

Penny nickte, und er nahm ihre Hand, um sie aus dem Friedhof zu führen.

„Marcus."

Fragend wandte er sich ihr zu. „Ja, Liebste?"

„Ich wollte nur sagen ... Ich weiß immer noch nicht, warum das geschehen musste. Und ich habe noch lange nicht Frieden damit geschlossen." Ihre Augen glänzten. „Aber ich bin froh, dich an meiner Seite zu haben."

Er verstärkte seinen Griff um ihre Hand. „Ich werde immer bei dir sein, Penny. Das ist es, was eine Ehe ausmacht. In guten wie in schlechten Zeiten füreinander da zu sein."

Mit einem kleinen, tränenreichen Lächeln drückte sie seine Hand, bevor sie sich gemeinsam auf den Heimweg machten.

❧   2 2   ❧



Für Penny war die Zeit, die sie im Landhaus verbrachten, wie ihre zweiten Flitterwochen. Sie hatte ihren geliebten Gemahl zurück, und zwischen ihnen lief es besser denn je. Und das bezog sich nicht nur auf ihr Liebesspiel (welchem sie sich mehrmals täglich hingaben, jedes Mal auf neue und kreative Weise, und immer *äußerst* befriedigend).

Sie hatte nie wirklich realisiert, wie sehr ihre Geheimnisse all die Jahre auf ihr lasteten und sie hinunterzogen, wie ein mit Wasser vollgesogener Mantel. Dieses erdrückende Gewicht abzulegen, bescherte ihr mehr Freiheit, als sie jemals zuvor verspürt hatte. Erst jetzt begriff sie, wie wichtig es ihr war, dass Marcus ihr früheres Leben als Spionin akzeptierte. Es war, als hätte ihre Seele in einem zu engen Korsett gesteckt, und nun hatten sich die Schnüre gelockert, und sie konnte zum ersten Mal frei atmen.

Zugegeben, ihr dunkelstes Geheimnis schlummerte noch immer in ihr ... Aber da Marcus der Ansicht war, die Vergangenheit spiele nun keine Rolle mehr, beschloss sie, darüber Stillschweigen zu bewahren. Wenn diese Entscheidung sie zu einem Feigling machte, dann sollte es so sein. Lieber eine feige Frau mit einem Mann, der sie liebte, als eine mutige Närrin, die grundlos riskierte, alles zu verlieren, was sie sich gerade so hart zurückerkämpft hatte.

Sie redete sich ein, dass es zwischen ihnen besser lief als je zuvor. Kein Grund, das neu gefundene Glück durch einen unklugen Zug gleich wieder zu zerstören. Nein, am besten würde sie alles andere auf sich beruhen lassen. Immerhin hatte Marcus ihr vergeben und sie nicht für ihre Sünden verurteilt. Sie musste sich nicht länger davor fürchten, sich zu verraten, und konnte ihrem Temperament freien Lauf lassen. Tatsächlich schien ihr Gemahl diese neue Seite an ihr sogar zu genießen.

Am dritten Tag schlug sie beispielsweise spontan vor, einen Spaziergang zu machen. Marcus zögerte erst, da er die behagliche Wärme des Landhauses bevorzugte, und brachte seinerseits mit einem anzüglichen Grinsen eine weitaus unanständigere Alternative für körperliche Betätigung an. Aber da sie von ihrer ausgelassenen Runde vor dem Frühstück noch immer ein wenig wund zwischen den Schenkeln war, ließ sie sich nicht von ihrer Idee abbringen.

Also schlenderten sie eine halbe Stunde später Hand in Hand durch die Wälder, die ihr Grundstück umgaben. Die strahlende Nachmittagssonne brachte die vereisten Äste und unberührten Schneefelder zum Glitzern und erwärmte sie so sehr, dass die pelzbesetzten Mützen und Handschuhe beinahe überflüssig waren.

Tief atmete sie die frische Winterluft ein. „Siehst du? Ich habe dir doch gesagt, dass es nicht zu kalt für einen Spaziergang ist."

„Für dich vielleicht nicht, du heißblütiges Luder." Marcus lächelte sie an, und seine Augen strahlten so blau wie der Himmel. „Aber manche von uns entspannen sich lieber vor dem Kaminfeuer, anstatt sich draußen den Hintern abzufrieren."

„Wir haben gestern den ganzen Tag vor dem Kamin verbracht."

„Ja, und war das nicht herrlich?"

Da sie nackt und eng umschlungen vor dem warmen Feuer gelegen hatten, konnte sie ihm nicht widersprechen.

„Ich kann mich nicht erinnern, dass Sie früher so wollüstig waren, Lord Blackwood", neckte sie ihn.

Er hielt an, wandte sich ihr zu und hob ihr Kinn mit einem Finger an. „Ich habe Sie von Anfang an begehrt, Lady Blackwood. Aber erst, als ich kurz davorstand, Sie zu verlieren, erkannte ich, wie sehr."

Bei seinen Worten schnürte es ihr die Kehle zu. Verflucht, wie sehr sie diesen Mann liebte!

Er neigte sich zu ihr hinunter und küsste sie sanft, bevor sie weitergingen. Die dünne Schneedecke knirschte unter ihren Stiefeln. Als sie die Fußspuren betrachtete, die sie gemeinsam in dem unberührten Weiß hinterließen, kam es ihr vor, als wären sie die beiden einzigen Menschen auf Erden ... zumindest während der nächsten Tage. Schließlich erreichten sie das Ufer eines kleinen Teichs, und sie ließ den Blick über die ruhige Oberfläche wandern, erfüllt von tiefer Zufriedenheit.

„Penny, da gibt es noch etwas, das ich dich fragen wollte."

„Hmm?" Sie hatte gerade einen Vogel entdeckt, der einsam übers Wasser flog. Wie mutig von ihm, sich ohne seinen Schwarm den Elementen zu stellen.

„Habe ich dir das Gefühl gegeben, bezüglich deiner Vergangenheit lügen zu müssen?"

Ruckartig wandte sie sich Marcus zu. Beim Anblick seiner gerunzelten Stirn wurde sie nervös. Eigentlich hatten sie sich doch darauf geeinigt, das Vergangene ruhen zu lassen. Hatte er seine Meinung etwa schon wieder geändert? „Ich verstehe nicht ganz", erwiderte sie.

„Nein, kein Grund zur Sorge, Liebste. Ich habe es ernst gemeint: Was vor unsere Ehe geschehen ist, interessiert mich nicht." Sein aufrichtiger Blick beruhigte sie. „Aber unsere Beziehung ist mir wichtig, und ich würde einfach gerne wissen, ob *ich* etwas hätte tun oder sagen können, um dir schon früher das Gefühl zu vermitteln, dass du dich mir anvertrauen kannst."

Ihr Pulsschlag normalisierte sich, und sie schüttelte den Kopf. „Es lag nicht an dir, Marcus. Du bist der ehrbarste, vertrauenswürdigste Mann, der mir je begegnet ist. Deshalb habe ich mich ja auch sofort in dich verliebt."

„Nicht wegen meines Adoniskörpers?" Neckisch hob er eine Braue.

„Deswegen natürlich auch." Sie wusste zu schätzen, dass er versuchte, die Stimmung aufzulockern, und nahm all ihren Mut zusammen. „So, wie ich aufgewachsen bin, habe ich schnell gelernt, dass es überlebenswichtig ist, niemandem zu vertrauen. Meine Ausbildung zur Spionin verstärkte diesen Instinkt nur noch. Doch dann lernte ich dich kennen, und plötzlich geriet meine Welt völlig aus den Fugen. Ich sehnte mich nach einem Leben, von dem ich nicht glaubte, dass es einer Frau wie mir zustünde."

Er musterte sie und fragte dann leise: „Einer Frau wie dir?"

Wie immer fühlte sie sich unter seinem eindringlichen Blick völlig entblößt ... als könnten seine stechend blauen Augen bis in ihre hässliche Seele schauen. Sie versuchte, die aufkeimende Panik zu unterdrücken. „Eine Spionin, meine ich. Jemand, der furchtbare Taten begangen hat – auch wenn sie im Namen der Gerechtigkeit geschahen."

„Penny, du bist die liebenswerteste, mutigste und stärkste Frau, die ich kenne."

Seine Komplimente erwärmten sie wie Sonnenstrahlen, verjagten die Schatten, die ihr Herz umhüllten. „Ich bin nicht liebenswert", widersprach sie jedoch wahrheitsgemäß.

„In meinen Augen schon." Er legte eine Hand an ihre Wange. Das weiche Leder wärmte ihre kühle Haut. „Jetzt, wo ich weiß, was du durchmachen musstest, und aus welch unerbittlicher Welt du stammst, erstaunt es mich umso mehr, wie rein deine Liebe ist. Ich frage mich, wie du angesichts der aussichtslosen Umstände, die du ertragen musstest, zu der Frau werden konntest, die vor mir steht. Es ist ein Wunder, dass du die Meine bist."

Tränen verschleierten ihr die Sicht. „Bring mich nicht zum Weinen, sonst frieren mir noch die Wimpern ein."

„Ich habe nicht vor, dich jemals wieder zum Weinen zu bringen ... außer, es handelt sich um Freudentränen. Aber du sollst wissen, dass du mit mir über die Vergangenheit sprechen kannst – über alle Einzelheiten." Sein Daumen strich sanft über ihre Wange. „Du kannst mir vertrauen."

Der Moment hing zwischen ihnen wie die weißen Wolken ihres Atems. Sie spürte die Bürde der Scham, die ihr die Luft abzudrücken drohte, und wollte nichts lieber tun, als sie abzustreifen, aber sie zog sich wie eine Schlinge zusammen. Angst überkam sie, ebenso wie das vertraute Gefühl der Machtlosigkeit, der Schmerz, das Wissen, für immer beschmutzt zu sein. Am schlimmsten aber war der Gedanke, ihn endgültig verlieren zu können.

Vielleicht hatte Octavian doch recht gehabt. *Man kann das Mädchen aus der Gosse ziehen, aber die Gosse wird immer an ihr haften.* Auch wenn sie es weit gebracht hatte, würde sie ihrer Vergangenheit nie ganz entkommen. Aber sie wollte Marcus nicht auch noch mit ihrer Scham belasten.

„Ich vertraue dir ja", flüsterte sie.

*Doch mir selbst vertraue ich nicht. Ich bin nicht gut genug für dich.*

Er blickte sie forschend an. „Also gut, Liebling", sagte er schließlich.

Erleichtert, dass er das Thema damit fallen ließ, setzten sie ihren Weg um den Teich fort, wobei die Unterhaltung sich harmloseren Dingen zuwandte. Auf dem Rückweg zu ihrem Landhaus hatte sich Pennys gedrückte Stimmung merklich verbessert. Ihre Neckereien waren in unverhülltes Flirten übergegangen. Kichernd wich sie seinen verspielten Berührungen aus, als sie sich ihrem Liebesnest näherten.

Das Lachen blieb ihr jedoch im Hals stecken, als sie einen rustikalen Pferdewagen vor der Einfahrt stehen sah. Eine Frau in einem schlichten, grauen Mantel schob einige Decken beiseite und stieg vom Fahrersitz hinunter. Obwohl zwölf Jahre vergangen waren, seit Penny dieses freundliche Gesicht und die warmen, braunen Augen das letzte Mal gesehen hatte, fühlte es sich wie gestern an. Sie stieß einen Schrei aus, rannte schliddernd über den Schnee und warf die Arme um ihre Freundin.

„Flora!", rief sie atemlos. „Was machst du denn hier?"

„Ich habe deine Nachricht erhalten und wollte nachsehen, ob alles in Ordnung ist." Floras Blick fiel auf Marcus, der höflicherweise ein wenig Abstand hielt und sie neugierig musterte. „Falls nötig, hätte ich mich als Fremde ausgegeben, die sich in den Wäldern verirrt hat und zufällig auf euer Landhaus gestoßen ist", flüsterte sie Penny zu.

„Dazu besteht kein Grund. Ich habe Marcus von dir erzählt ... obwohl er nicht weiß, dass du am Leben bist", raunte diese zurück.

„Hast du ihm alles über deine Vergangenheit gebeichtet?", fragte Flora leise.

Sie biss sich auf die Lippe. „So gut wie alles."

Ihre Freundin sah sie verständnisvoll an. „Was die Probleme zwischen euch beiden anging ... konntet ihr sie aus der Welt räumen?"

„Ja. Er hat mir meine Lügen vergeben." Penny atmete aus, lächelte und hakte sich bei Flora unter. „Komm, ich stelle dich ihm vor. Du wirst ihn sicher mögen."

„Wenn er dich so liebt, wie du es verdienst, tue ich das bereits", erwiderte diese.

Es war zwar ein kleiner Schock gewesen zu erfahren, dass Flora Hudson noch lebte und nun als Schwester Agatha den Bedürftigen half, aber als Marcus Penny mit ihr sah, erlebte er seine Frau von einer völlig neuen Seite. Bisher kannte er sie in der Rolle einer hingebungsvollen Mutter, liebenden Ehefrau, kompetenten Hausherrin und schillernden Gastgeberin ... Sie war eine Frau, die alles erreichte, was sie sich in den Kopf setzte. Doch er hatte sie noch nie zuvor so entspannt und jugendhaft gesehen wie jetzt.

Sie strahlte eine beinahe kindliche, ansteckende Freude aus, die ihn erahnen ließ, was für ein reizendes, verletzliches Mädchen sie einst gewesen sein musste. Agathas Einfluss auf ihre Erziehung war offensichtlich. Man konnte sehen, dass die beiden eine Familie waren, auch ohne Blutbande. Und er empfand eine tiefe Dankbarkeit dieser Frau gegenüber, die sich seiner Penny angenommen hatte.

Schwester Agatha war eine sanftmütige, fromme, gut aussehende Dame, die in Würde gealtert war. Er konnte sich kaum vorstellen, dass sie einst eine Spionin gewesen sein sollte. Doch als sie über ihre Arbeit in der Gemeinde von St. Margery sprach, die etwa einen halben Tagesritt von ihrem Landsitz entfernt lag, sah er eine gewisse Entschlossenheit in ihren Augen aufblitzen. Sie erinnerte ihn an die Beharrlichkeit und Leidenschaft, mit der Penny ihre Aufgaben anging, egal ob es sich dabei um verzwickte Haushaltsprobleme handelte oder die Planung einer Veranstaltung ... oder gar um die Rettung ihrer Ehe.

Ja, er war Schwester Agatha wirklich etwas schuldig.

Nach dem Abendessen – einem köstlichen Eintopf, den Penny selbst zubereitet und ihn damit wieder einmal mit ihren versteckten Kochkünsten überrascht hatte (gab es überhaupt irgendetwas, was seine Frau nicht konnte?) –, unterhielten sie sich noch ein wenig vor dem Kaminfeuer. Agatha ließ sich in dem Sessel nieder, der dem Kamin am nächsten stand, während Penny und er sich den Zweisitzer ihr gegenüber teilten.

„Ich kann es kaum erwarten, dich endlich den Kindern vorzustellen", sagte Pandora. „Sie werden dich lieben."

„Ich habe schon so viel über James, Ethan und Owen gehört, dass ich das Gefühl habe, sie bereits zu kennen." Agatha richtete ihren aufmerksamen Blick auf Marcus. „Obwohl Pandora mir aus Sicherheitsgründen nur selten schrieb, hat sie es nie versäumt, Ihre Söhne in den höchsten Tönen zu loben, Mylord."

„Was unsere Racker anbelangt, hat meine Frau einen etwas verklärten Blick." Er zwinkerte seiner Gemahlin zu. „Glauben Sie ihr bitte kein Wort, Schwester Agatha. Sonst wird sie Ihnen noch weismachen, dass die drei waschechte Engel sind, komplett mit Flügeln und Heiligenschein."

„Von Ihnen hat sie in noch viel höheren Tönen gesprochen", erwiderte diese.

„Ich nehme alles davon zurück." Penny sah ihn mit zusammengekniffenen Augen an. „Unsere Jungs sind keine Racker, sondern einfach nur ... temperamentvoll."

„Das ist noch milde ausgedrückt", erklärte er, erneut an die Nonne gewandt. „Owens Temperament hat ihn letztens auf einen hohen Baum klettern lassen, von dem er geradewegs auf seine Mutter fiel."

Die Freundin seiner Frau schien ein Lächeln zu unterdrücken. „Meine Güte! Sie kommen anscheinend ganz nach dir, nicht wahr, Pandora?"

„Zum Glück haben sie den harten Schädel ihres Vaters geerbt", murmelte Penny. „Owen hat nicht mal einen blauen Fleck davongetragen."

Marcus lächelte. „Sie müssen unsere Wildfänge einfach selbst kennenlernen und entscheiden, wer von uns recht hat, Schwester Agatha."

„Vielen Dank für die Einladung, Mylord. Ich würde Ihre Familie gerne in London besuchen, aber im Moment haben wir alle Hände voll zu tun mit dem Wiederaufbau des Klosters. Daher muss ich mich morgen leider bereits wieder auf den Heimweg machen.“

„So bald schon? Nein, bleib doch noch ein wenig“, widersprach Penny enttäuscht. „Wir haben uns so viel zu erzählen ...“

„Man braucht mich in St. Margery, meine Liebe“, erklärte Agatha sanft, aber bestimmt. „Ich bin nur gekommen, weil deine Nachricht mich beunruhigt hat. Zum Glück war meine Sorge ja unbegründet, wie ich sehe.“

„Nur so aus Neugier – was stand denn in dem Schreiben?“, erkundigte Marcus sich.

Agathas Augen funkelten amüsiert. „Wenn ich mich recht entsinne, war der genaue Wortlaut: *Ich liebe meinen Mann zu sehr, als dass ich ihn einem dahergelaufenen Flittchen überlassen würde. Also muss ich ihn wohl entführen und zu unserem Landhaus in den Cotswolds bringen, wo unsere Ehe damals begann, und wo sie hoffentlich einen Neuanfang erfährt.*“ Sie lächelte Penny zu, die knallrot angelaufen war. „Das Wort *entführen* erregte meine Aufmerksamkeit, also wollte ich lieber einmal nach dem Rechten sehen.“

„Ich weiß zu schätzen, dass Sie sich um Penny sorgen.“ Mit einem verschmitzten Lächeln fügte er hinzu: „Und nur fürs Protokoll, ich habe meiner Frau gestattet, mich zukünftig zu entführen, wann immer das Bedürfnis sie überkommt.“

„*Marcus*“, zischte seine Marquise mit glühenden Wangen.

Schmunzelnd nahm er ihre Hand und küsste sie, bevor er sich erhob. „Das ist wohl mein Stichwort, mich zurückzuziehen und den Damen ein wenig Privatsphäre zu gönnen.“ Er verneigte sich vor Agatha. „Guten Abend, Schwester. Es hat mich wirklich sehr gefreut, Sie endlich kennenzulernen.“

„Die Freude war ganz meinerseits, Mylord.“

---

Nachdem Marcus das Zimmer verlassen hatte, fragte Penny aufgeregt: „Und, wie findest du ihn?“

„Was ich über ihn denke, spielt wohl kaum eine Rolle, meine Liebe. Aber nach allem, was ich heute Abend gesehen habe, passt er perfekt zu dir", erwiderte Agatha mit einem sanften Lächeln. „Er ist genauso wundervoll, wie du ihn beschrieben hast."

„Ist er nicht der allerbeste Ehemann? Ich bin wirklich die glücklichste Frau der Welt", seufzte Penny auf.

„Das ist er." Die Miene ihrer Freundin wurde nachdenklich. „Vertraust du ihm denn?"

„Natürlich. Er hat mir meine Vergangenheit vergeben, meine Arbeit als Spionin, und sogar die Lüge hinsichtlich unserer ... äh, Hochzeitsnacht." Penny errötete leicht.

„Wie du dich vielleicht erinnerst, habe ich diesen Plan nie gutgeheißen", erwiderte Agatha trocken.

„Das weiß ich doch. Aber damals dachte ich, mir bliebe keine andere Wahl."

„Ich habe es dir schon oft gesagt und werde es auch jetzt wiederholen: Du unterschätzt deinen eigenen Wert. So war es schon immer." Ihre Ziehmutter runzelte die Stirn. „Und obwohl ich nicht schlecht über die Toten sprechen möchte, mache ich doch Octavian zum großen Teil dafür verantwortlich."

Bei der Erwähnung ihres ehemaligen Mentors verkrampfte sich ihr Magen, aber Penny entgegnete nur: „Das ist Schnee von gestern. Marcus kennt jetzt die Wahrheit, und ich werde ihn nie wieder anlügen."

„Weiß er denn wirklich alles?"

Agathas sanfte Stimme und ihr wissender Blick ließen Pennys Herz einen Schlag lang aussetzen. Mehr sagte ihre Freundin nicht ... das war auch nicht nötig. Sie wussten beide, worauf sie anspielte.

„Alles, was er wissen muss", beharrte sie.

Agatha beugte sich vor und ergriff ihre Hände, die trotz der Wärme des Feuers eiskalt geworden waren. „Es gibt nichts, wofür du dich schämen müsstest. Was dir zugestoßen ist ..."

„Ich will nicht darüber reden." Penny löste sich aus ihrem Griff.

„Angst ist wie ein Käfig", sagte ihre Freundin. „Und die Wahrheit der Schlüssel zur Freiheit."

„Ich bin frei. Ich habe einen Ehemann, der mich liebt, und eine Familie, die ich vergöttere." Sie schluckte schwer. „Mehr brauche ich nicht."

„Das habe ich mir früher auch immer gesagt." Agathas Finger strichen über das silberne Amulett um ihren Hals. „Als Harry mir auf so sinnlose Weise genommen wurde, hat es lange gedauert, bis ich akzeptieren konnte, dass Gott für jeden von uns einen Plan hat. Ihn zu verlieren, hat mein Leben zerstört und mich gezwungen, einen neuen Weg einzuschlagen, der mich schlussendlich jedoch zu meiner wahren Berufung führte. Ich habe Harry von ganzem Herzen geliebt, und da seine Tätigkeit als Geheimagent ihm so viel bedeutete, habe ich mich ebenfalls der Spionage verschrieben, obwohl mir das Metier nie gefiel. Eigentlich wollte ich schon immer den Bedürftigen helfen ... und genau das tue ich jetzt auch. In gewisser Weise habe ich dadurch meinen Frieden gefunden."

„Das freut mich für dich, Agatha", erwiderte Penny mit zitternder Stimme. „Niemand verdient es mehr als du."

„Was ich damit sagen will, ist, dass sogar schreckliche Dinge – Verluste, Tragödien – eine wichtige Lektion darstellen können", erklärte ihre Freundin. „Hast du schon mal daran gedacht, dass die Rückkehr des Gespensts vielleicht gar kein Zufall war? Dass es einen Grund für die Konfrontation mit ihm gab? Vielleicht war es ein Zeichen, dass es an der Zeit war, die Wahrheit – deine ganze Wahrheit – ans Licht zu bringen?"

Dunkle Panik erfüllte sie mit einer solchen Wucht, dass sie fürchtete, die Schatten diesmal nicht länger bezwingen zu können. Dass die Erniedrigung, die sie so verzweifelt hinter sich lassen wollte, nun doch noch die Schönheit des Lebens, das sie sich erschaffen hatte, zerstören könnte.

„Bitte sprich nicht mehr darüber", flehte sie. „Lass uns das erste Treffen seit zwölf Jahren nicht dadurch ruinieren."

Agatha musterte sie eindringlich, bevor sie tief aufseufzte. „Du weißt doch, dass ich nur das Beste für dich will, Liebes."

„Ja, das weiß ich", erwiderte sie mit zitternder Stimme. „Aber du musst mir glauben, wenn ich dir sage, dass alles gut ist. Ich bin glücklich. Glücklicher als ich es zu sein verdiene."

Agatha legte ihr eine Hand an die Wange und betrachtete sie aus sanften, ein wenig traurigen Augen. „Eines Tages, Kind, wirst du hoffentlich erkennen, was du wirklich verdienst."

## ❧ 23 ❧

AM NÄCHSTEN MORGEN MUSSTE PENNY SICH BEREITS WIEDER von Agatha verabschieden. Obwohl sie beide lange Abschiede hassten, lagen sie sich ewig in den Armen und beteuerten, dass sie einander bald besuchen würden. Dann half Marcus der Nonne auf den Kutschbock.

„Bitte akzeptieren Sie eine Spende für den Wiederaufbau des Klosters. Als Dankeschön für alles, was Sie getan haben", sagte er zu ihr.

Penny wusste, dass er damit nicht nur die wohltätige Arbeit ihrer Freundin meinte, und wurde von einer Gefühlswelle übermannt. Er war so ein herzensguter, ehrbarer Mann.

*Ich liebe ihn so sehr.* Eigentlich sollte der Gedanke mit nichts als Freude verbunden sein, aber aus irgendeinem Grund verspürte sie auch einen Anflug von Verzweiflung. *Alles wird gut werden*, ermutigte sie sich. Das Gespräch mit Agatha hatte einfach ein paar Geister der Vergangenheit heraufbeschworen, die sich schon wieder verziehen würden ... Sie würde sie abwehren und vertreiben, so, wie sie es immer getan hatte.

„Vielen Dank, Mylord", antwortete Agatha ruhig. „Leider

habe ich nichts, was ich Ihnen im Gegenzug anbieten kann, außer einer kleinen Segnung, wenn ich darf?"

Marcus nickte und legte einen Arm um Pennys Taille.

„Möget ihr beide euch des Geschenks bewusst sein, das ihr erhalten habt, und auf die Gnade Gottes vertrauen." Dabei fixierte sie Pandora mit ihrem Blick.

Auch nach ihrer Abreise wirkten ihre Worte noch nach und weckten in Penny das Verlangen, jede Sekunde mit Marcus voll auszukosten. Ihm schien es ähnlich zu ergehen. Agathas Wagen war kaum zwischen den verschneiten Bäumen verschwunden, als er seine Frau hochhob und zurück ins Haus trug, wobei er ihr Gelächter mit seinen Küssen dämpfte.

Der Rest des Tages verlief auf ähnliche Weise.

Als es dunkel wurde, schlief sie glücklich und zufrieden in Marcus' starken Armen ein.

Doch nur wenige Stunden später erwachte sie schreiend.

---

„Penny, Liebling. Ich bin ja hier. Du bist in Sicherheit."

Die Stimme kam nicht aus der Gasse, aus der Dunkelheit, die sie niederdrückte und zu ersticken drohte. Verzweifelt rang sie nach Atem. Licht flackerte auf und blendete sie.

Als ihre Augen sich an die Helligkeit gewöhnt hatten, erblickte sie ihren Mann.

*Marcus ist hier. Marcus ist hier.* Ihr verwirrter Verstand klammerte sich an die Worte, an seine Erscheinung, wie ein Ertrinkender an ein Stück Treibholz.

Er runzelte besorgt die Stirn, seine blauen Augen musterten sie eindringlich. Sein Oberkörper war entblößt, und Schatten tanzten im Kerzenlicht über die angespannten Muskeln. Er saß neben ihr im Bett, das Laken um seine schlanken Hüften geschlungen.

Das Schlafgemach. Ihr Haus in den Cotswolds.

Als er die Hand nach ihr ausstreckte, zuckte sie unwillkürlich zusammen.

Überrascht sah er sie an. „Du hattest einen Albtraum, Liebling. Einen richtig schlimmen, wie es scheint. Aber du bist in Sicherheit." Seine Stimme war tief und beruhigend, er sprach mit ihr auf dieselbe Weise wie mit den Kindern, wenn sie sich verletzt hatten und Trost benötigten. „Du bist hier bei mir."

„Ja." Innerlich war sie so erstarrt, dass sie kaum ein Wort herausbrachte.

Wieder streckte er die Hand nach ihr aus, diesmal langsam, und sie gestattete, dass er ihre Wange berührte. Seine Finger glitten über tränennasse Haut. Sein Blick suchte den ihren.

„Möchtest du darüber reden?", fragte er.

„Es ... es ist nichts. Nur ein Traum, wie du schon sagtest."

„Du zitterst ja am ganzen Leib, Liebling. Komm her."

Sie erlaubte ihm, sie in die Arme zu schließen. Ihre Haut war kühl und klamm, daher schmiegte sie sich an ihn und genoss seine Wärme, während er die Decke um sie beide zog. Zitternd drückte sie sich an seine Brust und lauschte seinem starken, regelmäßigen Herzschlag, der sie endgültig in die Realität zurückbrachte. Sie rieb ihre Wange gegen seine weichen Brusthaare, um sich zu verdeutlichen, dass er wirklich bei ihr war. Dass sie hier war, und nicht an jenem schrecklichen Ort.

*Ich bin bei Marcus. Ich bin in Sicherheit.*

„Nach der Schlacht von Waterloo hatte ich auch Albträume." Seine Stimme vibrierte sanft unter ihrem Ohr. Sein Tonfall war entspannt, plauderhaft. Beruhigend. „Wirklich schlimme. Über das, was ich im Kampf erlebt habe. Erinnerst du dich noch daran, als ich dich während unserer Flitterwochen aufweckte?"

Jetzt, da er es erwähnte, fiel es ihr wieder ein.

„Hier in diesem Bett", brachte sie heraus.

„Genau. Ich erwachte in Panik. Nicht nur vor dem Traum, sondern weil ich fürchtete, dir Angst einzujagen. Ich wollte nicht, dass meine frisch gebackene Frau mich für einen Verrückten hält."

„Das habe ich nicht."

„Nein, zum Glück nicht." Sanft strich er ihr übers Haar, die Berührung ebenso warm und beruhigend wie seine Stimme. „Stattdessen hast du mich in den Arm genommen und mich dazu gebracht, darüber zu reden. Du hast mir zugehört, ohne mich zu verurteilen. So verlief es jedes Mal, wenn ich einen Albtraum hatte, und irgendwann hörten sie auf."

Ihr Puls schnellte in die Höhe. Sie wusste, worauf er hinauswollte.

„Und ich würde dasselbe für dich tun, Liebling", fuhr er fort.

„Ich ... ich habe Angst."

„Vor dem Traum?"

„Ja, aber auch davor, was du davon halten wirst. Und von mir." Ihre Stimme brach.

„Du bist die Liebe meines Lebens, Penny, und daran wird nichts jemals etwas ändern."

„Ich habe dich bereits einmal fast verloren. Das will ich nicht erneut riskieren ..."

„Mein Schatz, du könntest mich nicht einmal am Markttag in Covent Garden verlieren."

Sie hob den Kopf. „Das ist nicht wahr. Hätte ich dich nicht entführt, wärst du vielleicht in Cora Ashleys Armen gelandet. Unsere Ehe wäre wahrscheinlich noch immer in Gefahr ..."

„Verdammt, Penny, glaubst du das wirklich?" In seinem Blick lag aufrichtige Ungläubigkeit. „Ich würde nie zu Cora Ashley gehen ... oder sonst irgendeiner Frau. Du bist die Einzige für mich. Das habe ich dir doch schon gesagt."

Das hatte er tatsächlich. Mehr als einmal.

Damals war ihr bewusst gewesen, dass er es aufrichtig meinte, und sie hatte seinen Worten geglaubt ... oder nicht? Verwirrung und Scham überkamen sie. *Wieso fällt es mir so schwer, ihm zu glauben?*

Er löste sich ein wenig von ihr, um ihr in die Augen sehen zu können, und nahm ihre Hände in seine. „Ich habe mich wie ein Dreckskerl verhalten, weil ich verletzt war. Das entschuldigt jedoch nicht, wie ich dich behandelt habe. Ich schwöre, dass ich mich zukünftig bemühen werde, dir gegenüber nie wieder ausfallend zu werden. Aber eines sollst du wissen: Auch wenn mein Glaube an unsere Ehe kurz ins Wanken geriet, ist meine Liebe zu dir nie erloschen."

„Aber wieso nicht?", platzte sie heraus. „Ich habe dir vorenthalten, dass ich eine Spionin war. Und ... und keine Jungfrau mehr."

Instinktiv wappnete sie sich gegen seine Reaktion, wartete darauf, dass seine Miene versteinerte.

Nichts dergleichen geschah.

Stattdessen hielt er ihrem Blick stand und erwiderte: „Ich habe mit über einem Dutzend Frauen geschlafen, bevor ich dich traf, Penny. Mit dreizehn, um genau zu sein. Wusstest du das?"

Das hatte sie nicht gewusst. „Nein."

„Wirst du mir das zukünftig vorwerfen?"

„Natürlich nicht."

„Hast du nach unserer Begegnung auf dem Balkon der Pilkingtons mit jemandem geschlafen?"

„Nein", erwiderte sie vorsichtig.

„Und nach unserem allerersten Treffen ... damals an Weihnachten im Heereslager?"

Sie schüttelte den Kopf.

„Dann ist es mir egal", beharrte er. „Es interessiert mich nicht, was du vor mir getan hast. Denn von dem Moment an, als ich dich zum ersten Mal sah, warst du mein, Penny. Ich war nur zu wütend und töricht, das zu erkennen, als du mir erstmals von deiner Vergangenheit erzählt hast."

„Ich hätte dich nicht anlügen dürfen", wandte sie leise ein.

„Dann tu es jetzt auch nicht." Sein Blick war sanft, einladend. „Wenn wir eines aus der Sache gelernt haben, dann doch wohl, dass unsere Liebe stark genug ist, Fehler zu überstehen. Deine Lügen, mein unangebrachtes Verhalten. Unsere Liebe hilft uns selbst durch die schlimmsten Zeiten."

„Ich wurde vergewaltigt", platzte sie ungewollt heraus.

In der Stille, die folgte, hörte sie ihr Herz wie wild hämmern und spürte, wie die Panik sie ergriff. Als sie die Flammen sah, die in Marcus' Augen aufloderten, machte sie sich auf das Schlimmste gefasst.

„Penny. Mein Gott." Er legte ihr eine Hand an die Wange. Obwohl er spürbar zitterte, war seine Berührung so sanft, so zärtlich, dass es ihr die Kehle zuschnürte. „Wann?"

„Etwa um die Zeit, als ich Octavian kennenlernte."

Der Schmerz stand ihrem Ehemann ins Gesicht geschrieben. Er schloss kurz die Augen. Als er sie wieder öffnete, war das Feuer in den dunkelblauen Tiefen verschwunden. Sein angespannter Kiefer jedoch verriet ihr, wie sehr er sich anstrengte, seine Gefühle unter Kontrolle zu halten. Und zwar nur ihretwillen.

Also öffnete sie sich ihm noch mehr. „Ich war spät unterwegs, um Blumen zu verkaufen. Ein Mann sagte, er wolle welche haben, hätte aber seinen Geldbeutel in der Unterkunft vergessen. Er versprach, mir den gesamten Korb abzukaufen, wenn ich mit ihm käme. Obwohl ich es besser hätte wissen müssen, ging ich mit, da ich an jenem Tag weder genug verkauft noch gestohlen hatte, um mir ein Abendessen leisten zu können. Ich war einfach zu erschöpft."

Schweigend hörte Marcus ihr zu. Die Stille war ermutigender als Worte.

Seltsamerweise fühlte es sich gar nicht so schrecklich an, darüber zu reden, wie sie befürchtet hatte. Als sie die schlimmen Erlebnisse laut aussprach, verblassten sie irgendwie. Wie etwas, das sie aus weiter Entfernung betrachtete. Oder durch ein Fenster aus Milchglas.

„Er drängte mich in eine dunkle Gasse und ließ mich

hinterher dort liegen." Nun spürte sie doch einen Kloß im Hals. „So fand mich Octavian."

Marcus atmete schwer, doch seine Hände ließen die ihren nicht los. „Gott, Penny." Seine Stimme war ganz rau vor Erschütterung. Zu ihrem Entsetzen bemerkte sie, dass ihm Tränen in den Augen standen. „Du musst außer dir gewesen sein vor Angst."

„Zuerst schon. Aber Octavian sagte etwas zu mir, das mir die Furcht nahm. Er legte mir seinen Mantel um die Schultern und flüsterte mir zu: *Wenn du Gerechtigkeit willst, dann komm mit mir. Ich verspreche, dich nicht zu verletzen, sondern dir die Waffen zu geben, die du brauchst, um dich zu rächen.*"

„Du warst doch noch ein junges Mädchen", fiel Marcus nun mit leiser, gefährlicher Stimme ein. „Und zudem verletzt und verwundbar. Was zur Hölle hat er sich nur dabei gedacht?"

„Er hatte mich bei meiner Arbeit in Covent Garden beobachtet. Ich war ihm aufgefallen, als er dort nach einem Franzosen namens Vincent Barone fahndete, einem feindlichen Agenten, der berüchtigt war für seine Grausamkeit, seinen Sadismus." Mit hämmerndem Herzen zwang sie sich, weiterzusprechen. „Wie es der Zufall wollte, handelte es sich um den Mann, der sich an mir vergriffen hatte. Also widmete ich mich der Ausbildung, die er mir anbot: die Kunst der Tarnung, Kampftraining, Verschlüsselung ... ich lernte alles, was es zu erlernen gab."

In Wahrheit hatte sie das Wissen wie ein Schwamm aufgesaugt. Ihr Wunsch nach Rache hatte das Gefühl der Hilflosigkeit verdrängt und ihr eines der Macht vermittelt. Als sie sich daran erinnerte, wie viel Octavians Anerkennung ihr bedeutet hatte, verspürte sie einen vertrauten Anflug von Bitterkeit. Aber dieser wurde von der Einsicht abgeschwächt, dass sie nun einmal ein junges Mädchen gewesen war, das sich nach einer Elternfigur sehnte, einem älteren, weisen Mentor. Nur leider war dem Mann, den sie für diese Rolle auserkoren hatte, Ehrgeiz wichtiger als alles andere, einschließlich der Agenten, die für ihn arbeiteten.

Trotzdem verdankte sie Octavian in gewisser Weise ihr Leben.

„Drei Jahre später, in einem Bordell in Dieppe, bot sich mir schließlich die Gelegenheit, Rache zu nehmen", fuhr sie fort. „Aufgrund meiner Verkleidung erkannte Barone mich nicht und trank den Wein, den ich ihm servierte. Als er sterbend vor mir lag, erklärte ich ihm ganz genau, wer ich war und warum sein nächster Atemzug der Letzte sein würde. Dann verließ ich das Freudenhaus in dem Wissen, dass ich mich nie wieder machtlos fühlen würde."

Während die Worte wie ein unaufhaltsamer Quell aus ihr hervorsprudelten, verspürte sie eine innere Unruhe. Gott, sie klang so ... gnadenlos. Aggressiv und kaltblütig, ganz und gar undamenhaft. War Marcus schockiert? War es ihr schließlich doch noch gelungen, seine Abscheu zu wecken?

„Der Bastard hatte den Tod verdient", knurrte ihr Ehemann grimmig. „Ich bereue nur, dass ich ihn nicht erneut umbringen kann. Am liebsten würde ich ihm Arme und Beine einzeln ausreißen, und anschließend das Herz aus der Brust."

Ihr Puls raste. Sie sah den wilden, animalischen Ausdruck in seinen Augen. Es war der Blick eines Mannes, der seine Worte ernst meinte: Er würde für sie töten, würde das Unrecht, das seiner Frau widerfahren war, rächen. Seine brutale Rechtschaffenheit könnte das Zartgefühl einer anderen Dame verletzen, für Penny jedoch war sie eine Offenbarung.

*Endlich* akzeptierte sie die Wahrheit hinter den Worten, die er ihr so oft gesagt hatte. Er liebte sie. Liebte *sie*. Bedingungslos. Diese Erkenntnis erfüllte ihre verborgensten Sehnsüchte.

Er liebte sie auf dieselbe Art, wie sie ihn liebte.

Die Gewissheit ging mit einer solchen Erleichterung einher, dass sie glaubte, ihre gequälte Seele aufatmen zu hören. Nun fiel es ihr leicht, ihm auch noch den Rest anzuvertrauen, sich ein für alle Mal von der Vergangenheit reinzuwaschen.

„Die anderen beiden Männer, mit denen ich geschlafen habe, Chenet und Martin, waren Teil meiner Missionen und nichts weiter als ein Mittel zum Zweck. Octavian hatte mich gelehrt, sämtliche Waffen, die mir zur Verfügung standen, einzusetzen, einschließlich meines weiblichen Charmes. Damals dachte ich, es sei eine Form der Macht. Ich würde nie wieder jemandes Opfer sein, sondern diejenige, die andere ausnutzte. Indem ich dazu meinen Körper einsetzte, glaubte ich, die Kontrolle zu haben. Flora versuchte, mich von diesem dunklen Pfad abzubringen, sagte mir, dass ich nur ein Übel gegen ein anderes eintausche. Sie behauptete stets, ich hätte Besseres verdient.“

„Ich werde ihrem Kloster einen ganzen verdammten Flügel stiften.“

Marcus‘ grimmiger, unerwarteter Scherz entlockte ihr ein überraschtes Lachen. Sie hätte nie gedacht, mit einer solchen Leichtigkeit über ihre Vergangenheit sprechen zu können. Es war ein weiteres Geschenk, das er ihr gegeben hatte.

Nun war es an ihr, ihm die Hände an die Wangen zu legen. Sie spürte, wie seine Kiefermuskeln bebten. Seine Augen glühten vor Liebe zu ihr.

„An Weihnachten bin ich dann dir begegnet“, fuhr sie sanft fort. „Und du hast mich die Wahrheit hinter Floras Worten gelehrt. Dass ich etwas Besseres verdiente. Dass ich alles dafür tun würde, deine Achtung zu gewinnen, die Liebe eines guten Mannes.“

„Bei Gott, du hast sie. Ich liebe dich Penny, mehr als alles andere auf der Welt.“

Er küsste sie leidenschaftlich. Die Berührung entfachte ein ähnliches Feuer in ihr, angeschürt von einer bisher nie gekannten Freiheit. Eine explosive Mischung aus Liebe und Lust erschütterte sie. Doch als sie die Lippen öffnete, um seiner Zunge Einlass zu gewähren, zog er sich zurück.

„Bist du sicher, dass du das willst, Liebling?“ Sein Tonfall war angespannt, sein Blick forschend. „Du hast heute Abend viel durchgemacht. Ich könnte dich einfach nur in den Armen halten ...“

„Liebe mich, Marcus." Sie fuhr ihm mit den Fingern durchs Haar. „Ich brauche es. Brauche *dich*."

Sein heißer Blick bohrte sich in ihren. „Du sollst haben, was immer du dir wünschst."

Diesmal küsste er sie richtig, tief und leidenschaftlich, so wie sie es sich ersehnte. Die helle Flamme seiner Liebe vertrieb auch die letzten Schatten ihrer Vergangenheit. Er schob das Laken von sich, ließ sich gegen die Kissen sinken und zog sie auf sich. Unablässig küsste er sie, bis sie sich schwer atmend und halb von Sinnen vor Begierde auf ihm wand. Sein dicker, harter Schwanz pulsierte gegen ihren Schenkel, und die Versuchung war schier unerträglich.

„Ich will dich", flüsterte sie.

Seine Nasenflügel bebten, seine Pupillen weiteten sich vor Erregung. „Dann nimm mich. Nimm dir, was du willst, Penny. Es gehört alles dir."

Ihr Puls schnellte in die Höhe. Sie wusste, warum er ihr die Führung überließ, und liebte ihn umso mehr dafür ... aber verdammt, wie sollte sie nur entscheiden, was genau sie wollte? Sie kam sich vor wie ein Kind im Süßwarenladen, wollte ihren Mann auf jede nur erdenkliche Weise vernaschen.

Zunächst ließ sie ihre Lippen über sein Kinn und seinen kräftigen Hals wandern. Sein warmer, männlicher Duft stieg ihr in die Nase, während sie sich ihren Weg über seine Brust bahnte, wobei sie die Finger über seine harten Muskeln, die maskuline Behaarung gleiten ließ. Sie küsste seine bronzefarbenen Brustwarzen, liebkoste die kleinen, flachen Knospen mit ihrer Zunge und lächelte, als sie hörte, wie ihm der Atem stockte.

Ihre Lippen wanderten über seine Rippen bis zu seinen Bauchmuskeln, die unter der Berührung zusammenzuckten. Dann schob sie seine trainierten Schenkel auseinander, um sich dazwischen zu setzen, wie eine Katze, die sich das sonnigste Plätzchen auserwählte. Während sie die stolze Männlichkeit ihres Marquis bewunderte, kam sie sich vor wie ein Raubtier, das im Begriff stand, seine Beute zu verschlingen.

„Wenn du mich weiter so anstarrst, ist es vorbei, bevor es richtig begonnen hat, Liebling", warnte er sie mit einem belustigten Unterton.

Sie legte ihre Finger um seinen riesigen Schaft. Er war so hart und steif, dass sie ihn sanft von seinem Bauch anheben musste. „Aus eigener Erfahrung weiß ich, dass Ihre Ausdauer mehr als beeindruckend ist, Lord Blackwood."

„Sollten Sie mich weiterhin so berühren, Lady Blackwood, könnten Sie noch eine Überraschung erleben." Ein lustvoller Schleier legte sich über seinen Blick, während sie ihre Faust von seiner Wurzel bis zu der geschwollenen, feuchten Eichel gleiten ließ.

„Gefällt Ihnen etwa nicht, was ich mit meinen Händen tue?" Sie verzog die Lippen zu einem Schmollmund.

„Sehe ich so aus, als würde es mir nicht gefallen?", erwiderte er trocken.

Der Lusttropfen, der sich in diesem Moment an seinem Schlitz bildete, verlieh seinen Worten zusätzlich Ausdruck. Die milchige Perle wirkte so einladend, dass sie nicht anders konnte, als sich über ihn zu beugen und sie mit der Zunge aufzufangen. Genüsslich labte sie sich an dem herben, salzigen Aroma.

„*Verdammt*, Penny."

Seine Stimme klang erstickt, was wohl daran lag, dass sie versuchte, seinen gesamten Schaft mit ihrem Mund zu umschließen. Sie genoss es, ihn auf diese Weise zu verwöhnen, sein schweres, heißes Gemächt auf ihrer Zunge zu spüren, die willkürliche Zuckung seiner Hüften, wenn seine Eichel gegen ihren Rachen stieß. Während sie ihm einen blies, massierte sie seine Hoden so, wie er es mochte, und seine Finger krallten sich in ihre Locken.

Nicht, um sie zu kontrollieren, sondern nur, um sich festzuhalten, während sie sich nahm, was ihr beliebte.

Aber sie wollte noch mehr.

Sie ließ die Lippen an seinem fetten Schaft hinaufgleiten und löste sich mit einem feuchten *Popp* von ihm. Gegen die Kissen gelehnt, beobachtete er sie. In seinen blauen Augen spiegelten sich Lust und Liebe wider. Ohne den Blickkontakt zu brechen, schwang sie ein Bein über ihn und ließ sich mit einer flüssigen Bewegung auf sein steinhartes Glied sinken, wobei sie vor Wonne laut aufstöhnte.

„Verdammt, das Gefühl, in dir zu sein, ist einfach unbeschreiblich." Seine Stimme war kaum mehr als ein sinnliches Flüstern. „Deine Möse ist so feucht und heiß und gierig nach meinem Schwanz, nicht wahr?"

„Ja", keuchte sie, und spürte, wie sein Schaft in ihr pulsierte.

„Dann nimm dir, was du willst, Penny. Fick mich."

Mehr Ansporn brauchte sie nicht. Sie stützte sich mit einer Hand auf seiner Schulter ab und ließ ihre Hüften kreisen, hob sie leicht an, nur um sich ruckartig wieder auf ihn fallen zu lassen. Er stöhnte laut, und sie wiederholte den Vorgang. Mit jedem Mal breitete sich das Lustgefühl in ihr weiter aus, vibrierte durch ihren gesamten Körper, während sie den Schwanz ihres Gemahls ritt, ohne dass er den Rhythmus vorgab. Er überließ ihr völlig die Kontrolle, wodurch sie sich geliebt und machtvoll fühlte, frei, zu sein, wer sie wirklich war.

Zügellos pumpte sie seinen Schaft mit ihren Hüften und umfasste ihre Brüste.

„Küss mich, Marcus", forderte sie ihn auf.

Seine Augen blitzten und er ließ sich nicht zweimal bitten. Seine Lippen umschlossen eine ihrer Brustwarzen und saugten daran. Die Empfindung durchfuhr sie wie ein Blitz, und ihre Pussy spannte sich um seine riesige, harte Erektion an, woraufhin sie beide laut aufstöhnten. Während seine Zunge ihre harten Knospen liebkoste, ritt sie ihn immer schneller, trieb sich selbst dem Höhepunkt entgegen, den sie in der Ferne bereits erahnte. Sie war so kurz davor, ihr Körper angespannt, bebend vor Verlangen nach süßer Erlösung, aber irgendetwas fehlte noch.

Plötzlich presste er seinen Daumen gegen ihre sensitive Perle, genau über der Stelle, wo sie vereint waren.

„Oh, verdammt", keuchte sie.

Genau das hatte sie gebraucht. Sie warf den Kopf zurück und gab sich der Ekstase hin, die in einer überwältigenden, atemberaubenden Woge über sie hereinbrach.

In der nächsten Sekunde fand sie sich auf dem Rücken wieder. Marcus war über sie gebeugt und rammte sich mit vor Leidenschaft verzerrter Miene immer weiter und tiefer in sie hinein. Sein unerbittlicher Rhythmus verlängerte ihren Orgasmus, bis sie nicht mehr wusste, ob sie erneut gekommen war oder sich immer noch in den sinnlichen Nachwirkungen ihres ersten Höhepunkts wand. Während sie den Augenblick voll auskostete, spürte sie, wie sein starker Körper über ihr erschauderte, dann rief er laut ihren Namen. Sein heißer Samen erfüllte sie und wärmte sie bis in die Seele.

Anschließend ließ er sich auf das Bett fallen und zog sie gleichzeitig auf sich, ohne ihre intime Verbindung zu lösen. Als sie sich an seine Brust schmiegte, strich er ihr zärtlich durchs Haar. Mit seinem gleichmäßigen Herzschlag unter ihrem Ohr und den Liebesbezeugungen, die er ihr zuflüsterte, sank sie schließlich in einen tiefen, befriedigenden Schlaf.

*1827*

Als Marcus das Schlafgemach seiner Frau betrat, musste er bei dem zauberhaften Anblick, den sie bot, lächeln. Sie saß an ihrem Frisiertisch und trug ein fuchsienfarbenes Kleid, das ihre sinnlichen Kurven betonte. Neben ihr stand ihre Kammerzofe Jenny und betrachtete nachdenklich den Inhalt eines geöffneten Schmuckkästchens, das auf dem Tisch stand.

Die Bedienstete legte Penny ein Perlenhalsband um, murmelte dann jedoch: „Nein, das ist auch nicht ganz das Richtige, nicht wahr, Mylady?"

Offensichtlich war er genau zum richtigen Zeitpunkt eingetroffen. Gemächlich näherte er sich ihnen.

„Marcus ... Du siehst umwerfend aus", sagte Penny, als ihre Augen sich im Spiegel trafen.

Ihm gefiel der heisere Unterton ihrer Stimme sowie die Art und Weise, wie sie ihn ansah, als wäre er der einzige Mann auf der Welt für sie. Es verlieh ihm ein Gefühl von Selbstbewusstsein und er wusste, er konnte sich glücklich schätzen ... Doch darüber sollte er besser nicht allzu intensiv nachdenken, sonst würde er seinen frisch gebügelten Hosenlatz durch eine mächtige Erektion ruinieren.

Er stellte sich neben Penny, beugte sich zu ihr hinunter und küsste sie sanft auf die Wange, wobei ihm ihr vertrauter Duft von Jasmin und Neroliöl in die Nase stieg.

„Ich mache das schon", sagte er an die Zofe gewandt.

Jenny, die schon seit geraumer Zeit in ihren Diensten stand, lächelte wissend. Sie legte die Perlen zurück in das Schmuckkästchen, schloss den Deckel und entfernte sich mit einem schnellen Knicks.

Marcus zog eine flache Samtschachtel aus seiner Tasche und reichte sie seiner Frau.

„Unser zehnter Hochzeitstag ist doch erst nächste Woche", sagte sie mit einem Lächeln.

„Ich weiß. Aber da unser Sommerball gleich beginnt und das Haus, wie ich dich kenne, gewiss von eifrigen Gästen überrannt wird, dachte ich mir, du würdest dein Geschenk vielleicht gerne schon heute tragen." Er zwinkerte ihr neckisch zu.

„Du bist der beste Ehemann der Welt", erwiderte sie mit zitternder Stimme.

Es freute ihn, dass sie dieser Ansicht war ... obwohl sie das Schmuckstück noch nicht einmal gesehen hatte.

„Öffne es, Liebling", forderte er sie auf.

Als sie den Deckel anhob, schnappte sie hörbar nach Luft, und ihre Reaktion war ihm jeden Penny wert, den er für die luxuriösen Juwelen ausgegeben hatte.

„Marcus ... Es ist exquisit", hauchte sie. „Ich habe noch nie zuvor so etwas Schönes gesehen."

„Ich schon", erwiderte er leise. „Komm, lass mich dir helfen, es anzulegen."

Er nahm das Collier heraus und befestigte es um den samtig weichen Hals seiner Marquise. Zufrieden betrachtete er ihr Spiegelbild. Die riesigen, tiefroten Rubine waren durch delikate

Diamanten miteinander verknüpft und standen seiner Penny wirklich ausgezeichnet.

Ihre Blicke trafen sich erneut im Spiegel.

„Für meine Frau, die mehr wert ist als jeder Rubin", flüsterte er heiser.

Pennys Augen glänzten vor Rührung. „Das ist zu viel. Aber ich liebe es. Und ich liebe *dich*."

„Ich dich ebenfalls, Liebling."

Sie erhob sich und umarmte ihn so stürmisch, dass es einen weniger standhaften Mann wahrscheinlich umgehauen hätte. Doch er fing sie mit Leichtigkeit auf und legte ihr einfach die Arme um die Taille.

„Ich verdiene dich nicht, Marcus. Wirklich nicht", beteuerte sie mit belegter Stimme. „Aber ich schwöre, dass ich dich stolz machen werde."

Verwirrt schob er sie von sich und blickte in ihre mit Tränen gefüllten Augen. „Du bist alles, was ich mir je gewünscht habe, Penny. Ich könnte nicht stolzer sein, mich deinen Ehemann nennen zu dürfen. Wenn dir das nicht bewusst ist, muss *ich* etwas falsch gemacht haben."

„Doch, das ... das weiß ich ja." Sie nagte an ihrer Unterlippe. „Es ist nur ... Ach, ich bin einfach überwältigt. Vielen Dank, Marcus. Für die Halskette. Dafür, dass du mich liebst."

„Gern geschehen", erwiderte er sanft. „Obwohl du mir wirklich nicht zu danken brauchst."

Sie atmete tief durch und strich ihre Röcke glatt. Dann nahm sie ein Taschentuch von ihrem Frisiertisch und betupfte sich die Augen. „Meine Güte, ich muss furchtbar aussehen. Dabei treffen jeden Moment die Gäste ein."

„Du bist die wunderschönste Frau, die mir je begegnet ist", widersprach er ernst.

„Nicht ... sonst bringst du mich gleich wieder zum Weinen."

„Gut, dann hebe ich mir mein Lob eben für nach dem Ball auf."

„Das wäre besser." In einem plötzlichen Sinneswandel warf sie ihm ein verführerisches Lächeln zu, das sein Blut in Wallung brachte. „Dann kann ich mich auch angemessen bedanken."

„Abgemacht." Er hielt ihr seinen Arm hin. „Bereit, die wilde Meute zu begrüßen, Lady Blackwood?"

„Selbstverständlich, Lord Blackwood."

Gemeinsam gingen sie hinunter, um ihre Gäste in Empfang zu nehmen.

$$\text{❧ 25 ❧}$$



Als Penny und Marcus die Eingangshalle ihres Stadthauses betraten, wurden sie von dem Klirren berstenden Porzellans begrüßt.

„Das ist mir nur wegen Ethan passiert!", rief Owen und deutete anklagend auf seinen Bruder.

„Ich habe nichts damit zu tun! Du bist einfach nur ein Tölpel", konterte dieser.

„Nein, bin ich nicht!" Owen lief puterrot an. „Hättest du mich nicht geschubst, als wir um die Ecke liefen, wäre ich nicht gegen den Tisch gestoßen und die Vase wäre nicht hinuntergefallen. Also ist es *deine* Schuld."

„Ich habe alles gesehen", mischte Jamie sich ein. „Owen ist zu schnell gerannt *und* Ethan hat ihn geschubst. Sie sind beide schuld."

„Petze", murmelte Ethan missmutig.

*„Jungs."* Der Gehstock der Witwe klopfte mahnend auf den Boden. Sie erschien in einigem Abstand hinter den drei Streit-

hähnen und runzelte die Stirn. „Das reicht jetzt aber. Eure Eltern sind gerade erst zurückgekehrt, und schon führt ihr euch auf wie im Irrenhaus."

Bevor ihre Schwiegermutter die Kinder noch weiter rügen konnte, mischte Penny sich ein. Sie breitete die Arme aus und rief: „Kommt her und sagt mir hallo, meine Schätze!"

Sie eilten auf sie zu und umarmten sie nacheinander, wobei sie ihren kindlichen Duft einsog und unter Protest ihre zarten Wangen küsste. Himmel, wie sie ihre Söhne vermisst hatte!

Jamie flüchtete sich zu seinem Vater. „Ich habe diese Woche den Satz des Pythagoras durchgenommen, Papa", verkündete er stolz. „Ich kann jetzt Beweise davon ableiten."

Marcus legte ihm eine Hand auf die Schulter. „Das ist wirklich eine reife Leistung, mein Sohn."

„Und ich habe ganz viel über die Römer gelesen", meldete sich Ethan zu Wort. „Ich kenne alle römischen Herrscher auswendig, angefangen bei Augustus."

„Gut gemacht. Du kannst sie uns vor dem Abendessen aufsagen", lobte Marcus.

Nun näherte auch Owen sich seinem Vater. Er krümmte den Finger, und Marcus beugte sich gehorsam zu ihm hinunter, sodass ihr Jüngster ihm etwas ins Ohr flüstern konnte. Als er sich wieder aufrichtete, zuckte es verdächtig um seine Lippen.

„Das ist ebenfalls eine beachtliche Leistung, mein Sohn", sagte er.

Owen strahlte erleichtert. „Wirklich, Papa?"

Dieser fuhr seinem Jungen durch die dunklen Locken. „Absolut."

„Was hast du ihm da erzählt?", wollte Ethan wissen.

„Das geht nur mich und Papa etwas an", erwiderte Owen und hob trotzig das Kinn. „Und dir werde ich es erst recht nicht sagen, weil du dich bestimmt nur darüber lustig machst."

„Nur, wenn es dämlich ist", konterte Ethan.

„Ich bin nicht dämlich!"

„Jungs." Marcus' strenger Tonfall unterbrach die Kabbelei. „Gehen wir doch gemeinsam in den Salon, dann könnt ihr mir noch ausführlicher von eurer Woche berichten."

„Jawohl, Papa", erwiderten die drei im Chor.

Marcus zwinkerte Penny zu, gab ihr einen flüchtigen Kuss, und ging dann voraus in Richtung des Wohnzimmers. Seine Söhne folgten ihm brav.

„Ich weiß nicht, wie er das immer anstellt", wunderte Penny sich laut.

Ihre Schwiegermutter schnaubte. „Indem er die Kinder nicht maßlos verhätschelt."

Obwohl ihr bereits eine Erwiderung auf der Zunge lag, entschloss Penny sich, die Klügere zu sein. Da sie noch im Glück der letzten Tage schwelgte, war sie ein wenig friedlicher gestimmt.

„Es war sehr nett von Ihnen, sich während unserer Abwesenheit um die Jungs zu kümmern. Vielen Dank", sagte sie höflich.

„Angesichts der brenzligen Situation, in der sich eure Ehe befand, blieb mir ja wohl keine Wahl. Lassen wir also die Förmlichkeiten ... dafür bin ich zu alt." Die Witwe wedelte ungeduldig mit der Hand. „Ich will nur wissen, ob es dir gelungen ist, meinen Sohn von diesem liederlichen Flittchen Cora Ashley zurückzugewinnen."

Penny starrte die ältere Dame an. „Woher ... woher wussten Sie von Lady Ashley?"

„Die ganze Stadt spricht darüber. Anscheinend hat irgendeine Tratschtante beobachtet, wie du deinen eigenen Ball wie von der Tarantel gestochen verlassen hast. Jemand anderes sah, wie mein Marcus von einem Balkon aus zurück in den Saal kam und wie keine zwei Minuten später diese unangenehme Lady Ashley ebenfalls von dort draußen erschien." Die Witwe umklammerte den mit Juwelen besetzten Knauf ihres Gehstocks. „Natürlich hat jeder zwei und zwei zusammengezählt. Ich wusste also bereits um die Gerüchte, als du mich um Hilfe gebeten hast, aber da du wie ein hilfloses Lämmchen wirktest, wollte ich dich mit dem Geschwätz nicht noch unnötig aufregen. Ich dachte mir schon, dass eure kleine *Geschäftsreise* ein Versuch war, Marcus zurückzugewinnen." Sie hob eine Braue. „Da ihr beide euch nun wieder wie zwei Turteltauben verhaltet, darf ich wohl annehmen, der Plan ist aufgegangen?"

Penny wusste nicht, ob sie empört oder dankbar sein sollte. „Zunächst einmal musste ich Marcus nicht zurückgewinnen", entgegnete sie. „Schon gar nicht von einer wie Cora Ashley. Er liebt nur mich, und sonst niemanden."

„Das weiß ich doch. Ich habe meinen Sohn gut erzogen. Er ist ein treuer Mann, der niemals sein Ehegelübde brechen würde. Trotzdem fordert man das Schicksal heraus, wenn man die Türen aufreißt und weit offenstehen lässt." Die Witwe musterte sie streng. „Zukünftig musst du wirklich besser auf deine Kostbarkeiten aufpassen, meine Liebe."

„Ich werde es mir merken", brachte Penny zwischen zusammengebissenen Zähnen hervor.

„Dann hätten wir das ja geklärt." Lady Aileen bedachte sie mit einem herrischen Blick. „Allerdings gibt es noch eine Sache, um die wir uns kümmern müssen."

„Und die wäre?"

„Die skandalösen Gerüchte zu unterbinden, natürlich. Wir können die Welt nicht in dem Glauben lassen, dass es zwischen den Blackwoods kriselt." Sie kniff die Augen zusammen. „Diese Cora Ashley konnte ich noch nie leiden. Ich fand sie schon immer viel zu gewöhnlich."

Wieder einmal musste Penny sich angesichts dieses Arguments auf die Zunge beißen. Aber sie wollte die Vergangenheit ruhen lassen.

„Es ist einfacher, die Strömung der Themse aufzuhalten als Gerüchte, die einmal in Umlauf gebracht wurden", erwiderte sie daher.

Ihre Schwiegermutter schnaubte verächtlich. „Wie wenig du

doch weißt, meine Liebe. Lass es dir von einer gesagt sein, die weitaus mehr Erfahrung mit der *ton* hat als du: Es gibt für alles eine Lösung. Man muss sich nur richtig mit dem Problem auseinandersetzen."

„Ich kann es kaum erwarten, Ihren Vorschlag zu hören", sagte Penny.

„Nun, es ist ganz einfach ..."

---

„Deine Mutter hat einen Vogel", verkündete Penny.

Da sie diese Aussage während ihrer Ehe nicht zum ersten und auch garantiert nicht zum letzten Mal getroffen hatte, reagierte Marcus darauf nur mit einem lapidaren: „Oh?"

Penny legte ihre Bürste auf dem Frisiertisch ab und marschierte zum Bett hinüber, wo er es sich bequem gemacht hatte. Mit großem Interesse stellte er fest, dass sie unter ihrem smaragdgrünen Satinmorgenrock nichts weiter zu tragen schien.

Ungehalten stemmte sie die Hände in die Hüften. „Offenbar geben die Ashleys einen Weihnachtsball, und deine Mutter ist der Ansicht, wir sollten hingehen."

„Oh?" Er hatte recht gehabt ... sie trug tatsächlich nichts darunter. Er konnte ihre festen, harten Brustwarzen unter dem zarten Stoff ausmachen. Der Anblick erregte ihn und ließ ihn umgehend steif werden.

„*Oh* ... Ist das alles, was du zu sagen hast?"

Ihm fiele da durchaus noch etwas anderes ein. *Komm her, damit ich an deinen Brüsten saugen kann. Würdest du mich heute Nacht gerne reiten oder sollen wir eine andere Position ausprobieren?* Mit erheblichen Schwierigkeiten versuchte er, sich auf ihre Worte zu konzentrieren. „Wo genau liegt das Problem?"

„Das Problem, *Marcus* ..." – O weh, es war nie gut, wenn sie seinen Namen in diesem Tonfall aussprach, – „... ist, dass ich nicht die geringste Lust verspüre, mich bei der Veranstaltung dieser dämlichen Gans blicken zu lassen."

Jetzt verstand er, worum es ihr ging, und seine verspielte Laune schlug in Reue um. „Ich habe mich zwar wie ein Narr verhalten, aber du weißt doch, dass ich nicht an Cora Ashley interessiert bin, nicht wahr, Liebling?"

„Natürlich weiß ich das." Pennys ungehaltener Blick löste den Knoten in seiner Brust. Sie begann, vor dem Bett auf und ab zu laufen. „Aber darum geht es gar nicht."

„Worum dann?"

„Keine läufige Hündin wird dir je wieder ihr Hinterteil ins Gesicht recken und versuchen, dich mir auszuspannen."

Mit Mühe unterdrückte er ein Lachen. „Äh, wie bitte?"

„Du hast mich schon gehört. Sie verfolgt dich wie ein Zuchttier, das bestiegen werden will." Stirnrunzelnd sah sie ihn an. „Lachst du etwa über mich?"

Er versuchte ja, nicht zu lachen. Seit ihrer Aussprache im Landhaus wirkte Penny so viel freier, selbstbewusster, mehr ... wie sie selbst. Immer öfter entdeckte er neue Facetten an ihr, die ans Licht kamen und wie bunte Diamanten schillerten. Obwohl er seiner Frau natürlich keinen Kummer bereiten wollte, fand er ihre weibliche Eifersucht mitunter doch irgendwie entzückend ... vor allem, weil sie in ihrem Unmut schwer atmete, wodurch sich ihre Brüste verführerisch hoben und senkten, und weil dabei eine violette Flamme in ihren Augen loderte. Bei der Erwähnung von tierischen Paarungsritualen kamen ihm faszinierende Bilder in den Sinn.

Jetzt war sein Schwanz wirklich steinhart.

„Nein", erwiderte er leicht zerknirscht. „Allerdings war deine Beschreibung ziemlich ... blumig."

Penny schnaubte verächtlich. „Es ist die Wahrheit."

„Wie dem auch sei, vielleicht solltest du Mutters Vorschlag doch in Erwägung ziehen."

„Was?", rief seine Frau erzürnt.

„Wir beide wissen, dass nichts geschehen ist, aber wenn wir den Ball der Ashleys nicht besuchen, wird das die Gerüchteküche nur noch weiter schüren. Am besten stellen wir uns der Sache von Angesicht zu Angesicht. Wir lassen uns kurz blicken und verschwinden auch bald darauf wieder. Sobald alle mitbekommen haben, dass zwischen uns und den Ashleys kein böses Blut herrscht, sollte der Klatsch schnell verstummen. Ende der Geschichte."

Er konnte sehen, dass sie seiner Argumentation zustimmte ... wenn auch nur ungern. Genervt seufzte sie auf. „Du spekulierst dabei aber ganz schön."

Verwirrt hob er eine Braue. „Inwiefern?"

„Indem du glaubst, ich könne mich zurückhalten und würde Cora Ashley nicht mit der Garotte an die Gurgel gehen", knurrte Penny. „Dann werden wir ja sehen, was das böse Blut anbelangt."

Schmunzelnd griff er nach ihrer Hand und zog sie auf seinen Schoß. „Lass die Garotte an dem Abend doch einfach zu Hause", schlug er vor. „Dann kommst du erst gar nicht in Versuchung."

„Na schön." Und schon war ihr Ärger wieder verflogen. Ihre Augen glühten nun auf eine ganz andere Art, lustvoll und sinnlich. Sofort geriet sein Blut in Wallung. „Liebling, steckt da etwas in deiner Tasche?", säuselte sie. „Oder bist du einfach nur froh, mich zu sehen?"

„Die bildhafte Schilderung tierischer Besteigungen hat mich vielleicht auf ein paar Ideen gebracht", murmelte er und ließ seine Finger durch ihr seidiges, dunkles Haar gleiten.

„Ach? Möchtest du sie mir näher erläutern?"

„Lass sie mich dir lieber demonstrieren", flüsterte er heiser.

Damit küsste er sie leidenschaftlich und setzte sein Vorhaben geradewegs in die Tat um ... lange und ausführlich.

## 26

WÄHREND SIE UND MARCUS IN DER SCHLANGE DER eintreffenden Gäste warteten, kam Penny nicht umhin, sich mit hämischer Genugtuung in dem Ballsaal umzusehen. Cora Ashleys Blut mochte blauer sein als ihres, aber die eingebildete Gans würde guten Geschmack nicht einmal dann erkennen, wenn er ihr direkt ins Gesicht schlüge. Es war offensichtlich, dass die Gräfin ein Vermögen für die Veranstaltung ausgegeben hatte, und trotz allem war die Atmosphäre sowohl überzogen als auch ungemütlich.

Man konnte kaum zwei Schritte tun, ohne sich in einem herabhängenden Mistelzweig zu verfangen. Das Orchester war dreimal so groß wie nötig, die Lautstärke so überwältigend, dass die Gäste sich gegenseitig anbrüllen mussten, um sich Gehör zu verschaffen. Das Büfett war überladen mit unhandlichen, fetttriefenden Kreationen, die weder das Auge noch den Magen erfreuten. Pennys Ansicht nach war jedoch der Champagnerbrunnen die Krönung des Ganzen.

Selbst aus einiger Entfernung konnte sie das hoch aufragende Monstrum sehen. Es maß um die drei Meter und sprudelte über vor Champagner, der in einer (vermutlich) fröhlichen, festlichen

Farbe getönt war, zweifelsohne aber eher aussah wie Blut. Das ganze Ding wirkte ebenso grotesk wie unpraktisch. Hin und wieder ertönte ein entsetzter Schrei, wenn ein Gast daran vorbeiging und unfreiwillig von der roten Gischt bespritzt wurde.

Während sie in der Schlange vorrückten, um ihre Gastgeber zu begrüßen, verfinsterte sich Pennys Miene. Man mochte über Cora Ashleys Dekorationskünste sagen, was man wollte, in Sachen Mode kannte sie sich offensichtlich aus. Ihr sittsames, von Rüschen gesäumtes Ensemble, das ganz in Weiß gehalten war, wirkte zwar schlicht, musste aber ebenfalls eine Stange Geld gekostet haben. Der Stoff schmiegte sich elegant um ihre schlanke Figur. Mit den hellblonden Haaren und blauen Augen gab sie den perfekten Engel ab.

Im Gegensatz dazu hatte Penny ein auffälliges, purpurnes Samtkleid gewählt, das vorteilhaft ihre Kurven betonte. Als Blickfang trug sie ihre Rubinkette und trat ihrer Erzfeindin hocherhobenen Hauptes entgegen.

„Wie wunderbar, dass Sie beide gekommen sind", säuselte Cora, wobei ihr Blick allerdings ausschließlich auf Marcus gerichtet war.

„Vielen Dank, Mylady. Lord Ashley." Mit ausdrucksloser Miene verneigte dieser sich vor seinen Gastgebern. „Meine Frau hätte sich die Festlichkeiten auf keinen Fall entgehen lassen."

Der Graf von Ashley, ein kleiner, schütter werdender Mann, dem ein starker Kognakgeruch anhaftete, begrüßte sie gleichgültig und flirtete gleich darauf weiter mit einer jungen Frau. Die blutunterlaufenen Augen auf deren tief ausgeschnittenes Dekolleté gerichtet, watschelte er mit ihr davon und vernachlässigte den Rest der Gäste, die es noch zu begrüßen galt.

„Himmel hilf!", schrie Cora plötzlich auf.

Pennys Puls schnellte in die Höhe, als die Blondine sich doch tatsächlich dreist an Marcus schmiegte.

„Eine Spinne!", japste sie. „Sie ist gerade über meinen Pantoffel gerannt."

Mit unverhohlener Abneigung schob Marcus sie von sich. „Ich sehe keine Spinne."

„Wenn hier Ungeziefer herumkrabbelt, werde ich es gerne zertreten", presste Penny zwischen zusammengebissenen Zähnen hervor.

Cora strich ihre Röcke glatt und warf ihrer Erzfeindin ein zuckersüßes Lächeln zu. „Oh, aber wir wollen doch nicht, dass Sie sich die Schuhe ruinieren, meine liebe Lady Blackwood. Oder dieses prachtvolle Kleid. Darf ich Ihnen sagen, wie ... *festlich* Sie aussehen?" Die subtile Betonung des Wortes verdeutlichte, dass die Gräfin eigentlich ein weitaus weniger schmeichelhaftes Adjektiv verwenden wollte. „Ich könnte eine solche Kreation niemals tragen. Die wenigsten Frauen könnten das."

„Und mir würde eine Kreation wie die Ihre niemals stehen", erwiderte Penny ebenso zuckersüß. „Weiß ist eine solch reine Farbe. Sie bringt das wahre Gesicht einer Person zum Vorschein."

Cora lief knallrot an.

Marcus legte einen Arm um Pennys Taille. „Komm, Liebling, halten wir die Schlange nicht länger auf. Ich hole dir ein Glas Champagner."

Eilig zog er sie mit sich fort.

„Ich war noch nicht fertig", murmelte Penny.

„O doch, das warst du."

„Sie hat es *gewagt*, mein Kleid zu beleidigen ... Das hast du doch gehört, oder nicht?"

„Ja, habe ich."

„Und außerdem war da überhaupt keine Spinne", knurrte sie.

„Ich weiß." Er biss die Zähne zusammen und betrachtete sie grübelnd. „Es tut mir leid, dass ich ihren wahren Charakter nicht eher erkannt habe. Und noch viel mehr, dass du das alles durchmachen musstest."

Sie legte den Kopf schief und grinste schelmisch, als ihr etwas klar wurde. „Gibst du etwa offen zu, dass ich bezüglich Cora Ashley recht hatte und du unrecht?"

„Ja", bestätigte er missmutig.

„Vielleicht war es dann ja doch kein Fehler, heute Abend herzukommen."

Er lächelte widerwillig. „Du bist einfach unverbesserlich, weißt du das?"

„Genau das liebst du doch an mir", behauptete sie selbstbewusst.

„Auch damit liegst du richtig, denn ich liebe alles an dir. Apropos, da wir nun schon mal hier sind, würdest du gerne tanzen?"

„Mit Vergnügen." Sie warf ihm einen neckischen Blick zu. „Und während wir über die Tanzfläche walzen, darfst du mir gerne weiterhin ins Ohr flüstern, dass ich *immer* recht habe."

Er lachte laut. „Alles, was du willst, meine Penny. Alles, was du willst."

***

Zugegeben, der Ball war nicht annähernd so furchtbar, wie Penny erwartet hatte. Cora Ashleys wahres Gesicht war endlich zum Vorschein gekommen. Marcus hatte zweimal hintereinander mit ihr getanzt und sie dabei so leidenschaftlich durch den Ballsaal gewirbelt, dass sämtliche Gerüchte über ihre Entfremdung sich in Luft aufgelöst haben mussten. Wenn nicht, konnte die Londoner Gesellschaft ihretwegen zur Hölle fahren. Irgendwann waren auch die Kents erschienen, und Penny unterhielt sich gegenwärtig mit ihren Freundinnen.

Insgesamt versprach es also, ein amüsanter Abend zu werden. Als sie einen Blick zu Marcus hinüberwarf, sah sie ihn in einer Gruppe stattlicher Männer stehen, der sich auch der Vicomte von Carlisle angeschlossen hatte. Vielleicht war sie ja voreingenommen, aber in ihren Augen konnte kein anderer von ihnen Marcus das Wasser reichen. Er sah einfach so umwerfend aus in seiner Abendgarderobe. Sie freute sich jetzt schon darauf, ihm nachher Stück für Stück die Kleider vom Leib zu reißen.

„Sie wirken äußerst zufrieden. Darf ich daraus schließen, dass mit Ihnen und Ihrem Gemahl wieder alles in Ordnung ist?"

Penny richtete die Aufmerksamkeit wieder auf Emma, Thea und Marianne. Letztere lächelte sie wissend an.

Es war sinnlos, den Frauen etwas vorzumachen. „Allerdings", erwiderte sie daher glücklich.

„Sie benehmen sich wie Frischvermählte. Das ist so romantisch", seufzte Thea.

„Du musst es ja wissen", warf Emma dazwischen. „Immerhin *bist* du frisch vermählt."

„Bist du nicht diejenige, die gerade zum zweiten Mal mit Strathaven getanzt hat?", konterte ihre Schwester mit erhobener Braue.

Daraufhin grinste die Herzogin nur. „Tanzen ist besser als streiten, sage ich immer. Seine Gnaden wirbelt mich vermutlich nur so schnell über die Tanzfläche, damit ich außer Atem komme und er das letzte Wort haben kann."

„Wo sind denn eigentlich die Männer der Schöpfung?", erkundigte Penny sich.

Normalerweise waren die besitzergreifenden Gemahle ihrer Freundinnen nie weit entfernt. Aber mit Marcus verhielt es sich ja ähnlich, dachte sie, und ein wohliger Schauer lief ihr über den Rücken. Genau in diesem Moment trafen sich ihre Blicke, und er zwinkerte ihr zu.

„Sie wurden beauftragt, Violet im Auge zu behalten, womit sie sich abwechseln", erklärte Emma sachlich. „Wir dachten uns, die drei würden es mit vereinten Kräften schon schaffen, Vi von Ärger fernzuhalten."

„Meine Güte, kommt es nur mir so vor, oder ist es fürchterlich schwül hier drin?", sagte Marianne plötzlich und fächerte sich Luft zu. „Versteht Lady Ashley denn gar nichts von ausreichender Belüftung? Ich war schon in Römerthermen, die weitaus weniger stickig waren als dieser Ballsaal."

Als hätte er sie gehört, erschien ein livrierter Diener mit

einem Tablett voller Getränke in der Hand. „Erfrischung gefällig, meine Damen?"

„Ja, gerne", antwortete Thea.

Er reichte jeder von ihnen eine gekühlte Champagnerflöte, Penny zuletzt. Sie nahm das pfirsichfarbene Getränk entgegen und nippte daran. Es war angenehm kalt und süßlich, hatte jedoch einen etwas merkwürdigen Nachgeschmack.

„Was ist denn in dem Punsch?", erkundigte sie sich. „Das Aroma ist mir fremd."

„Ich glaube, eine Reihe verschiedener Gewürze." Emma war nicht nur praktisch veranlagt, sondern auch eine hervorragende Köchin ... ziemlich unüblich für eine Herzogin. „Ich schmecke Ingwer, Zimt, Muskat ... und sogar einen Hauch von Anis." Sie rümpfte leicht die Nase. „Ein wenig zu viel des Guten, wenn Sie mich fragen."

„Mir ist egal, aus was er besteht, solange er kalt ist", sagte Marianne.

Dem konnte Penny nur zustimmen. „Prost!", rief sie daher und leerte das Glas in einem Zug.

Zehn Minuten später entschuldigte sie sich, um die Toilette aufzusuchen. Irgendwie hatte sie ein flaues Gefühl im Magen ... wahrscheinlich aufgrund der drückenden Hitze und der fettigen, unappetitlichen Horsd'oeuvres, die sie besser nicht angerührt hätte. Sie verließ den Ballsaal, doch als sie den leeren Gang entlangging, geriet sie ins Stolpern und konnte sich gerade noch an der Wand abstützen. Sie schüttelte den Kopf, als sie ein plötzlicher Schwindel übermannte.

*Was ist denn nur los mit mir?*

Erneut überkam sie ein Schwindelanfall, und sie taumelte vorwärts.

Jemand griff nach ihrem Arm, um ihren Sturz abzufangen.

Sie drehte den Kopf zur Seite. Es dauerte etwas, bis sie das verschwommene Gesicht der Person ausmachen konnte.

Es war der Diener von vorhin.

„Helfen Sie mir“, brachte sie heraus.

„Hier entlang, Mylady. Ich bringe Sie an einen Ort, wo Sie sich ausruhen können.“

*Verdammt ... Der Punsch ...*

Das war der letzte klare Gedanke, den sie fassen konnte, bevor die Dunkelheit sie umhüllte.

## 27

„Haben Sie meine Frau gesehen?“, fragte Marcus die drei Kent-Damen.

„Zuletzt vor etwa einer Viertelstunde“, erwiderte Mrs Marianne Kent. „Sie wollte die Toilette aufsuchen, sollte aber eigentlich inzwischen zurück sein.“

Tremont gesellte sich zu ihnen und reichte seiner Marquise ein Glas Limonade.

„Hast du zufällig Lady Blackwood am Büfett entdecken können?“, fragte sie ihren Mann.

„Leider nicht, Prinzessin“, erwiderte Tremont. „Warum?“

„Lord Blackwood sucht nach ihr. Sie scheint verschwunden zu sein.“

„Wer ist verschwunden, Thea?“, mischte Ambrose Kent sich ein, der neben seine Frau getreten war und ihr einen Arm um die Taille legte.

„Meine Gemahlin“, erklärte Marcus. „Also hat keiner von Ihnen sie kürzlich gesehen?“

Alle schüttelten die Köpfe.

Eine innere Unruhe erfasste ihn. Er kannte seine Penny. Obwohl sie auf Veranstaltungen dieser Art nicht ständig aneinanderklebten, sahen sie doch in regelmäßigen Abständen nacheinander. Es war ungewöhnlich für sie, sich so lange zurückzuziehen, ohne ihm vorher Bescheid zu geben.

„Ich werde sie suchen gehen", verkündete er.

„Wen?", fragte der Herzog von Strathaven, der gerade zu ihrer Gruppe stieß.

„Seine Frau", erklärte die Herzogin. Dann weiteten sich ihre rehbraunen Augen schockiert, als sie sich der Anwesenheit aller drei Gentlemen bewusst wurde. „Moment mal! Wenn ihr alle hier seid ... wo steckt dann Violet?"

„Ich dachte, Sie hätten Sie im Visier?", wandte Strathaven sich an Kent.

Dieser richtete den Blick auf Tremont. „Und ich dachte, Sie seien an ihr dran?"

„Verflucht", entfuhr es dem Marquis.

Marcus überließ die Gruppe ihren eigenen Problemen und verließ den Ballsaal, um nach Penny zu suchen. Im Gang, der in die Eingangshalle führte, ertönte plötzlich eine weinerliche Stimme hinter ihm. „Blackwood?"

*Teufel noch eins.*

Widerwillig drehte er sich um. „Lady Ashley."

„Sie wollen sich doch nicht etwa schon verabschieden?"

Ihre Stimme zitterte aufgesetzt. Erst jetzt bemerkte er, dass sie schon immer so geklungen hatte. Wieso war ihm dieser nervtötende Tonfall nicht schon früher aufgefallen?

„Ich suche nach meiner Gemahlin", erklärte er. „Haben Sie sie gesehen?"

Nun zitterten auch die Lippen der Gräfin. Nervös faltete sie die Hände vor der Brust. „Ich ... möglicherweise."

Erleichterung stieg in ihm hoch. „Wo?"

„Marcus, können wir uns bitte kurz unterhalten?"

Angesichts der viel zu vertraulichen Anrede verspannte er sich.

Tränen glänzten in ihren Augen. „Sie haben doch gesehen, wie

Ashley mich behandelt. Ich bin ihm völlig egal. Gott, ich bin ja so einsam."

*Verdammt noch mal.*

„Das sollten Sie besser mit Ihrem Ehemann klären", erwiderte Marcus kühl.

„Aber ich will mit Ihnen reden. Bitte, Marcus, gehen wir doch irgendwohin, wo wir ungestört sind ..."

„Ich würde meiner Frau gegenüber nie so respektlos sein", unterbrach er sie schroff. „Wenn Sie ein offenes Ohr brauchen, wenden Sie sich an eine Freundin. Also, wo haben Sie Penny gesehen?"

„Penny", spie Lady Ashley aus und presste die Lippen zusammen. „Ist sie denn das Einzige, was Sie interessiert?"

Na, endlich schien der Groschen gefallen zu sein.

„Ja, das ist sie", bekräftigte er.

„Aber sie ist nicht gut genug für Sie. Das war sie noch nie, auch wenn sie Sie mir weggenommen hat." Noch bevor er ihre eingebildete Unterstellung verdauen konnte, dass er je ihr gehört hätte, fuhr sie fort: „Sie müssen sich mir gegenüber nicht verstellen, Marcus. Ich weiß, dass Sie Eheprobleme haben, und ich bin hier, um ..."

„Da ich heute Gast auf Ihrer Feier bin, werde ich ausnahmsweise über Ihre beleidigenden Worte in Bezug auf meine Frau hinwegsehen. Aber sollte das noch einmal vorkommen", warnte er in eisigem Tonfall, „werde ich gewiss nicht mehr so nachsichtig sein. Und jetzt zum letzten Mal: Wo ist Penny?"

Lady Ashleys Unschuldsmiene bröckelte, und darunter kam etwas Hartes und merkwürdig Bedrohliches zum Vorschein. „Na schön, wenn das so ist ... Ich glaube, ich sah sie die Treppe hochgehen", erwiderte sie mit brüchiger Stimme. „Sie schien auf dem Weg zur Privatgalerie zu sein."

„Was zum Teufel will sie denn dort?", fragte er.

„Keine Ahnung. Normalerweise ist dieser Flügel meines Hauses gesperrt, aber manchmal nutzen unhöfliche Besucher eben meine Gastfreundschaft aus", erwiderte sie mit einem hölzernen Lachen.

„Wie komme ich dorthin?", fragte er kurz angebunden.

„Ich zeige es Ihnen."

Eigentlich verspürte er nicht die geringste Lust, noch mehr Zeit in ihrer Gesellschaft zu verbringen, aber wenn er Penny dadurch schneller finden würde, dann sollte es so sein.

„Einverstanden", willigte er ein.

Penny blinzelte benommen. Undeutliche Farben und Formen tanzten vor ihren Augen. Sie versuchte, sich aufzurichten, doch ihr wurde schwindlig und sie sank zurück, wobei ihr Kopf gegen etwas Hartes und seltsam Warmes stieß.

„So ist es gut", ertönte eine männliche Stimme. „Bleiben Sie einfach liegen und entspannen Sie sich. Bald ist es vorbei."

*Was ist vorbei ...? Wer ist das ...? Was zur Hölle ...?*

Obwohl ihre Lider sich schwer wie Blei anfühlten, zwang sie sich, die Augen zu öffnen. Langsam fokussierte sich ihr verschwommener Blick. Eine Galerie ... mit einer Tür am anderen Ende des Raumes. In Gold gerahmte Porträts, die ihr unbekannt waren. Sie befand sich in der Mitte des Zimmers ... auf dem Rücken liegend? Mit wachsendem Entsetzen bemerkte sie den behaarten Arm um ihre Taille, die nur noch mit einem Mieder bekleidet war, sowie ihre entblößten Beine. Die kirschroten Strumpfbänder lagen hoch oben um ihre Schenkel, die weißen Seidenstrümpfe hingen lose um ihre Waden. Ihr Samtkleid war achtlos über ein Ende der Couch geworfen.

Verwirrt und panisch begann sie, sich zu wehren, aber der Arm hielt sie gefangen.

Im nächsten Moment öffnete sich die Tür.

„Ich bin mir sicher, ich sah, wie sie hier hineinging ... *Ach du meine Güte.*"

Pennys Herz setzte einen Schlag lang aus, als sie Marcus im Türrahmen stehen sah, in Begleitung von Cora Ashley, die sich an seinen Arm klammerte.

„Anscheinend sind wir mitten in ein kleines Rendezvous geplatzt", kicherte Cora gedämpft.

„Marcus", krächzte Penny verzweifelt.

Erst jetzt wurde ihr die Situation, in der sie sich befand, so richtig bewusst, und trotz ihres benommenen Zustands kämpfte sie erneut gegen den Arm an, der sie festhielt. Diesmal ließ er sie los, und sie stolperte auf die Füße, wobei ihr entblößtes Knie schmerzhaft gegen den Kaffeetisch stieß. Schockiert musterte sie den Mann, der sie gegen die Couch gedrückt hatte: Es war derselbe Diener, der sie im Gang abgefangen hatte, mit zerzausten Haaren, entblößter Brust und geöffnetem Hosenlatz.

Er sah aus wie ein Liebhaber, der bei einer sexuellen Eskapade erwischt worden war.

Und sie sah nicht viel besser aus.

Die Situation war mehr als belastend, vor allem angesichts ihrer Vergangenheit.

Als sie die Wut und Abscheu in Marcus' Blick bemerkte, schnürte es ihr die Kehle zu und ihr Magen verkrampfte sich schmerzhaft. Undeutliche Bitten und Entschuldigungen wirbelten ihr durch den Kopf, doch sie brachte kein Wort über die Lippen.

*Du musst mir glauben ... Es ist nicht, wonach es aussieht ... Nein, nein, nein ...*

„Kommen Sie, Blackwood, lassen wir die beiden allein", säuselte Cora Ashley und legte Marcus mit einem siegessicheren Grinsen erneut die Hand auf den Arm. „Wie ich schon sagte: Sie ist den Skandal um Ihren Namen nicht wert."

Doch Marcus schob sie schroff von sich und marschierte auf Penny zu. Er streifte sein Jackett ab und legte es behutsam um ihre Schultern.

Dann strich er ihr sanft über die Wange. „Was ist passiert, Liebling?"

Obwohl wütende Flammen in seinen Augen tanzten, waren seine Berührungen und Worte zärtlich. Sein Zorn galt nicht ihr. *Er galt nicht ihr.* Vor Erleichterung wurden ihre Knie weich, und hätte er sie nicht um die Taille gefasst, sie gegen seinen starken Körper gedrückt, wäre sie unsanft zu Boden gestürzt.

„Der Punsch", brachte sie heraus. „Ich glaube ... er war mit einem Betäubungsmittel versetzt. Ich erinnere mich nur noch, dass ich hier wieder zu mir kam."

Seine Augen funkelten vor Wut. „Kannst du stehen?", presste er hervor.

Sie nickte.

Er ließ sie los und wirbelte zu dem Diener herum, der die Gefahr offensichtlich geahnt hatte und auf die Füße gesprungen war. Mit erhobenen Händen wich er langsam zurück.

„Hören Sie mal, Mylord, das war nicht meine Schuld. Ihre Frau wollte es ..."

Blitzschnell schoss Marcus' Faust durch die Luft und landete mit einem lauten Knacken im Gesicht des Angestellten.

„Meine Nase! Sie haben mir die Nase gebrochen, verflucht ..." Der Mann stöhnte laut auf, als der nächste Schlag ihn in die Rippen traf.

„Ich werde dich umbringen, du Dreckskerl!", knurrte Marcus.

Der Angestellte versuchte, sich zu wehren, aber seine Gegenschläge waren völlig wirkungslos gegen einen erfahrenen Kämpfer, der vor Wut tobte. Nach einem weiteren, kräftigen Hieb stolperte er ein paar Schritte zurück und keuchte: „Es war nicht meine Idee. Lady Ashley steckt dahinter! Hat mir hundert Pfund versprochen, wenn ich Ihrer Gemahlin den Punsch mit dem Medikament serviere und das alles hier einfädele."

Zorn durchfuhr Penny und vertrieb ihre Benommenheit. Etwas Ähnliches hatte sie sich bereits gedacht, aber ihre Vermutung bestätigt zu hören, brachte sie beinahe zur Weißglut. Cora war so weiß geworden wie ihr Kleid, blickte gehetzt um sich und floh dann wortlos aus der Galerie.

Inzwischen hatte Marcus den Hals des Bediensteten umklammert und drückte ihn gegen die Wand. „Welche Art von Drogen haben Sie verwendet?"

„Nur ein Schlafmittel", japste dieser. „Die Hausherrin benutzt es selbst regelmäßig. Sie versicherte mir, es sei nicht schädlich. Ich sollte ihr nur die doppelte Dosis verabreichen, sie nach oben in die Galerie bringen und es wie einen Seitensprung aussehen lassen. Aber es ist nichts passiert, das schwöre ich. Ich habe mich doch nur an die Anweisungen gehalten ..."

Marcus verpasste ihm einen Kinnhaken, sodass der Mann stöhnend zusammensackte und bewusstlos an der Wand hinunterglitt.

Dann wandte er sich wieder Penny zu. Seine Augen funkelten noch immer kampflustig, und sie wusste, wie viel Beherrschung es ihn kostete, seine Stimme sanft klingen zu lassen. „Komm, ich helfe dir in dein Kleid, und dann verschwinden wir von hier."

Sie nickte und zog sich mit seiner Hilfe an. Anschließend strich er ihre Frisur glatt.

„Bereit?", fragte er.

„Ja. Marcus?"

„Was ist, Liebling?"

„Danke", flüsterte sie.

Zärtlich legte er ihr eine Hand an die Wange, doch in seinem Blick spiegelten sich Selbstvorwürfe wider. „Ich bitte dich. Das alles war meine Schuld. Ich hätte dich beschützen müssen ... Mir war nur nicht klar, dass Cora Ashley zu solch einer teuflischen Tat fähig wäre."

Die Hinterhältigkeit der Gräfin überraschte Penny nicht im Geringsten, aber sie wollte nicht länger darauf herumreiten.

Zumindest fürs Erste.

„Trotzdem will ich dir danken, dass du mich gerettet hast", erwiderte sie sanft. „Und dafür, dass du mir vertraust."

Seine Miene erhellte sich ein wenig. Er legte ihr einen Arm

um die Schultern und berührte mit der anderen Hand das Rubincollier um ihren Hals.

„Weißt du denn nicht, dass du wertvoller als alles andere bist,
Penny? Ich liebe dich und vertraue dir von ganzem Herzen", sagte
er nachdrücklich.

Sie wusste wirklich nicht, wie sie einen Mann wie ihn verdient
hatte. Aber er gehörte ihr. Ihr allein.

„Ich liebe dich so sehr, Marcus." Tränen stiegen ihr in die
Augen, und ihre Knie zitterten.

Er schloss sie fest in die Arme und küsste sie zärtlich. „Lass
uns nach Hause gehen."

# EPILOG

EIN PAAR TAGE SPÄTER, AN HEILIGABEND, HERRSCHTE IM Salon der Blackwoods festliches Chaos. Obwohl Marcus dagegen war – er hatte darauf bestanden, dass Penny sich nach den Geschehnissen bei den Ashleys im Bett erholen sollte –, hatte seine Frau eine kleine Weihnachtsfeier organisiert. Sie wollte die Feiertage unbedingt mit ihren engsten Freunden und der Familie verbringen.

Sie saß mit Emma und Thea vor dem Fenster, wo sie die großen, weichen Schneeflocken beobachteten, die langsam vom Himmel fielen. Im Wohnzimmer prasselte ein fröhliches Feuer, die Gäste unterhielten sich angeregt, und das Gelächter der Kinder hallte durch die Gänge. Der Geruch von Lebkuchen und Gewürzwein hing warm in der Luft.

„Zum Glück geht es Ihnen besser", sagte Thea.

„Mir geht es sogar hervorragend." Penny lächelte schief. „Tatsächlich habe ich nach dem Ball der Ashleys so gut geschlafen wie schon lange nicht mehr."

„Ich kann nicht glauben, wie niederträchtig Cora Ashley war." Emmas kastanienfarbene Locken hüpften auf und ab, als sie vehement den Kopf schüttelte. „Wie kann man nur einen so teuflischen Plan aushecken?"

„Immerhin hat sie ihre gerechte Strafe erhalten", warf Thea nachdenklich ein.

Am Tag nach der Feier hatte Marcus sich Lord Ashley zur Brust genommen und ihm alles erzählt. Anscheinend war der Graf von den schändlichen Taten seiner Frau weder überrascht noch betroffen gewesen.

*Ich werde mich darum kümmern*, hatte er nur gelangweilt erwidert.

Drei Tage später wurde Cora Ashley auf ein Schiff verfrachtet und auf ein entferntes Anwesen in Irland gebracht. Gerüchten zufolge gab es kein Rückfahrticket. Unter vier Augen gestand Marcus seiner Frau, dass er froh war, Cora los zu sein und die Verbannung für eine angemessene Strafe hielt.

Penny war da weniger edelmütig. Das Flittchen hatte sie immerhin unter Drogen gesetzt, ihr eine Falle gestellt und versucht, *ihr den Ehemann auszuspannen*! In ihren Augen verdiente die hinterhältige Gräfin weitaus Schlimmeres als einen unbegrenzten Aufenthalt in der ländlichen Idylle Irlands. Und genau deshalb hatte sie ihrer Erzfeindin auch ein kleines Geschenk mit auf den Weg gegeben, etwa ein Dutzend achtbeinige Freunde, die ihr unterwegs Gesellschaft leisten konnten.

In einer Anwandlung von Großmut hatte sie jedoch keine giftigen Exemplare beigefügt.

Tja, sie hatte sich eben wirklich gewandelt.

„Ich bin nur froh, dass daraus kein Skandal entstanden ist", erklärte sie. „Nicht auszudenken, was passiert wäre, wenn jemand anderes die furchtbare Szene mitbekommen hätte."

Obwohl Marcus ihr natürlich vertraute, wollte sie alles vermeiden, um den Namen Blackwood in den Schmutz zu ziehen, vor allem, da sie sich seit Neuestem ausnahmsweise gut mit ihrer Schwiegermutter verstand. Als diese am heutigen Tag eintraf, musterte sie Penny kritisch, bevor sie ihr die Wange tätschelte und schroff sagte: „Ich wusste ja, dass du eine robuste Persönlichkeit bist, genau wie ich. Jetzt hol mir ein Glas von dem Posset, und spar bitte nicht am Madeirawein.“

„Dass es keinen Skandal deswegen gab, haben Sie wohl Violet zu verdanken“, murmelte Emma.

„Violet?“, fragte Penny überrascht. „Was hat sie denn damit zu tun?“

Emma und Thea wechselten einen Blick.

„Sie müssen mir versprechen, niemandem davon zu erzählen ... außer Ihrem Gemahl natürlich“, sagte die Herzogin.

Penny nickte. Nun war ihre Neugier geweckt.

Thea lehnte sich vor und senkte die Stimme. „Sie wissen doch bestimmt, was dem Vicomte von Carlisle auf dem Ball der Ashleys zugestoßen ist?“

Natürlich. Die ganze *ton* wusste davon.

Irgendwie war der stolze, würdevolle Schotte auf dem Hintern gelandet ... und zwar ausgerechnet *im* Champagnerbrunnen. *Wie tief die Mächtigen gefallen sind!*

„Wie ich hörte, hat sein Unfall ziemlich große Wellen geschlagen“, merkte sie kichernd an.

Emma warf ihr einen schiefen Blick zu. „Buchstäblich jedes Klatschmaul in London hat diesen Scherz bereits gebracht. Wie dem auch sei, immerhin hat sein Missgeschick von Cora Ashleys tückischen Intrigen abgelenkt. Alle Aufmerksamkeit war auf den Vicomte gerichtet, niemandem ist Ihre Abwesenheit aufgefallen.“

„Das Problem ist nur, wir glauben nicht, dass es ein Unfall war“, flüsterte Thea.

„Warum das?“, fragte Penny verwundert.

„Violet hatte irgendetwas damit zu tun“, behauptete Emma.

„Wollen Sie damit etwa andeuten, sie hätte Carlisle in den Brunnen *geschubst*?“ Penny lachte ungläubig auf.

Emma nagte an ihrer Unterlippe, bevor sie gestand: „Vi wollte uns zwar nichts Genaues erzählen, aber die ganze Angelegenheit hat sie ziemlich mitgenommen.“

„Und es braucht wirklich *Einiges*, um unsere Schwester aus der Fassung zu bringen", fügte Thea mit besorgtem Blick hinzu.

„Gute Güte." Penny hoffte nur, dass sich da kein größeres Desaster anbahnte. Sie konnte sich kein ungleicheres Paar vorstellen als den temperamentvollen Wildfang und den überheblichen Schotten. „Sie glauben doch nicht, dass da ... äh, irgendetwas zwischen Carlisle und Ihrer Schwester laufen könnte? War sie nicht eher von seinem jüngeren Bruder, Wickham, angetan?"

„Bei Violet weiß man leider nie", sagte die Herzogin mit einem tiefen Seufzer. „Und genau deshalb sind wir ja so besorgt."

Später an diesem Abend drückte Marcus seine Penny fest an sich. Sie lagen nackt und immer noch leicht verschwitzt von ihrem ausgiebigen Liebesspiel im Bett, obwohl seine Frau diesmal wirklich die meiste Arbeit geleistet hatte. Er strich mit einem Finger über ihre vollen Lippen und kam zu dem Schluss, dass er sich dasselbe Ritual nun jedes Jahr zu Heiligabend wünschte.

Als hätte sie seine Gedanken gelesen, murmelte Penny gegen seine Brust: „Frohe Weihnachten, Lord Blackwood."

„Frohe Weihnachten, Lady Blackwood." Er wickelte sich eine ihrer langen Locken um den Finger.

„Wie hat dir die Party gefallen? Hattest du Spaß?"

Er lächelte. „Es war wunderbar. Du hast dich wirklich ins Zeug gelegt, Liebling. Obwohl ich dafür bin, dass wir den Dreikönigskuchen nächstes Jahr weglassen."

Um den Kindern eine Freude zu bereiten, hatte Penny die Traditionen ein wenig auf den Kopf gestellt und den Dreikönigskuchen bereits am Heiligabend serviert. In dem glasierten Gebäck lag eine kleine, goldene Krone versteckt. Derjenige, der sie in seinem Stück fand, durfte den ganzen Tag lang König oder Königin spielen und die anderen Gäste herumkommandieren.

Owen hatte sich diebisch gefreut, als er gekrönt wurde.

Seine Brüder waren weniger begeistert gewesen.

„Ich fürchte, wir haben uns einen Tyrannen herangezogen. Oder besser gesagt, gleich drei." Penny ließ ihren Zeigefinger über seine Brust kreisen. „Ich hoffe, sie werden sich bei Agathas Besuch nächsten Monat besser benehmen."

Marcus musste grinsen. Er wusste, wie sehr seine Frau sich auf das Wiedersehen freute. „Du willst nur nicht zugeben, dass ich recht hatte und du unrecht, was unsere drei Teufelsbraten anbelangt. Gesteh dir lieber jetzt schon die Niederlage ein, Liebling. Du weißt genauso gut wie ich, dass Agatha mir zustimmen wird."

„Na schön, du hast gewonnen." Penny hob den Kopf und lächelte ihn zerknirscht an. Ihre neuen, rubin- und diamantbesetzten Ohrringe, die er ihr zu Weihnachten geschenkt hatte, fingen das Licht des Feuers ein und glitzerten verführerisch gegen ihr dunkles Haar.

Er berührte eines der Schmuckstücke, das perfekt zu ihrer Rubinkette passte. „Sie stehen dir ausgezeichnet."

„Ich liebe sie. Und ich liebe dich. Da fällt mir ein ... ich habe auch noch ein Geschenk für dich." Sie stieg aus dem Bett, um es zu holen.

Wohlwollend betrachtete er ihren kurvigen Hintern und zwinkerte ihr zu. „Hast du es mir nicht gerade schon gegeben?"

Sie warf ihm einen sinnlichen Blick über die Schulter zu. „Das war dein Weihnachtsgeschenk." Sie nahm etwas vom Frisiertisch, kehrte zurück zum Bett und reichte ihm eine schwarze Samtschachtel. „Das hier ist für unseren Jahrestag."

Plötzlich fiel der Groschen bei ihm.

„Wir sind uns zum allerersten Mal an Heiligabend begegnet", murmelte er. „Damals, vor so vielen Jahren."

Sie lächelte. „Genau. Willst du es nicht öffnen?"

Er richtete sich auf und hob den Deckel an. Auf dem weißen Satinfutter lag eine zauberhafte, vergoldete Uhr. Er nahm sie heraus und bewunderte sie. „Vielen Dank, Liebling. Sie ist wundervoll."

„Es ist etwas eingraviert", sagte sie.

Als er das Schmuckstück umdrehte und die Inschrift las, schnürte es ihm die Kehle zu. Behutsam fuhr er mit dem Daumen über die elegante Schrift.

*Auf ewig füreinander da, in guten wie in schlechten Zeiten.*

Vorsichtig legte er die Uhr zurück in die Schachtel, zog Penny in seine Arme und küsste sie innig. Hinterher waren sie beide außer Atem.

„Sie gefällt dir also?", fragte seine Frau mit glühenden Wangen.

„Ich liebe sie. Und ich liebe dich." Er strich ihr eine seidige Locke hinters Ohr. „Leider habe ich kein Geschenk zum Jahrestag für dich. Das mache ich morgen gleich wieder wett. Du kannst alles haben, was du dir nur wünschst."

„Wirklich *alles*?" Ihre Augen strahlten noch heller als die Rubine an ihren Ohren.

„Zumindest alles, was in meiner Macht steht", erwiderte er ernst.

Sie lehnte sich dicht an ihn und flüsterte ihm ihren Herzenswunsch zu.

Er lachte heiser, blickte seiner Liebsten tief in die Augen, und murmelte: „Ich kann natürlich nichts versprechen, mein Schatz, aber ich werde mein Bestes geben."

Dann küsste er sie erneut und setzte sein Vorhaben in die Tat um.

Zweimal hintereinander.

Und da Marcus ein Gentleman war, der niemals sein Ehrenwort brach, schon gar nicht seiner Frau gegenüber, kam neun Monate später Miss Georgiana Flora Aileen Harrington zur Welt.

Violet Kent amüsierte sich wirklich köstlich auf dem Weihnachtsball. Sie liebte es zu tanzen, vor allem mit ihrem bevorzugten Tanzpartner und Freund, Wickham Murray. Niemand konnte sie durch den Raum wirbeln wie Wick. Seine Drehungen waren so ausladend, dass sie mehr als einmal beinahe mit benachbarten Paaren zusammengestoßen wären, wenn er sie nicht in letzter Sekunde wieder in die andere Richtung gezogen hätte. Einmal waren sie tatsächlich gegen eine Gipssäule geprallt und hatten vor Lachen nur so gebrüllt, als diese gefährlich zu schwanken begann.

Tanzen machte genauso viel Spaß wie Ausritte über die offenen Felder oder Kricket-Turniere mit ihren Freunden in Chudleigh Crest, dem Dorf, in dem sie aufgewachsen war. Nach dem Tod ihres geliebten Vaters vor drei Jahren, waren sie und ihre vier Geschwister nach London gezogen, um näher bei ihrem ältesten Bruder, Ambrose, zu wohnen. Für Vi war die Umstellung auf ein Leben in der Großstadt nicht leicht gewesen, aber sie hatte sich nicht entmutigen lassen und sich schließlich auch hier einen Freundeskreis aufgebaut.

Der Walzer endete viel zu schnell, und Wick führte sie von

der Tanzfläche. Das Fest war in vollem Gange, die *Crème de la Crème* drängte sich in den festlich geschmückten Ballsaal und ergötzte sich am Büfett und der Musik. Wick dirigierte sie zu einer der Nischen, die in regelmäßigen Abständen in die Wand eingelassen waren. Sie warf einen schnellen Blick durch den mit Efeu und Stechpalmen verzierten Durchgang, um sich zu vergewissern, dass keine wachsamen Familienmitglieder in der Nähe waren. Als sie feststellte, dass die Luft rein war, seufzte sie erleichtert auf und ließ sich auf die mit rotem Samt gepolsterte Sitzbank fallen, wobei ihre buttergelben Röcke sich um sie bauschten.

*Ein kurzer Moment der Freiheit, bevor die Anstandswauwaus wieder antanzen.*

Wick ließ sich neben ihr nieder und streckte die langen Beine aus. „Kann ich dir eine Limonade oder einen Punsch bringen?"

„Eigentlich würde ich viel lieber noch eine Runde tanzen", erwiderte Violet wehmütig.

Wie immer fühlte sie sich nach körperlicher Betätigung pudelwohl in ihrer Haut. Ihr Herz schlug schnell und ihr Verstand – den ihr Vater stets mit einem wild umherspringenden Frosch zu vergleichen pflegte – war ruhig und klar. „Aber Emma wird mir den Kopf abreißen, wenn ich zum dritten Mal hintereinander mit dir tanze. Neuerdings spielt sie sich gerne als Anstandspolizei auf."

„Das gehört wohl zu ihren Aufgaben als Herzogin?", fragte Wick mit einem Augenzwinkern.

Vi prustete wenig damenhaft. „Da sie den berüchtigtsten Schürzenjäger von ganz London geheiratet hat, sehe ich nicht ein, warum sie plötzlich eine Expertin in Sachen vorbildhaften Benehmens sein sollte."

Zurzeit wohnte Violet bei ihrer ältesten Schwester und ihrem Schwager, dem Herzog von Strathaven, und sie liebte die beiden wirklich sehr, aber seit Em ihre Tochter Olivia zur Welt gebracht hatte, war sie noch überfürsorglicher als zuvor ... Dabei war sie schon immer eine Glucke gewesen, da sie ihre Geschwister seit dem Tod der Mutter vor zwölf Jahren quasi allein großgezogen hatte. Ärgerlicherweise war sie neuerdings dazu übergegangen, Vi zu behandeln, als wäre sie genauso alt wie Olivia und nicht eine junge, zweiundzwanzigjährige Dame.

„Du bist nicht länger in Chudleigh Crest", pflegte Emma sie zu belehren. „Hier in London wird dich dein ungezähmtes Verhalten noch in ernsthafte Schwierigkeiten bringen. Ich verlange ja nicht, dass du dich komplett änderst... aber könntest du dein Temperament nicht zumindest ein wenig zügeln, Vi? Es wäre nur zu deinem Besten."

*Leichter gesagt als getan*, dachte sie betrübt. Sie versuchte es ja, aber das zu bewerkstelligen war genauso unmöglich, wie die Strömung der Themse zu stoppen.

Zweifellos war sie der exzentrische Spross der Familie ... was *wirklich* etwas heißen wollte. Doch so unkonventionell der Rest ihrer Geschwister auch war, keiner von ihnen hatte sich auch nur annähernd so oft in missliche Lagen gebracht wie Violet. Sie fiel ja nicht *absichtlich* von höher gelegenen Positionen herunter (wie etwa Bäumen, Zäunen, Pferden, um nur einige zu nennen), traf beim Üben mit der Steinschleuder nicht *mit Absicht* bewegliche Ziele (Tabitha, Emmas Katze, war immer noch zutiefst beleidigt) oder platzte mit unangebrachten Kommentaren heraus. Trotzdem schien sie den Ärger magisch anzuziehen.

Über die Jahre hatte Vi jedoch gelernt, mit ihren Unzulänglichkeiten umzugehen. Wann immer sie etwas Peinliches sagte oder anstellte, ohne großartig darüber nachzudenken, lachte sie nur darüber und tat es mit einem Achselzucken ab. Hoch erhobenen Hauptes stand sie über den Dingen. Auf keinen Fall wollte sie, dass andere – insbesondere ihre Familie – mitbekamen, wie verletzt oder beschämt sie war.

Sie war noch nie eine hilflose Heulsuse gewesen, die öffentlich ihre Gefühle zur Schau stellte. Bisher hatte sie sich immer selbst aus der Patsche geholfen, eine Strategie, die sie umso häufiger anwenden musste, seit ihre drei älteren Geschwister in blaublütige Familien eingeheiratet hatten und die mittelständischen Kents sich nun unter den feinen Damen und Herren der *ton* wiederfanden. In der Londoner Gesellschaft herrschten strenge Regeln, denen man folgen musste ... eine Fertigkeit, die nicht unbedingt zu Violets Stärken zählte. Manchmal fühlte sie sich wie eine Forscherin, die durch exotisches Terrain wandelte und versuchte, die tückischen Sümpfe des gesellschaftlichen Ruins und der Skandale zu umgehen.

„Alle älteren Geschwister führen sich wie Experten auf. Sie sind davon *überzeugt*, welche zu sein", sagte Wick in einem leicht abfälligen Tonfall. „Mein Bruder Carlisle ist das beste Beispiel dafür."

Bei der Erwähnung des Vicomtes stieg Wut in Violet hoch, und sie ballte die Hände in ihrem Schoß zu Fäusten. Für gewöhnlich besaß sie eine recht dicke Haut und war nicht sehr nachtragend. Aber Wicks älterer Bruder hatte ihre Feindseligkeit wahrlich verdient.

Auf einem Ball etwa einen Monat zuvor hatte der arrogante Schnösel anscheinend abfällige Bemerkungen über sie gemacht, die in der *ton* zu Gerüchten führten. Sie hätte es ihm ja nicht übel genommen, wenn sie ihm irgendwie Unrecht getan hätte, aber sie waren einander zuvor nur ein einziges Mal begegnet, und das auch nur flüchtig. Seine Geringschätzung ihr gegenüber war in *keiner* Weise gerechtfertigt.

„Ich habe Carlisle immer noch nicht für das vergeben, was er über dich gesagt hat." Wick fuhr sich mit der Hand durch die zerzausten, braunen Locken. Der prächtige Siegelring an seinem Finger funkelte im Licht der Kronleuchter. „Akzeptierst du meine Entschuldigung an seiner statt?"

Obwohl Vi keineswegs vorhatte, Carlisle zu verzeihen, wollte sie ihren Freund nicht in eine unangenehme Lage bringen. Wick beschwerte sich oft über seinen Bruder ... aber so war das nun mal mit der lieben Familie. Trotzdem wollte sie nicht noch für größere

Spannungen zwischen den beiden sorgen. Als eine Kent wusste sie, wie wichtig Loyalität und Zusammenhalt waren.

Seufzend erwiderte sie: „Du musst dich doch nicht entschuldigen, Wick. Immerhin hast *du* nichts Falsches gesagt."

„Aber ich fühle mich für die Unhöflichkeit meines Bruders verantwortlich. Seit er das Vermögen unserer Familie verloren hat, ist aus ihm ein übellauniger Tyrann geworden." Wick verzog missmutig den Mund. „Wenn es nach ihm ginge, würde ich jede freie Minute mit der Brautschau verbringen. Kannst du dir vorstellen, dass ich seiner Meinung nach jemanden wie Miss Turbett umwerben sollte?"

„Was stimmt denn nicht mit Miss Turbett?"

„Ihr Name klingt wie ein Fisch. Und sie sieht auch wie einer aus."

„Das ist nicht sehr nett von dir. Sie ist eine reizende Dame." Vi kannte die junge Erbin zwar nur flüchtig, fand sie aber trotz ihrer zurückhaltenden Art sehr angenehm. „Aber dein Bruder hat natürlich kein Recht, sich einzumischen. Du solltest heiraten dürfen, wen immer du willst."

„Carlisle hat damit gedroht, meine monatlichen Zuschüsse zu streichen, wenn ich nicht auf ihn höre", berichtete Wick bitter. „Er hält die finanziellen Zügel in Händen, und ich bin nichts weiter als ein willenloser Zuchthengst."

„Wie *gemein* von ihm", rief Vi ungehalten. „Bist du denn auf seine Freigiebigkeit angewiesen? Könntest du nicht dein eigenes Geld verdienen ... eine Erwerbstätigkeit aufnehmen?"

„Himmel, Violet, ich bin doch ein Gentleman!", rief er entsetzt aus. „Ein Gentleman *arbeitet* nicht."

Sie musste an ihren Bruder Ambrose denken und runzelte die Stirn. Dieser hatte eine der wohlhabendsten Witwen der *ton* geheiratet, leitete aber trotzdem weiterhin eine Privatdetektei, um sich wie ein produktives Mitglied der Gesellschaft zu fühlen und Menschen in Notsituationen zu helfen. Das machte ihn in

Vis Augen zum Inbegriff eines wahren Gentlemans, auch wenn es sich nicht mit den Vorstellungen der Oberschicht deckte.

Nachdenklich fuhr sie fort: „Wenn Arbeit keine Option ist, könntest du ja Sparmaßnahmen einführen?"

Früher hatte ihre Familie oft magere Zeiten durchgemacht, und sie erinnerte sich nur zu gut an Mahlzeiten, bei denen ein Laib Brot und ein wenig Käse für sie alle reichen musste. Allein bei dem Gedanken knurrte ihr der Magen.

„Das würde trotzdem nicht ausreichen." Er errötete leicht und senkte den Blick. „Ich werde wohl doch Miss Turbett und ihre Mitgift von zwanzigtausend Pfund umwerben müssen."

„Tut mir leid, Wick." Vi wusste nicht, was sie sonst darauf sagen sollte.

„Es muss dir nicht leidtun. Eine vorteilhafte Partie wird nicht nur mir, sondern auch meiner Familie zugutekommen." Entschlossen straffte er die Schultern, wobei die goldenen Knöpfe an seiner blauen Weste wie winzige Medaillen funkelten. „Zum Wohl aller kann ich dieses Opfer durchaus bringen."

„Wie überaus edel von dir", erwiderte Violet voller Bewunderung. „Du bist wirklich ein anständiger Kerl."

Sie wünschte, sie könnte ihrem Freund helfen, da sie ihm so viel zu verdanken hatte. Bevor sie Wick kennenlernte, war die *ton* für sie ein einsamer, feindseliger Ort gewesen. Spitzfindigkeit war nicht gerade ihre Stärke, aber selbst ihr fiel auf, dass die anderen Debütantinnen ihr jedes Mal die kalte Schulter zeigten, wenn sie sich ihren eingeschworenen Kreisen näherte. Oftmals schnappte sie deren hämische Gesprächsfetzen auf.

*... ihr Kleid ist zwar recht modisch, aber ihre Manieren sind einfach zu ungeschliffen! Sie ist ein richtiger Wildfang ...*

*... ich habe noch nie zuvor eine Dame gesehen, die beim Lachen dermaßen weit den Mund aufreißt. Wenn sie nicht aufpasst, wird sie noch Fliegen verschlucken. Außerdem isst sie wie ein Pferd ...*

*... dieses ungehobelte Landei wird doch nie einen Ehemann finden ... außer einer ihrer Schwäger erkauft ihr einen ...*

Schweren Herzens hatte Violet sich durch diese ersten Monate gekämpft. Da sie ihre Familie nicht beunruhigen wollte (und um weitere Belehrungen zu vermeiden), hatte sie ihren Kummer für sich behalten und im Stillen ihr Motto wiederholt: *Hilf dir einfach selbst aus der Patsche.* Sie redete sich ein, dass es ihr egal sei, was andere über sie dachten, aber die abfälligen Blicke und Bemerkungen setzten ihr irgendwann doch zu und erstickten ihre Freude darüber, in London zu leben. Mehr und mehr graute ihr vor den gesellschaftlichen Veranstaltungen ... bis sie Wick begegnete.

Der gute Wick ... mit ihm hatte sich alles verändert. Die beiden verstanden sich von Anfang an blendend. Er hatte sie seinen Freunden vorgestellt, und diese nahmen sie freudig in ihre ausgelassene Gruppe auf.

Zum ersten Mal fühlte sie sich einer Gemeinschaft zugehörig. Das Beisammensein mit ihm war ebenso mühelos wie das mit ihrem Bruder Harry, der früher ihr engster Vertrauter gewesen war. Wick war ein wahrer Freund, in dessen Gegenwart ihr nie langweilig wurde. Und was noch besser war: Er ließ sie nie gewinnen, nur weil sie eine Frau war, egal, ob sie Karten spielten oder Wetten darüber abschlossen, wer sich beim Tanzen öfter drehen konnte. Er behandelte sie wie eine Ebenbürtige und nahm sie ernst. Vor allem aber versuchte er nicht, sie zu kontrollieren oder zu verändern.

Dafür, dass er sie so akzeptierte, wie sie war, würde sie ihm ewig dankbar sein.

Gerade schüttelte er trübselig den Kopf. „Ach, genug über meine Geldsorgen. Mit dir kann ich über alles reden, und dabei vergesse ich manchmal, dass du eine Frau bist ... nein, warte. Damit wollte ich eigentlich nur sagen, du bist für mich wie ein Kumpel ... Verflucht noch mal!" Er grinste verlegen. „Ich schaufle mir hier mein eigenes Grab, so tief, dass es bis nach China reicht."

„Bring mir auf dem Rückweg etwas Tee mit", konterte sie. „Den Souchong mag ich am liebsten."

„Frechdachs." Er lächelte noch breiter. „Aber da wir gerade von Zukunftsaussichten sprachen … Wie sieht es denn bei dir aus? Hast du heute Abend etwas Interessantes auf dem Heiratsmarkt entdeckt?"

Violet rümpfte die Nase. Die Aussicht auf eine Ehe erschien ihr nicht gerade verlockend. Es bedeutete doch nur, dass noch eine weitere Person ihr vorschreiben würde, was sie zu tun und zu lassen hatte. Ihre Familie war so schon überfürsorglich genug, da brauchte sie nicht auch noch einen besitzergreifenden Ehemann.

Außerdem war ihr das Konzept der romantischen Anziehungskraft völlig fremd. Auch auf diese Art war sie, wie sie ein wenig besorgt feststellte, wohl anders als die anderen. Einer nach dem anderen hatten ihre älteren Geschwister sich Hals über Kopf verliebt … sie hingegen konnte nicht einmal richtig flirten. Warum auch?

Früher erachtete sie Jungs als perfekte Mitverschwörer bei ihren Abenteuern, aber die Vorstellung, für einen von ihnen Zuneigung zu entwickeln, erschien ihr völlig absurd. Immerhin beobachtete sie ihre Freunde dabei, wie sie um die Wette spuckten, im Schlamm miteinander rauften und sich die Lendengegend kratzten, als seien sie verlauste Köter. Sie fluchten ungestüm (wobei sie sich vornehmlich auf besagte Lendengegend bezogen) und schienen alles, was mit Nachttöpfen zu tun hatte, außerordentlich witzig zu finden.

Als sie älter wurden und sich langsam für das weibliche Geschlecht zu interessieren begannen, wurden sie entweder zu liebestollen Grünschnäbeln oder leidenschaftlichen Schürzenjägern. Wick gehörte der zweiten Kategorie an. Er war zweifelsohne ein Charmeur, der sich in weiblicher Aufmerksamkeit sonnte.

Diese männlichen Anwandlungen störten Violet zwar nicht besonders, allerdings weckten sie auch nicht den Wunsch in ihr, einen dieser Trottel zu *heiraten*. Sie genoss lieber ihre Freiheit.

Auf Wicks Frage hin verdrehte sie nur die Augen. „Du weißt doch, dass ich nicht auf der Suche bin."

„Du Glückliche", seufzte er so kläglich, dass sie lachen musste. „Tja, ich werde dann mal wieder die Runde machen. Soll ich dich vorher in den Schoß deiner liebenden Familie zurückbringen?"

Sie ließ ihren Blick durch den Raum schweifen. Da die Luft noch immer rein war, wollte sie die Gelegenheit ausnutzen, noch eine Weile ohne Überwachung durch die Gegend zu ziehen. „Nein, ich will mich erst noch ein wenig umsehen."

„Wie du meinst. Aber bring dich nicht in Schwierigkeiten, hörst du?"

„Wer im Glashaus sitzt, sollte nicht mit Steinen werfen", gab sie zurück.

Grinsend verabschiedeten sie sich voneinander.

Vi drückte sich zwischen den Topfpalmen und anderen Pflanzen herum, von wo aus sie das ausgelassene Treiben im Ballsaal beobachtete. Langsam wurde sie von der altbekannten Rastlosigkeit, die sie seit ihrer Kindheit plagte, erfasst. Damals hatte sie ihren Vater mit ihrem Gezappel und ihrer Unfähigkeit, sich auf den Unterricht zu konzentrieren, regelmäßig zur Verzweiflung getrieben. Anders als ihr Bruder Harry, der sich stundenlang mit mathematischen Formeln befassen konnte, fühlte sie sich, als würde sie aus der Haut fahren, kaum, dass sie sich auf einem Stuhl niedergelassen hatte.

Glücklicherweise wurde sie nun von einer ihrer Lieblingsbeschäftigungen abgelenkt. Sie folgte dem verlockenden Duft von Essen bis zu der Schlange, die vor dem Büfett stand. Als sie an der Reihe war, begutachtete sie vergnügt das reichhaltige Angebot und wählte von allem etwas. Nachdem sie den letzten Bissen einer köstlichen Fleischpastete verputzt hatte, fiel ihr Blick auf eine goldglänzende Spitze, die hinter ein paar Farnwedeln emporragte.

Sofort machte sie sich auf den Weg, um sich die Sache näher anzusehen. Kaum hatte sie sich zwischen den Pflanzen hindurchgequetscht, entdeckte sie, dass die goldene Spitze zu einem etwa drei Meter hohen Champagnerbrunnen gehörte, aus dem eine rot gefärbte Flüssigkeit sprudelte, die in ein riesiges Becken mündete, in dem man hätte baden können.

Beeindruckt stellte sie ihren leeren Teller auf einem Beistelltisch ab und nahm sich eine Champagnerflöte. Gerade, als sie ihr Glas am Brunnen befüllen wollte, ertönte eine tiefe, männliche Stimme hinter ihr, die ihr eine Gänsehaut verursachte.

„Miss Kent, auf ein Wort."

Sie fuhr herum und kniff die Augen zusammen, als sie sah, wer sich da zu ihr gesellt hatte. Wie immer strahlte Vicomte Carlisle Arroganz und Autorität aus, wie er so mit leicht gespreizten Beinen in aggressiver Haltung vor ihr stand. Nicht zum ersten Mal fiel ihr auf, wie verschieden die beiden Murray-Brüder doch waren.

Wick glich einem strahlenden, jungen Adonis, während Carlisle, dessen rabenschwarzes Haar kurz geschnitten war, üblicherweise eine grimmige, schroffe Miene zur Schau trug. Mit über eins achtzig überragte er seinen jüngeren Bruder um etliche Zentimeter und war zudem weitaus muskulöser gebaut. Während Wick jeden mit einem charmanten Lächeln und seinem entwaffnenden Esprit um den Finger wickeln konnte, besaß Carlisle die Fähigkeit, andere mit einem einzigen, finsteren Blick zu vernichten.

Er verneigte sich knapp vor ihr, woraufhin sie einen halbherzigen Knicks machte.

„Lord Carlisle." Aus ihrem Mund klang sein Name beinahe wie eine Beleidigung. „Hat Ihnen noch nie jemand gesagt, dass es unhöflich ist, sich an andere heranzuschleichen?"

„Da ich weder ein Dieb noch ein Wegelagerer bin, Miss Kent, schleiche ich mich auch nicht an. Es ist nicht meine Schuld, wenn die andere Person so unachtsam ist, dass sie mich nicht bemerkt."

Ihre Wangen erröteten. Natürlich fiel ihm direkt eine ihrer größten Charakterschwächen auf.

Um ihre Verlegenheit zu überspielen, erwiderte sie kühl: „Ich wollte mir nur etwas zu trinken holen."

„Ich würde mir an Ihrer Stelle nichts davon nehmen."

Sie biss die Zähne zusammen. Gott, wie sie es hasste, wenn ihr jemand sagte, was sie zu tun oder zu lassen hatte ... vor allem, wenn es ein hochnäsiger Schnösel wie er war. Trotzig wandte sie ihm den Rücken zu und näherte sich dem Brunnen. Gerade, als sie die Champagnerflöte unter die sprudelnde Flüssigkeit halten wollte, ertönte aus dem Inneren des Konstrukts ein unheilvolles Grollen. Sie sah nach oben ... und erblickte eine rote Fontäne, die geradewegs über ihrem Kopf ausgespuckt wurde. Bevor sie reagieren konnte, legte sich ein muskulöser Arm um ihre Taille und zerrte sie rückwärts. Eine Sekunde später spritzte die rote Gischt auf die Stelle, an der sie eben noch gestanden hatte.

Ein heftiger Schock durchfuhr sie. Nicht nur, weil sie der Champagnerwelle so knapp entkommen war, sondern vor allem aufgrund der intimen Nähe zu einem männlichen Körper. Obwohl sie mittlerweile mit einigen Gentlemen getanzt hatte, war ihr noch nie jemand so nahegekommen, hatte sie auf diese Weise berührt. Mit dem Rücken gegen Carlisles Vorderseite gepresst, spürte sie jeden Zentimeter seiner harten Statur. Es war, als würde sie gegen eine Mauer aus Stahl gedrückt.

Sie bemerkte seinen warmen Atem an ihrem Ohr, die Hitze seines kräftigen Körpers. Sein frischer, unbeschreiblich maskuliner Duft stieg ihr in die Nase. Gleichzeitig spürte sie seinen muskulösen Schenkel, der sich leicht an ihren Hintern und zwischen ihre Beine presste. Trotz der Lagen an Kleidung zwischen ihnen, erschauderte sie und spürte einen seltsamen, pulsierenden Druck in ihrem Unterleib ... obwohl sie doch gerade erst gegessen hatte.

„Lassen Sie mich sofort los", brachte sie heraus.

Er rückte so schnell von ihr ab, dass sie beinahe das Gleichgewicht verlor.

„Mit Freuden." Sein verächtlicher Tonfall verdrängte jegliche

Dankbarkeit, die sie angesichts der Rettung verspürt hatte. Er nahm ihr das Glas aus der Hand, das sie immer noch umklammert hielt, und brachte es hinüber zu dem Beistelltisch. Anschließend drehte er sich zu ihr um und wiederholte mit finsterer Miene: „Ich möchte mit Ihnen sprechen."

„Worüber denn?" *Warum klinge ich so atemlos?*

„Darüber, wie viel von Wickhams Zeit Sie in Anspruch nehmen."

Es dauerte kurz, bis seine Worte eingesunken waren. Dann jedoch warf sie ihm einen wütenden Blick zu. „Das tue ich überhaupt nicht."

„Ich habe gesehen, wie Sie mit ihm tanzen. Mit ihm flirten." Carlisle presste die Lippen zusammen. „Lassen Sie ihn in Ruhe, Miss Kent. Er muss sich mit wichtigeren Dingen befassen."

Er glaubte allen Ernstes, sie würde mit Wick … *flirten?*

„Er ist wie ein Bruder für mich", erwiderte sie ungläubig.

„Nun, er ist *mein* Bruder, deshalb fordere ich Sie auf, sich von ihm fernzuhalten. Er muss sich konzentrieren."

„Soll heißen, er muss den Schlamassel ausbaden, den *Sie* angerichtet haben", gab sie ohne nachzudenken zurück.

„Wie bitte?"

Sein eisiger Tonfall hätte jede andere Dame völlig eingeschüchtert. Violet hingegen wurde nur noch wütender. „Sie verhalten sich ihm gegenüber nicht fair", sagte sie und verschränkte die Arme vor der Brust. „Er hat das Recht darauf, seine eigenen Entscheidungen zu treffen."

Unverhohlene Feindseligkeit spiegelte sich in Carlisles Blick wider. Seine Augen hatten die dunkle Farbe verbrannter Erde angenommen: tiefschwarz, durchzogen von bronzefarbenen Erzadern. Er ballte die Hände zu Fäusten, und seine Muskeln verspannten sich, als müsse er um den letzten Funken Selbstbeherrschung ringen.

„Meine Familie geht Sie nichts an", verkündete er grimmig. „Lassen Sie die Finger von ihm."

„Wick ist mein Freund, und ich werde Zeit mit ihm verbringen, wann immer ich will. Was haben Sie eigentlich gegen mich?" Die ganze aufgestaute Verbitterung brach aus ihr hervor. „Warum haben Sie so abscheuliche Gerüchte über mich verbreitet?"

Eine leichte Röte überzog seine Wangen, aber er entgegnete tonlos: „Ich verbreite keine Gerüchte, Miss Kent. Ein paar alte Gänse haben wohl ein vertrauliches Gespräch belauscht."

„Sie nannten mich einen Wildfang. Behaupteten, ich sei nicht *respektabel genug*."

„Das habe ich nicht gesagt."

„Aber Sie *haben* etwas behauptet." Verbissen stürzte sie sich auf das verhüllte Geständnis. „Seien Sie wenigstens Manns genug und sagen Sie es mir ins Gesicht."

Sein Kiefermuskel zuckte gefährlich. „Sie sind eine Frau. Die Wahrheit würden Sie nicht verkraften."

Violet wusste nicht, was sie mehr erzürnte, seine frauenfeindliche Einstellung oder sein herablassender Tonfall. Sie fühlte sich, als würde sie jeden Moment vor Wut explodieren. „Würde ich wohl, verflucht!"

„Na schön. Ich sagte, dass mein Bruder eine Frau an seiner Seite braucht, die ihn unter Kontrolle hält, und Sie seien dafür völlig ungeeignet. Außerdem sagte ich, Sie besäßen weder Anstand, noch könnten sie das Wort überhaupt buchstabieren", fasste er kühl zusammen.

Einen Augenblick lang starrte sie ihn sprachlos an.

„Sie hochnäsiger *Schnösel*!" Vor Wut konnte sie kaum noch einen klaren Gedanken fassen. „Sie kennen mich doch überhaupt nicht! Wie können Sie es wagen, über mich zu urteilen?"

„Ich habe nur meine Meinung geäußert, Miss Kent. Normalerweise liege ich mit meinen Einschätzungen nie weit daneben."

Seine souveräne Überlegenheit ließ sie völlig rotsehen. „In diesem Fall liegen Sie *völlig* daneben. Ich kann Anstand sehr wohl buchstabieren, Sie herablassendes Ekel! *A-N-S-T-A-N-D-T*."

Ein paar Sekunden lang funkelte sie ihn zornig an, nicht

gewillt, den Blick zuerst abzuwenden. Doch dann geschah etwas Merkwürdiges. Plötzlich bildeten sich kleine Fältchen um Carlisles Augen. Bronzefarbene Pünktchen schimmerten in den dunklen Tiefen. Seine zu einem schmalen Strich zusammengepressten Lippen zuckten.

Was … *Lachte* er etwa über sie? Warum zum Teufel …?

Verwirrt überdachte sie ihre letzten Worte … und lief puterrot an. Verflixt, und ihr Vater pflegte immer zu sagen, dass ihre mangelhaften Buchstabierkünste sie noch irgendwann in Verlegenheit bringen würden! Der Erkenntnis, dass sie einen so albernen Fehler begangen hatte, folgte ein überwältigendes Schamgefühl. Im nächsten Moment fiel die Rüstung der Gleichgültigkeit, die sie so viele Jahre getragen hatte, von ihr ab, und all die Beleidigungen, denen sie je ausgesetzt war, trafen sie wie ein Schlag ins Gesicht.

*Ungehobeltes Landei … Wildfang … Wird nie einen Ehemann finden …* Die höhnischen Blicke der anderen Debütantinnen, die besorgten Mienen ihrer Geschwister …

Ein erstickter Laut entfuhr Carlisle. Die Schmähungen der Vergangenheit verblassten angesichts ihrer gegenwärtigen Situation. Der elende Flegel *lachte* sie doch tatsächlich aus! Demütigung und Wut vereinten sich zu einer explosiven Mischung.

„Wagen Sie es ja nicht, sich über mich lustig zu machen", presste sie zwischen zusammengebissenen Zähnen hervor.

Seine breiten Schultern bebten.

Sie trat einen Schritt auf ihn zu und zeigte anklagend mit dem Finger auf ihn. „Ich warne Sie. *Hören Sie auf zu lachen!*"

Beschwichtigend hob er die großen Hände. „Oder was, Miss Kent?" Seine Augen funkelten spöttisch. „Buchstabieren Sie mir sonst *Gehorsam* vor?"

Jetzt sah Vi endgültig rot. Wie von selbst schnellten ihre Hände nach vorne und stießen ihn heftig gegen die Brust … und plötzlich geschah alles wie in Zeitlupe. Es kam ihr vor, als stünde sie neben sich und würde beobachten, wie Carlisle stolperte und überrascht die Augen aufriss, als er auf der Champagnerpfütze ausrutschte und wie ein gefällter Baum hintenüber fiel ...

Ein lautes Platschen riss sie aus ihrer Benommenheit. Mit blankem Entsetzen starrte sie den Vicomte an, der auf seinem Allerwertesten im Becken des Springbrunnens saß. Blutroter Champagner plätscherte ihm fröhlich auf Kopf und Schultern.

*Verflucht, was habe ich denn jetzt wieder angestellt?*

Zögerlich trat sie einen Schritt auf ihn zu ... und erstarrte, als sie seinen mörderischen Blick bemerkte.

„Verschwinden Sie von hier. *Auf der Stelle*", knurrte er.

Panisch gehorchte sie ihm, drehte sich um und quetschte sich zwischen den Farnwedeln hindurch. Dann eilte sie so schnell sie konnte in die entgegengesetzte Richtung davon, bis sie in der Menge der anwesenden Gäste untertauchen konnte. Wie eine Verbrecherin warf sie ununterbrochen Blicke zurück über die Schulter. Das Herz hämmerte ihr in der Brust, und ihre Gedanken kreisten unablässig um die Schwierigkeiten, die sie sich nun wieder eingebrockt hatte.

# ÜBER DIE AUTORIN

Die internationale *USA-Today*-Bestsellerautorin Grace Callaway schreibt heiße, herzerwärmende, historische Liebesromane voller Spannung und Abenteuer. Ihr Debütroman schaffte es unter die Finalisten der Romance Writers of America®, Golden Heart® sowie auf Platz eins der National Regency Bestseller, und ihre weiterführenden Romane führen regelmäßig die nationalen und internationalen Bestsellerlisten an. Aktuell ist sie Gewinnerin des Daphne du Maurier Award for Excellence in Mystery and Suspense, des Maggie Award for Excellence in Historical Romance, des Golden Leaf sowie des Passionate Plume Award. Sie hat einen Doktorabschluss in klinischer Psychologie von der University of Michigan und lebt mit ihrer Familie und ihrem Adoptivhund in einem Tal nahe dem Meer. In ihrer Freizeit liebt sie es zu tanzen, in gemütlichen Restaurants zu essen und mit ihrem Sohn Abenteuer zu erleben, die auf dessen sonderpädagogische Bedürfnisse angepasst sind.

Erfahren Sie mehr über Grace:

Deutscher Newsletter: https://gracecallaway.com/deutschernewsletter

Website: www.gracecallaway.com

# DANKSAGUNGEN

Ich bin mit den absolut wundervollsten Menschen an meiner Seite gesegnet. Tina, Diane, Carrie, The Montauk Eight, Jesse: jeder und jede von euch unterstützt mich und meine Geschichten auf so einzigartige Weise, und ich bin so dankbar, euch in meinem Leben zu haben!

Danke an meine Familie, die mich auf jedem Schritt begleitet.

Danke an meine Leserschaft, die es mir ermöglicht, meinem Herzenswunsch nachzugehen.

Und danke an Brian, dem ich dieses Buch widme: für all die Jahre, die wir gemeinsam durchlebt haben, und diejenigen, die noch vor uns liegen. Du machst mich unendlich glücklich, Liebling.

www.ingramcontent.com/pod-product-compliance
Lightning Source LLC
Chambersburg PA
CBHW020755190726
48285CB00006B/2040